《两轮月光》

许许弦音,
步步长吟
于琨

《剑灵》

我要把你养成黑暗来临时最大的谎言
大到可以吞噬黑暗。
六笔小生

《末日童话》

以后别躲着我了,
毕竟兔子也很想你。
如夜

《过分依赖》

要相依为命
霸枝桥

《一蓑云渊》

任尽夜荆棘
此生有你!
伊甸

《整顿职场计划》

还是我做的菜好吃吧!
那那啊啊

《程洛的秘密》

"那你一定要好好送我回家"
鸭梨山大

《你为江海,我为池鱼》

池鱼注定遇见江海。
清粥九沸

昼与夜

荆棘

桃夭月儿 编

长江出版社
CHANGJIANG PRESS

目 录

程洛的秘密 002_
/ 鸭梨山大

一蕞云渊 038_
/ 伊安然

末日童话 076_
/ 大西瓜皮

过分依赖 094_
/ 霜枝椿

你为江海，我为池鱼 112_
/ 清粥几许

"小菜鸟"整顿职场计划 132_
/ 郁风闲

剑灵 150_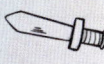
/ 六笔小生

两轮月光 192_
/ 丁轻

CONTENTS

GUO FEN YI LAI
过 分 依 赖

苏苏

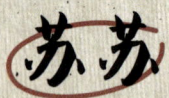

苏苏基本信息

患有分裂型人格障碍，
因为爷爷的突然离世而精神崩溃，
分裂出了新人格——郭大睿。

——要相依为命。

沈明秋

沈明秋基本信息

苏家养子，平时沉默寡言，
却对苏家肝脑涂地，
对苏苏更是言听计从。

——我不在乎那么多，我只在乎和他相处的这十六年。

CHENG LUO

程洛的
秘密

表演型
"富二代"
×
默默守护型
大学生

文 / 鸭梨山大

原来停止这荒诞循环的关键，一直都不是程洛的死亡。
而是程洛的明天。

大家好呀，我是鸭梨山大，鸭梨像山一样大的鸭梨山大，哈哈哈。

这篇文的灵感来自很久之前在微博刷到的搞笑梗，动笔前我又翻了下备忘录里的脑洞，最后选了最想尝试的"循环"的题材。没写过这种类型，一直想试试，没想到意外顺手，也算是今年新的尝试，未来也会尝试更多新题材，希望大家看文愉快。

鸭梨山大

DE MI MI

01

"我是一个'富二代'。我爸是南市身价千亿的超级富豪,我妈是……"

"少废话,给老子上车!"

绑匪凶狠地把程洛往汽车后座推,完全不想听他的废话。

程洛抠住车门框:"大哥,我晕车,能不能让我坐副驾驶座?"

绑匪:"……"

真没见过要求这么多的人质!绑匪探头瞥了眼后排座另一个沉默不语的人质,再看看程洛,十分嫌恶地把他扔进副驾驶座。

程洛坐下后又发言:"可以调节一下座椅吗,我腿比较长,坐不下。"

绑匪:"……"

绑匪终于耐心用尽,将冰冷的枪口抵在程洛后脑勺,威胁道:"你给我再多说一句废话,信不信老子现在就崩了你。"

程洛点了点头,做了个给嘴巴拉拉链的动作。

绑匪总算松了一口气。

程洛闭上嘴偷偷往后排看,今晚被绑架的人质不止他一个,还有一个瘦高的男生。

男生穿了一身休闲卫衣,戴着黑色鸭舌帽,帽檐压得很低,车厢里很暗,看不清他的眉眼,只看到立体的下颌。

他唇色如霜,鼻尖有一颗很独特的小痣。

这个男生从他们被绑架开始到现在,一句话也没说,不吵不闹,甚至没有表现出一丝害怕。

绑匪让他上车就上车，不管是捆绑还是胶带封嘴，他都非常配合。

真是神奇。

程洛多看了两眼，又被绑匪骂骂咧咧拿枪威胁，他只好老老实实坐正，目视汽车前方越来越荒凉的道路，轻轻叹了口气。

要说他怎么会被这些绑匪盯上，还得从几个小时前说起。

他和朋友大半夜在路边摊吃烤串，他俩本来吃得好好的，谁知吃着吃着就开始犯困。等他一个激灵清醒过来，发现自己已经被绑匪五花大绑，而朋友却踪影全无。

那些富二代大都被绑架过，唯独他除外。

今晚突然被绑匪找上，说实话，程洛开始还有点激动。

但是……

这群绑匪居然说绑错人了！

他们计划中要绑架的富家少爷不是他，而是坐在后排的那个高冷男生，他只是一个不小心被绑错的路人甲！

绑匪们商议后决定半路把他赶下车。

程洛："……"

行吧。

程洛死死扒住汽车门框，手脚并用，怎么踹都踹不下去。

半路拒绑怎么行，他哪里不值得被他们绑架，他家也很有钱好吧！而且这是在高速公路上，把他踹下去小命都没了！

双方对峙了十多分钟，谁也没能把程洛踹下车，直到汽车下了高速，拐入乡间小路，几人一起把他拽下来。

眼看要被他们扔在这荒郊野岭，程洛马上站出来表示："等等，我也是一个富二代，我爸是南市的超级富商，你们如果绑架我，可以要到很多赎金。"

绑匪们："……"

头一次见到这种人质。

现在临近六点，担心周围有人，其中一个绑匪示意其他人把程洛先塞回车里，离开这里再说。

他们又开车继续前进，为防止程洛再说话，还特意找来一双手套堵住他的嘴。

程洛思绪回笼时，这群绑匪已经将汽车开进废弃工业园最偏僻的地方。

他们粗鲁地把两人拽下车,直接扔进小黑屋关起来。

程洛呸呸吐掉嘴里的手套,追着喊住他们:"我有点社交恐惧,跟他也不熟,能不能单独要一个房间啊?"

一直不爽他的绑匪回头瞪他:"你小子搁这儿旅游呢,还要单间!"

程洛用"真拿你没办法"的语气说:"哎,大不了你们要赎金的时候,我帮你们多要点,咱们平分。"

绑匪:"……"

眼看绑匪要气出高血压,其他人忙将其拉出小黑屋,以免当场撕票。

02

被关在小黑屋,程洛无聊地扭头跟一直沉默的瘦高男生搭话,还顺手帮对方撕掉了嘴上的透明胶带。

"嗨,我叫程洛,你叫啥?"

男生冷漠脸:"蒋诉。"

除了这两个字以外,任程洛说破嘴,接下来男生也没理他一句,反而闭上眼,一副"生人勿近"的样子。

程洛心里觉得奇怪,这人怎么一直在睡觉,从上车开始,他整个人就透着一股经历跋山涉水的疲惫,好像特别累。

他拿手在对方面前晃了晃:"哈喽,你睡着了吗?"

刚晃两下,手腕猛地被捉住。

蒋诉目光锐利地锁定他,程洛吓了一跳:"你……你干什么?别乱来啊,我可是跆拳道黑带,小心我揍你。"

蒋诉冷淡地说:"不行,会死人的。"

程洛紧张地问:"……谁会死?"

蒋诉:"我。"

程洛:"……"

居然是你啊!

程洛嘴角一抽,顿觉这人有大病。

他甩开蒋诉的手回到自己位置,刚坐下肚子就咕咕叫了两声,蒋诉微微一愣,视线朝他肚子看去。

程洛满脸通红地捂住肚子,羞恼道:"看什么看,没见过别人饿肚子啊!"

蒋诉没说话，给他扔了一根棒棒糖和几块单独包装的面包。

好家伙，还是A家品牌的限定草莓牛乳味棒棒糖和爆款巧克力甜甜圈。

程洛这人爱好不多，独爱甜食，偏偏爱的还是这两款。

精准命中他的爱好。

程洛感动："看来你人也不坏——"

蒋诉："帮我撕开一下，谢谢。"

程洛："……"

有礼貌，但不多。

程洛抓起零食砸回去，咬牙切齿道："自己撕！"

这时，铁门被人用力敲打："里面两个都安静点！再敢吵，信不信老子把你们的嘴给缝上！"

程洛："……"

程洛生气地瞪了蒋诉一眼。

蒋诉淡淡瞥了他一眼，把零食扔回给他，说了句"你吃吧"又闭上眼休息。

程洛哼了声，也没矫情，干巴巴对他说了声"谢谢"，拿着面包啃起来。该说不说，不愧是爆款甜品，巧克力味道可真浓郁啊，唇齿留香。

不知过去多久，门外响起金属锁扣的碰撞声，有人在开门，接着几个人高马大戴着黑色头罩的绑匪走了进来。

头目把手机扔给蒋诉："给你家里打电话，让他们拿三亿来赎你，否则……"

话未尽，但威胁意味十足。

蒋诉非常配合地联系家人要赎金。

绑匪们纷纷露出满意的神情。

很快轮到程洛，绑匪说："给你家人打电话，让他们拿五百万来赎你。"

"什么？！五百万？！"

程洛受不了一点气。

他猛地站起身，不服气道："凭什么他值三亿赎金，我只值五百万！"

"瞧不起谁呢！都敢绑架人了，你们能不能有点出息，我爸平时在股票里亏的钱也比这多！"

"这让我程少以后怎么混！"

绑匪们集体愣住。

为首的绑匪被他这股气势镇住，试探性地问他："那你觉得应该值多少？"

程洛理直气壮："三亿，少一分都不行。"

这该死的胜负欲。

蒋诉："……"

绑匪们陡然吸了口凉气，但很快质疑道："不对啊，这么多钱，我们岂不是马上就会被警方盯上？"

看不出来你还有点智商。

程洛白了他一眼："你傻啊，把钱存银行卡里不就方便带走了吗。"

绑匪们露出恍然大悟的神情。

蒋诉："……"

绑匪和程洛沉浸在自己的世界，完全没注意到，旁边的蒋诉正以看傻子的眼神看着他们。

敲定金额，绑匪们立刻让程洛给他爸打电话要三亿赎金。

接下来就是等待筹钱赎人。

绑匪们依然把他们关小黑屋，只是待遇直线上升，三餐俱全，连防寒睡袋都准备得妥妥帖帖。

一天晚上，程洛睡得正沉，冷不丁被人推醒，睁开眼看，打扰他睡觉的人是蒋诉。

他没好气地瞪着他："你干什么——唔！"

蒋诉紧紧地捂住他的嘴巴，对他做了个"嘘声"的手势。

程洛"秒懂"点点头。

门口传来细微的开锁声。

铁门轻轻地被推开了一条缝。

03

程洛过去"啪"的一声把铁门关上，疑惑道："这锁好像坏了，锁不严。"

他话音未落，外面顿时响起一阵杀猪般的惨叫。

蒋诉："……"

五分钟后。

绑匪头子边擦着药边吹自己肿起来的手指头，凶神恶煞地瞪程洛。

程洛尴尬地摸着后脑勺："不好意思啊，我不知道门口有人。"

绑匪气得骂人："姓程的，我忍你很久了，你看看你待在这里四天干的好事！"

他指向背后的几个绑匪，无一例外地缠着医用绷带。他们不是被程洛拽得胳膊脱臼，就是被他弄得脖子扭伤或腿骨折。

个个负伤严重，全都是程洛不经意间造成的"伤害"。

程洛道歉："对不起。"

绑匪们："道歉有用，要警察干吗！"

程洛决定让步："那再让我爸多给你们一千万？你们多等几天。"

绑匪们惊恐地求他："祖宗，这钱我们不要了还不行吗，你快走吧！"

程洛坚决不同意："你们怎么能这么没有职业素养，绑架哪有绑一半放人的！你们再坚持一下。"

绑匪们："……"

这次他们是真忍不了，再坚持下去，恐怕他们有命拿钱没命花，这姓程的小子就是一个活阎王！

绑匪头子情急之下掏出手枪抵在程洛的眉心，冷声逼问："你走不走？"

程洛摇头："不走！"

现在走，他能被那群兄弟嘲笑一年！

绑匪头子眼神危险："既然你不肯走，那就别怪我心狠手辣。"

他说着，手指准备扣动扳机。

然而不等他动手，眼前骤然一花，再看清时，枪不知怎么到了程洛手里。

绑匪头子："嗯？？"

程洛把枪口对准绑匪头子，他立刻吓得举手投降。

绑匪惊恐道："你别乱来！"

程洛拿着枪柄啪啪啪敲了他好几下。

绑匪头子分分钟被他敲成猪头，恨得咬牙切齿也不敢吱声。

程洛又拿枪指向其他人，他们立刻吓得四处逃窜。

看来是真货。

程洛低头检查，枪口刚转过来对准自己时，突然一只手横过来按住枪口。

蒋诉清冷的声音响起："危险。"

程洛"哦"了一声，把枪递给蒋诉，让他保管，然后目光转向其他绑匪。

蒋诉问："你做什么？"

程洛咧嘴一笑："我锻炼一下。"

他说完撸起袖子，朝着绑匪们走去。

不到十分钟，这群人高马大的壮汉哀号着全被他揍成了猪头，一个个鼻青脸肿地躺在地上"哎哟哎哟"地叫唤。

程洛蹲在绑匪跟前，这群人惊恐地火速往后撤，躲在墙角瑟瑟发抖。

这小子真的是魔鬼！

程洛笑嘻嘻地说："抱歉，上次没说完，我是富二代，我爸是千亿富商，但我妈是武英级的武术冠军，我是她手把手教出来的徒弟，上周刚拿到跆拳道黑带。"

所有绑匪："……"

你干吗不早说！

程洛感慨道："你们知道吗，你们是第一批愿意绑架我的绑匪。"

绑匪们："……"

程洛扭头看蒋诉，对方面容冷静，丝毫不奇怪他这么能打。

程洛不满："你怎么一点也不惊讶？"

蒋诉面无表情："我好惊讶啊。"

程洛："……"

好平静的惊讶。

程洛无语且不想理他，绑好这群绑匪，转身去找手机准备报警。

程洛转身在一堆东西里翻找手机，蒋诉扫了眼绑匪们，目光停在绑匪头子身上，视线交会，对方眼神闪烁地低下头，他身后似乎藏着什么东西。

蒋诉正打算朝他走去时，听见程洛惊喜道："蒋诉，我找到手机了——"

话音未落，啪的一声，头顶灯光骤然一暗，整个废弃仓库瞬间陷入黑暗。

电闸被人关了！

程洛还没反应过来，正面猛地袭来一股劲风，寒光乍现，他敏锐地往后躲闪，但对方动作太快，锐利刀锋惊险地擦过他的脸颊，顿时带起了一丝火辣辣的痛感。

对方有刀！

他赶紧后退，眼见后背抵住墙壁，退无可退，忽然被人揽住肩膀往旁边用力一带，他下意识用手肘攻击对方。

肘部被一只有力的手灵活挡住，耳边响起蒋诉沉郁而冷静的声音。

"是我。"

···· 04 ····

程洛被蒋诉拽着躲在废弃的铁皮柜后面,大气不敢出,借着微弱月光,看清袭击他们的人正是绑匪头子。

难怪这人能挣脱绳索,他有匕首。

程洛碰了下被划伤的脸颊,不由得倒吸了一口凉气。

真疼。

蒋诉没说话,对程洛打了个手势,示意他们两人趁对方不备时,前后夹击。

程洛认同地点点头。

下一秒,程洛冲出去一记利落而标准的后旋踢把人踹飞,对方撞墙上彻底昏厥,连门牙都断了半颗。

程洛回头冲蒋诉竖起大拇指。

蒋诉:"……"

程洛缺心眼儿地问:"咦,蒋诉你怎么看起来不太开心?"

蒋诉摇头:"没有。"

"哦。"

他们报警后,警察来得很快。

半个小时不到,便抵达现场,将绑匪们押上警车。程洛被带去录口供。

等他出来时,却没看见蒋诉的身影。

程洛问办案警察有没有看见他,对方却说没见过。

奇怪,刚才还在呢。

时间不早了,他被绑架四五天,家里应该挺着急的,先回去报平安。

然而等他到家……

"什么?!你以为是诈骗电话?"

程洛瞳孔"地震"。

敢情他失踪四五天,没一个人知道!

远在Y国的程父:"不会有绑匪傻到索要三亿赎金,这笔金额非同小可,肯定是诈骗。别说,他冒充你的声音还挺像,我差点都信了。"

程洛:"……"

亲爹啊。

程洛扶额:"爸,有没有一种可能,给你打电话的人就是我?"

程父生气道:"混账东西!你居然学会搞诈骗!"

程洛:"……"

这脑回路,不愧是他爸。

程洛懒得跟他爸争辩,迅速挂断电话。

他爸再打电话过来,他死活不接。没一会儿,他妈恰好打电话过来,说朋友的儿子回国住不惯酒店,要来家里住三个月。

程洛眉头皱成"川"字:"我们家又不是只有这一套别墅,怎么非得住这里。"

他妈笑道:"其他房子哪有家里温馨,你替妈妈好好招待人家。"

程母说完又连连夸赞对方,很难得见他妈这么夸一个人。

程洛酸溜溜地说:"再优秀,他不也娇气得住不惯酒店。"

程母:"……"

不管程洛怎么不情愿,最后还是接受了他妈的安排。没办法,实在是他妈承诺给他的零花钱太多了。

拒绝不了,根本拒绝不了。

趁着这位海归精英还没来,程洛出去找朋友玩,顺便让对方帮个忙。

"蒋诉?"朋友张扬喝了一口啤酒,摇头说,"我都没听过有姓蒋的人。"

程洛疑惑道:"不应该啊。"

张扬问:"你找这人干什么?"

程洛摸了摸鼻子:"不干什么。"

听他这句模棱两可的回答,张扬狐疑地看着他:"这该不会是个女生吧。"

程洛无语:"谁家女生取这名字,这一听就是个男人的名字好吗。"

张扬笑了声,又想起别的事:"橙子,那晚咱俩吃夜宵你真被绑架啦?"

"不然呢?"

程洛白了他一眼:"我睁开眼就被绑在车上,你的人影我都没看见。"

张扬道歉:"对不住,那天我是真的喝醉了,谁知道那瓶米酒那么上头,我第二天醒来头痛了一整天,没看见你,还以为你自己打车回家了。"

程洛摆摆手,没有追究这事儿。

张扬低头喝啤酒,程洛倒想起来那晚撸串提到的事:"那晚你说资金紧张,想找我借点钱,你不会又去赌钱吧?"

张扬笑嘻嘻地说:"哪能,早戒了。对了,这个月底我办生日派对,你准时过来啊,我特地准备了一个小惊喜给你。"

程洛点点头,看了眼手机时间,给张扬留下一张银行卡就先回家,那海归精英也该到家门口了。

他前脚走出KTV包厢,后脚一个穿戴严实的男人就偷偷进了这间包厢。

男人进门后熟稔地反锁门,摘下帽子露出一张左眉带有刀疤的脸,对张扬恭敬地称呼:"张少。"

张扬脸上笑意收敛,朝男人泼去一杯啤酒,骂道:"没用的废物!让你绑架个人都能被别人截和!"

····05····

别墅楼。

程洛站在玄关门口,看着眼前熟悉的面孔,足足愣了半分钟才开口:"你就是我妈说的朋友家开朗活泼的儿子?"

蒋诉面无表情地点头。

程洛看向他那张生人勿近的冷脸。

这哪里跟开朗沾边?

他妈这样形容一定有她的理由。

程洛安排蒋诉住进二楼客卧后,也准备回卧室洗漱睡觉。

蒋诉喊住他问:"你的房间是哪一间?"

程洛指了指对门:"这间。"

蒋诉轻轻点头。

程洛转身出门时又回头问:"你这几天住哪儿啊?"

蒋诉:"酒店。"

程洛瞥了他一眼:"你不是住不习惯吗?"

蒋诉回答:"住过,不习惯。"

程洛:"……"

你可真是个逻辑鬼才!

程洛回卧室洗完澡舒服地躺在床上,想起白天张扬说没听过蒋诉这个名字,难怪他不知道,蒋诉压根不是南市人。

不过蒋诉运气也够差的,刚来南市就跟他一起被绑匪带走了,怪不得他全程一脸疲倦,话也不说。

不对,蒋诉就是个闷葫芦。

程洛想着,他和蒋诉也算是过命的交情,对方还救过他。明天得带对方在南市好好逛逛,尽一下地主之谊。

计划好后面的事情后,关灯睡觉。

后面几天,程洛都带着蒋诉去南市的几个著名景点闲逛,见他兴趣索然,最后干脆组了个局,带他去酒吧玩。

这位"活泼开朗"的归国精英全程都面无表情,坐在沙发上腰杆挺得笔直,程洛那群富二代朋友还有点怕他。

张扬拉着程洛悄悄咬耳朵,问:"橙子,你带来的这个新朋友怎么不说话?"

两人靠得近,蒋诉那双沉郁的黑眸不禁扫向他们。

张扬也注意到那道目光,刻意把胳膊搭在程洛肩膀上,迎上蒋诉的视线,蒋诉微微皱眉。

程洛随意道:"他平时就这样。"

闻言,张扬偏偏不信邪,笑着端了酒杯过去拼酒。

"蒋诉,这名字起得不错。"张扬朝他抬了抬酒杯,"喝一杯?"

话音重点落在"蒋诉"两个字,带着很明显的挑衅。

蒋诉冷漠地别开了脸。

张扬笑意微僵。

程洛出来打圆场:"我替他喝。"

刚伸手,蒋诉修长清瘦的手指拿起了酒杯。

程洛拦住他:"哎,那是……"

蒋诉利索地仰头饮尽。

程洛指了指桌面:"……那是我的酒杯,你拿错了,你的在这儿。"

蒋诉突然猛烈地咳嗽起来,像被酒的辣劲呛到。

程洛给他拍拍后背:"你急什么?"

"我点的这杯酒很烈,你灌那么快干吗?我平时都只敢慢慢喝两杯。"

蒋诉说:"我只能喝一杯。"

程洛疑惑地看着他:"啊?"

他还没反应过来什么意思,蒋诉两眼一闭,直接倒了,任他怎么叫怎么摇晃都不醒。

程洛:"……"

这一杯也倒得太快了吧!

旁边张扬嫌弃地"啧"了一声,似乎很不爽。

程洛踢了他一脚:"张扬,我怎么觉得你今天好像故意在针对他?"

张扬撇嘴:"我哪有啊。"

程洛没和他争辩,跟他们告别后先送蒋诉回家休息。

他找了代驾司机开车,到家呼哧呼哧地把蒋诉架进次卧,这一路把他累得够呛。蒋诉看上去身材高挑清瘦,实际上浑身都是结实的肌肉。

把人送到卧室,差点闪了程洛的老腰。

看着蒋诉躺在床上睡得舒服,程洛报复心起,伸手拍了他脸颊一下,正要再拍,手腕被一股力道猛然掐住。

蒋诉忽然睁开眼冷冷看他。

程洛心跳差点骤停,四目相对数秒,他小心翼翼地伸手合上蒋诉的眼睛,想假装无事发生。

蒋诉:"……"

程洛心虚得要命,想跑却被蒋诉牢牢禁锢,挣脱不开。

突然,蒋诉朝他伸出手。

程洛立刻认错:"对不起,我错了!"

预料中抽他耳光的手却是轻轻落下。

程洛:"嗯?"

他偷偷睁开一条眼缝,发现蒋诉看他的眼神很奇怪,但蒋诉眸色太深太黑,根本看不清眸底的情绪。

这时,蒋诉嗓音很轻地说了一句话。

他低声说:"真好,你还活着。"

06

次日清晨,程洛边吃早饭边打量蒋诉,多次欲言又止。

蒋诉:"嗯?"

程洛最后问:"昨晚的事你都不记得了?"

蒋诉轻轻颔首,反问:"有事发生吗?"

程洛摇头。

说实话,程洛被蒋诉那句话吓得昨晚一夜没睡,简直细思极恐啊,好像他在蒋诉面前死过一样。

什么叫"真好,你还活着"?

后来他又想了想,应该是蒋诉醉酒后说的胡话,毕竟醉鬼的话没有逻辑。

程洛摇摇头，把这件事抛诸脑后，继续带着蒋诉逛南市。这次蒋诉却提出想去一个地方，让他带路。

踏进游乐场的那一刻，程洛整个人思维都有些混乱。

他，程少，南市富二代中的名人。

居然大白天没去泡酒吧，也没去他爸的公司打卡上班，而是跑来游乐场和一个男人一起玩旋转木马！

谁懂？！

程洛看了眼面无表情的蒋诉。

他："……"

连坐三次旋转木马、两次过山车，以及其他游戏后，天都快黑了。

蒋诉问："你还想玩什么？"

程洛："啊？"

蒋诉看他神色，沉默数秒后问："你不喜欢这里？"

程洛摇头："我哪有那么幼稚。"

蒋诉："……"

最后蒋诉回去时一脸沉默，目光眺望车窗外，似乎在沉思什么。

程洛盯着蒋诉的侧脸，对方眉头紧锁，心事重重的样子，他越来越觉得蒋诉心里藏了很多秘密。

回家后两人各自回房，程洛先规划一下明天的行程，然后再洗漱休息。

这几天他整天陪着蒋诉到处玩，他也累得够呛，一贴枕头就睡。

半夜他正睡得沉，突然被一盆冷水给浇醒，冷得一个激灵猛然睁开眼，破口大骂："哪个浑蛋用水泼我！"

看清床边站着的蒋诉，程洛扫了眼对方手里的空盆，用手擦了一把脸，更气道："蒋诉你小子干……咳，咳咳咳！"

一句话没说完，他猛地咳嗽起来。

蒋诉迅速递来一条湿毛巾捂住他的口鼻，这时程洛才发现房间里不对劲，竟满是火光与滚滚浓烟！

他带着询问的目光投向蒋诉，后者没说话，而是把他从床上拽起来，拉着他往房间外的阳台走去。

因为温度太高，窗框扭曲变形完全推不开，他们被困在房间里了。

程洛给蒋诉做了个手势，对方让开，他穿着棉拖鞋一记踢腿，玻璃立刻碎裂成蛛网，两人再合力踢开厚重的玻璃窗。

新鲜空气灌入，带来大量的氧气，室内火焰顿时燃烧得更猛烈，滚烫的热浪从背后扑来。

蒋诉率先沿着墙壁跳下去，稳稳落地后抬头说："跳下来。"

程洛眼睛睁圆："大哥，这是二楼。"

蒋诉问："你想被烧死在这里吗？"

程洛紧张道："那你接一下。"

"嗯。"

程洛把手机扔下去，自己也跟着跳下去，然后……蒋诉稳稳地接住了他的手机。

程洛啪地摔进草丛里，疼得龇牙咧嘴。

他飞快爬起来，控诉道："蒋诉！我不是让你接一下吗！"

蒋诉说："你没说接哪个。"

程洛："……"

程洛懒得跟他继续争辩，拍拍身上的草，回头看那别墅，二楼整层都是可怕的火光，黑色浓烟从窗缝不停冒出来，屋内的烟雾报警器已经响彻云霄。不少邻居和保安因发现火情赶了过来。

不知是谁及时联系了消防员，这会儿他们已经赶到现场，迅速整理好装备开始救火。

程洛看着一片狼藉的现场，疑惑道："好端端的怎么会突然着火？"

明明每年消防检查都做得非常仔细。

奇怪了。

还好消防员来得及时，火势没蔓延到三楼，很快便控制住了。

程洛刚打完电话，回头见蒋诉盯着整栋黑漆漆的别墅，神色晦暗不明，也不知道他在想什么。

"别看了，我安排了人处理，我们先去找个酒店住下。"程洛说。

说完，程洛就用手机联系自己熟悉的酒店经理订房间。

酒店是张扬推荐的，他因为家里的生意接触了不少南市的星级酒店。

联系张扬后，程洛发现蒋诉站在客厅落地窗边，低着头好像在看什么东西，他连喊了好几声，蒋诉也没有回应。

程洛走过去："你看什么呢？"

蒋诉说："鞋印。"

程洛："嗯？"

他低头看了一眼草坪，确实有几个轮廓明显的鞋印，因为灭火的缘故，地面上的鞋印凹槽里有一层水。

但奇怪的是这鞋印的朝向，不是对着客厅，而是对着花园，像是有人重重踩在地上再朝外走去。

这个位置并非起火方向，消防救火的人员没有来过。

程洛一头雾水地看着蒋诉。

蒋诉抬眸看他，说："起火不是意外。"

"是人为。"

·····07····

酒店。

"你的意思是有人故意纵火害我？！"

程洛忍不住提高了嗓门，说完又赶紧捂住嘴巴，压低声音说："我这是捅了犯罪分子的窝吗，怎么有人接连害我。"

蒋诉"嗯"了一声，说出自己的判断："火源集中在二楼，一楼影响较小，说明起火点一开始就在二楼。"

"鞋印朝向和积水也证明，有人潜入别墅后上楼点火。"

程洛站起来："你还愣着干什么，走，我们赶紧去报警。"

蒋诉问："你有证据？"

程洛懒洋洋地坐回来，摇头。

现在一切只是他们的猜测，没有实质性的证据证明真的有第三个人在场，哪怕报警，警方也同样没办法仅凭这一串脚印立案调查，只能先备案。

这无异于浪费时间，说不定还会打草惊蛇，不妥。

蒋诉问他："你最近得罪过什么人？"

程洛说："有点多。"

蒋诉："……"

蒋诉闭上眼："明天先查监控吧。"

程洛点点头，认同他的说法，也闭上眼躺平，打算睡觉。

刚睡了两秒，他被一脚踹下去。

程洛很生气："你干吗呢！"

蒋诉冷淡地瞥他："我不喜欢跟人睡一张床，你出去睡。"

程洛不同意："我就不！"

蒋诉说："我付的酒店房费。"

程洛："……"

要不是办理入住时他手机突然出问题,无法付款,最后是蒋诉掏的钱,他才不受这气!

程少爷气鼓鼓地睡在沙发上,梦里都在咬牙切齿地咬着某人。

等他睡着后,卧室里的蒋诉拿着一床厚棉被出来,弯下腰小心地替他盖好,又在沙发边看着他的睡脸。

蒋诉替他掖好被角,低声道:"这次,我一定会救你。"

这时,他的手机铃声响起。

蒋诉没有接听,看了眼来电人,然后直接挂断了。

对方连打了好几次,最后一次时,蒋诉冷着脸接听了电话。

对方:"好久不见,老朋友。"

蒋诉冷声道:"什么事?"

"别这么大敌意。"对方语气带着诱惑,"我这次找你是为了合作。"

"不必。"他抬手准备挂断。

对方却喊住说:"先别着急挂,我知道脱离这个怪圈的方法,你不想听听?"

蒋诉偏头看了眼熟睡的程洛,拿着手机转身离开了酒店房间。

第二天,程洛醒来,看到自己身上多了一床棉被,心说还算蒋诉有点良心,他就大度地不跟他计较了。

在沙发躺了半宿,程洛现在浑身酸痛,吃早餐时都忍不住瞪蒋诉。他原本想订两间房,但最近是南市的旅游旺季,高端酒店房间早就被游客订完了,昨晚那间还是张扬大半夜帮他订到的。

早餐结束,两人回小区找到物业要求查监控。

监控室内,保安也在谈论昨晚起火的事情。他听说可能有人纵火,非常积极地配合调查。

总共筛查了几百个视频,直到天黑,他们才在一个模糊的监控角落发现一个背影,那人全副武装,不像别墅区的住户。

这个人似乎对这里非常熟悉,短暂出现后又消失无踪,避开了别墅区内的许多摄像头,这性质就显得有些严重了。

物业马上增加了夜间保安的巡逻。

程洛和蒋诉拿到那一小段视频内容,回到酒店内反复看。

程洛看了几十遍,还是摇头:"不认识,我身边没有这样背影的人。"

蒋诉注视着画面中的人,若有所思。

他们接下来一个月都在追踪这个线索,也回到别墅查看过二楼。大火烧毁了一切痕迹,除了那个视频中出现的人影,他们没找到任何有用的线索。

程洛开始质疑:"该不会是巧合吧?"

蒋诉肯定地说:"不是。"

程洛瞥了他一眼:"你怎么这么肯定不是,你见过啊?"

蒋诉微微抿了抿唇,没有说话。

程洛耸了耸肩,说:"算了,先休息两天,我朋友明天过生日。"

蒋诉点了点头。

程洛想着把蒋诉单独留在家不太好,打算带他一起去。

蒋诉摇头:"我明天有事。"

程洛"哦"了声,心里嘀咕蒋诉来南市不久,会有什么事,这不是他第一次说有事要出门。这个月好几次了,每次都神神秘秘的,出去也是凌晨才回来。

"行吧,有事给我打电话。"程洛说。

"嗯。"

张扬在海上游艇举办生日派对,包了一艘大型游艇,邀请了不少人来玩。

到码头时,程洛看见一个体形魁梧的男人走上张扬包的游艇甲板,接着朝游艇内部操作室走去。

程洛一愣。

这背影……好像在哪里见过。

⋯⋯08⋯⋯

没等程洛回想起来,张扬已经出现在游艇甲板上,冲他招手:"橙子,你愣着干啥,赶紧过来,我刚开了一瓶拉菲等你来喝。"

程洛低头用手机发了一条消息给蒋诉,发完便爬上游艇。

其他人不在,张扬说其他客人先乘另一艘游艇去海上,他特意在码头等程洛。

张扬递给他一杯醒好的红酒,调侃道:"怎么今天没带你那位新朋友?"

程洛随口回答:"他有事。"

张扬不由得咂了咂嘴:"最近约你也不出来,你整天顾着陪你那位新朋友，我这旧朋友你都不大理，还真是喜新厌旧。"

"陪个鬼，我最近一直在查——"

程洛刚张嘴要说在查火灾起因，又想起蒋诉先前要他对外守口如瓶，就闭上嘴，不说了。

张扬问："查什么？"

"没什么。"

程洛说完，把提前买好的腕表礼盒递过去。

张扬接过："谢了。"

张扬收好礼物，出去跟游艇驾驶员交代了一声，他们也慢慢往海上驶去。

今天天色阴沉沉的，好像快下雨了。

游艇速度不快，彻底远离海岸线后，张扬不紧不慢地说："橙子，其实这次请你过来，除了庆祝生日，我还想找你帮个忙。"

程洛喝着酒："什么忙？"

张扬说："能不能再借我三千万？"

不等程洛回答，他又自顾自地说："月初你借我的那两百万，我拿去填补公司漏洞了，你也知道，公司财务那边老出问题。"

程洛放下高脚杯，看着他平静地说道："张扬，我昨天给张叔打过电话。"

张扬倒酒的动作突然顿住。

程洛眼神透着失望："你为什么撒谎？"

要不是他打电话问候，根本不知道张家已经破产的事。

张扬慢慢收起笑容："橙子，你先告诉我，这笔钱你今天愿不愿意借。"

程洛拒绝："不愿意。"

借钱给赌鬼他又不是疯子，更何况张叔再三强调不要借钱。

张扬笑着点头，说了个"行"。

程洛劝他："张扬，张叔他——"

"别跟我提他！"

张扬打断他的话，又说："今天先不提那些事情。来，喝酒。"

他热情地给程洛倒酒，嘴里说："其实我今天特意给你准备了一个惊喜。"

程洛诧异："什么惊喜？"

"急什么？"他笑着又给程洛倒了一杯酒，"再等一会儿你就知道了。"

几杯酒后，程洛渐渐地感觉自己有点头晕，眼皮也重得不得了。

他猛地抬起眼盯着张扬："喂！你小子给我喝的什么酒！"

张扬："……"

张扬无语道："我下的是药！"

程洛震惊。

张扬也不怕说漏嘴："程洛，我知道你从小就很能打，所以今天我特意在你酒杯里比上次多加了一倍的剂量。"

"怎么样，这惊喜你喜欢吗？"

"上次？"程洛皱起眉看他，"上次我被绑架也是你干的？"

张扬冷笑："要不是被人截和……"

他没继续说下去，拍了下手掌示意，门外立刻进来两个人，其中一个人正是程洛刚才觉得背影眼熟的中年男人。

这一联想，程洛猛地想起来。

程洛扶住舱壁站起身，可眼前顿时一阵天旋地转，人也重重跌倒在地上，手脚软得没有一点力气。

他抬头问："张扬，我家别墅那次起火也是你干的？"

"对！"张扬毫不犹豫地承认，"我原想趁你不在家里骗你出来，谁知道你整天跟姓蒋的混在一起，害得我计划落空。"

"你以为姓蒋的是什么好东西？还整天跟在他后面跑，他其实——"

"张少，我们时间不多了。"

张扬话还没说完，他背后站着的眉骨带疤痕的男人忽然出声提醒道。

张扬不耐烦道："好了，我知道了。"

说完，他抬手示意，那两人立刻会意上前，把程洛的嘴巴用胶带封住，然后捆起来扔进甲板下面的狭窄货舱。

程洛浑身无力，想反抗也没办法。

程洛被拖出去后，房间里突然响起手机来电铃声。

张扬看见沙发缝隙里有一部手机。

来电显示：蒋诉。

张扬皱眉"啧"了声，随手便把程洛的手机扔出舷窗。

·····09····

程洛不知被关在里面多久，昏昏沉沉醒来时，四周一片漆黑。

这次被绑架的"待遇"可比上次差多了。

被扔进来时他脚踝还扭了一下，脑门也不知道磕在什么地方，现在还火辣辣地疼，捆绑的绳索捆得非常紧。

而且……还不管饭！

程洛真没想到张扬会为了钱绑架他。

他们认识二十年，张扬曾经更是在白海冒着生命危险把他救起来，要不是张扬，他早溺水死在白海。

多年友情居然抵不过金钱诱惑。

程洛艰难地坐起身靠着墙壁，得先报警求助。张叔说张扬赌钱后还欠了高利贷。

张扬已经不是他认识的那个张扬了。

程洛扭动着背后的手去兜里摸手机，却发现裤兜空空如也，手机也不翼而飞。

程洛："……"

没有手机，除了蒋诉没人知道他来这里。张扬所谓的宾客恐怕也是假的，这一开始就是针对他设计的陷阱。

现在他的命全靠蒋诉了。

蒋诉是名牌大学的高才生，人又那么聪明，应该能发现他出事找过来……吧？

程洛悔得肠子都青了。

早知道今天就该带蒋诉一起过来。

他正悔得捶胸顿足，金属舱门突然发出咣当的响声。

有人走进来大力抓住他胳膊，将他一路拖拽出船舱扔在甲板上。这时天色已暗，周围是海浪拍打船壁发出的声响。

张扬背靠护栏点燃香烟："程洛，你别怪我心狠，之前我给过你两次机会。"

"可惜啊，你一次也没抓住。"

程洛瞪他。

张扬深吸一口气说："对不住了。"

"老刘，把他扔下去。"

话落，程洛被那个眉骨带疤的老刘扛起来，猛地往海面一扔。他嘴上贴着好几层透明胶布，连叫都没法叫一声。

"砰"的一声，程洛重重坠入海中。

咸腥的海水争先恐后地灌入他的鼻腔，氧气被疯狂剥夺，脑袋疼得快要炸开，他手脚上的绳索被打了死结。

纵然他的武力值再高,面对这样的险境,也难以逃脱。

更何况……

他还是个旱鸭子!

十年前,他在白海溺水后患上恐水症,张扬一直都知道。借生日的名义把他约到海上,张扬从一开始就没打算让他活着回去。

绝望如蛛网般紧紧缠绕住程洛,他感觉到胸腔里最后一丝氧气消失,身体无力挣扎,渐渐地往海底沉下去……

忽然,他的后脖领被一股力量抓住。

不等他反应过来,那股力量迅速将他拽出海面,紧接着,他被一双手拉上渔船。失重让他紧贴在甲板上,他脸色苍白,不停地大口喘息和咳嗽。

还没咳两下,一只冰凉湿冷的手掌迅速捂住他的嘴巴,熟悉的声音在耳边响起:"别出声。"

程洛知道他们离张扬很近,听话地闭上嘴。片刻后,他边喘气边低声说:"你再来晚点,我真就死在这里了。"

蒋诉平静道:"我不会让你死。"

明明是一句相当冷淡的回复,程洛却莫名感到安心。

每次他遇险,蒋诉总是会在第一时间出现,救他于危难之际,比菩萨都灵,说不感动是假的。

程洛刚张嘴说了句:"蒋诉,谢——"

"嘭"的一声闷响,程洛被蒋诉突然一把摁在船板上,恰好撞在伤口上,把他撞得头晕眼花,他距离挂掉只一线之隔。

程洛:"……"

谢谢你,天打雷劈的好心人。

程洛有点想骂人,却见蒋诉神色严肃地盯着对面。他小心翼翼地抬头看去,那艘游艇正用船灯在程洛消失的海面进行搜索。

···· 10 ····

明显是他们发现了什么不对劲,正在寻找他落水后的痕迹。

蒋诉压着程洛的脑袋一起躲进船板下面,这是一艘破旧的小渔船,想跑快也不容易,何况是在深夜的海域。

程洛问:"你怎么会来这里?"

蒋诉回答:"给你打电话,没接。"

程洛看看这破得漏风的渔船，又看看现状，想必蒋诉当时真的很急。

蒋诉说："先离开这里。"

程洛点点头。

两人稍作停留后出去，因为怕被张扬他们发现，他们不敢使用船尾的发动机，打算找到船桨后划回岸边。

然而两人出去不到三分钟，冰冷的武器就抵在程洛的后腰。

"别动！"

程洛双手举起。

眉骨带疤的男人威胁程洛："程少爷，乖乖跟我走吧。"

对方又看向蒋诉："那位，别想动手，不然看是你的手脚快还是我的枪——啊！"

程洛反手就给了对方一拳，下手毫不留情，对方捂脸痛叫，他趁机夺过枪来，再屈膝抬腿，利落地将人猛踹进海里。

程洛的脚踝顿时泛起密密麻麻的针痛感，他没站稳，倒在地上。

蒋诉冷着脸走过来，难得生气道："他手里有枪，你非要逞强做什么！万一真的受伤，你有十条命都不够用！"

程洛很委屈："你凶什么凶。"

蒋诉："……"

蒋诉抿紧唇，不再理程洛，沉默着蹲下身查看他的脚踝伤势。

说程洛逞强一点也不为过，他脚踝已经肿得像猪蹄，原本不该再动，他偏偏还用那只脚踢人，加重了伤势。

蒋诉为他简单处理了脚踝的扭伤，以及额头磕破的伤口，然后将掉进海里的男人捞起来绑好，并问清楚游艇上共有多少人，又有多少把武器。

程洛凑过去问："我们回游艇？"

蒋诉冷冷地瞥他一眼："除此之外有更好的选择？"

程洛讪笑摇头。

他总觉得蒋诉对他冒险一事特别紧张，看来蒋诉是真心把他当朋友，比他自己还关心他的小命。

他们借着夜色划船靠近游艇，程洛手脚不便，留在船上等消息，蒋诉率先上船解决剩下的人。

程洛在船上不知等了多久，游艇上面一直没动静，蒋诉也没回来，他越等越不放心，越等越焦虑不安。

最后他实在忍不住，不放心蒋诉一个人去对付他们，就偷偷爬了上去。

游艇甲板上非常安静，看不到一个盯梢的人，张扬也不在，安静得有点诡异。他谨慎地左右查看，慢慢靠近船舱，想看看有没有其他人。

走着走着，他似乎听到一些声音。

站定脚步细听，又好像并没有什么。程洛以为是什么仪器发出的声音，没有在意，继续往前走。

程洛刚摸到舱壁，走到船舱的玻璃窗前，就听到了争执声。尽管隔着厚重的窗户，却没有隔音。

他偷偷探出脑袋看向室内。

看到船舱中的情景，程洛喜上眉梢。张扬和两个壮汉手下已经被捆绑在一起，他们脸上带着不同程度的伤痕，明显是挨了一顿打。

程洛正一瘸一拐地往里走。

忽然，张扬冷冷地开口："你以为把我绑住，他今天就不会死了吗？"

"你太天真了，这么多次了，你还不明白吗？他哪一次活过了今天？老天爷注定他活不过今晚，你无法阻止事情的发生，他一定会死的。"

"经过这么多次，我终于明白，答案早就给了我们，我们现在唯一摆脱这个怪圈的方法，就是他的死亡！他是关键人物，不亲手杀死他，我们谁都别想出去！"

"这一次我们合力杀死他，彻底离开这个鬼地方，他也能解脱！"

程洛的"八卦之魂"熊熊燃烧。

他决定等一下再进去，听一下他们在说什么事情。不过张扬这话听起来好像他和蒋诉认识，既然他们认识，为什么这两人要在他面前装作陌生人？

一个月前，他还问过张扬，对方说没在南市听过"蒋诉"这个名字。

蒋诉也没说过他和张扬认识。

奇怪了。

船舱内，张扬情绪激动地不断说话，蒋诉始终没有回应一个字。

直到张扬喊道："你听懂没有？！"

蒋诉冷着一张脸看他，说："我会阻止一切发生。"

张扬讽刺大笑："阻止？这么多次教训你还没明白过来吗，你以为阻止我的绑架计划，阻止我放火烧死他，他就能活？"

"你以为你顶着'蒋诉'的名字骗他，就能中止一切吗？最终结果一开始就是注定的，重来多少次也不行。"

"你懂不懂啊，周谨行？"

窗外的程洛闻言愣住。

周谨行?

11

程洛不知道他们争执的话题是什么,但他听明白了一件事。

蒋诉根本不叫蒋诉,他叫周谨行。

他从头到尾都在骗自己。

名字是骗他的,多次来救他性命是骗他的,共同经历的一切都是骗他的。

难怪第一次问张扬时,他说南市没有姓蒋的富二代,难怪蒋诉和张扬见面不对付,张扬看他的神色很古怪。

因为他根本就不是蒋诉!

程洛整个人思绪混乱,后退时不小心撞到了栏杆。

室内的张扬立刻察觉:"谁?"

程洛现在不敢信任蒋诉,他马上返回渔船,快下船时改了主意,他解开了渔船的绳子,转身躲进游艇的地下货舱。

他捂住嘴巴盯着外面,很快有人出来,但不是张扬,而是蒋诉……不,现在应该叫他周谨行。

周谨行环顾四周,见那艘小渔船在海面随波浪起伏,已经漂出去一段距离,船身在夜色中更显得破破烂烂的,仿佛随时会散架沉海。

张扬还在船舱里大声叫嚣:"肯定是程洛,他一定是听到我们的对话后跑了,周谨行,你快把人追回来!老子不想重来了!"

周谨行根本不用他多说,纵身一跃,跳进海里朝着那艘渔船游去。

程洛隔着门缝看呆了。

他来不及多想,迅速钻进驾驶室。

周谨行是唯一能自由活动的人,其他人都被他绑住了,一旦他离开,自己就有机会。

程洛在驾驶室,开始操作仪表盘改变游艇的航向。

过去他有一艘小型游艇,学过一段时间游艇驾驶,勉强能控制这艘游艇,他必须尽快离开这里回到岸上。

张扬和周谨行各怀鬼胎,而他又是一个旱鸭子,在这片海域单独应付他们对他非常不利。

程洛改变航向后,听到天空一声雷响,看来快要下雨了。

这时，驾驶室传来敲门声。

程洛吓得后退，他紧紧盯着舱门的透明窗户，果然，下一秒周谨行的身影出现在窗外。

周谨行静静地看着他："程洛，开门。"

程洛疯狂摇头："你当我傻啊，给你开门送人头！"

周谨行说："事情不是你想的那样。"

程洛信他个鬼，周谨行这家伙看着不像会撒谎，但嘴里没一句实话。

程洛说："我只信我看到的！你——"

他的话突然被玻璃碎裂的响声打断，周谨行拿着锤子一把砸碎窗户，不顾被尖锐的玻璃扎得满手鲜血，探手进来开锁。

程洛暗骂一声，顾不上疼得要命的脚踝，飞快地过去阻止周谨行开门。

周谨行皱眉："程洛，相信我。"

程洛拿起鞋子啪啪地砸他脑袋几下，又质问："你冒充蒋诉接近我到底有什么目的，是不是也为了钱？"

"不是。"周谨行否认后，直视程洛，"是因为你。"

程洛差点就信了。

他用力把周谨行的胳膊推出去："你搁这儿演电视剧呢，还因为我？就是信你我才会真的没命！"

周谨行微微抿唇，果断撤回手："你待在里面也好，先别出来。"

程洛："嗯？"

他还没疑惑两秒，眼前的玻璃窗"砰"的一声，突然被什么东西给击中，以狙击点为中心呈蛛网状迅速裂开。

程洛隔着碎裂的玻璃窗看见走廊外持枪的张扬，对方那冰冷的枪口正对着他，而此刻张扬再次扣动了手枪的扳机。

明显是要他的命！

·····12····

"趴下！"

耳边骤然响起周谨行的声音。

程洛下意识听从劝告，飞快趴下躲避，张扬显然已经疯狂，不停地射击。

张扬双眼猩红："只要你死了,我就能离开这鬼地方！程洛,你去死吧！！"

程洛狼狈地不停躲闪，周围满是子弹打到金属物品上发出的撞击声,还有操作仪器被破坏的电流声。

每一声都让程洛头皮发麻。

他头顶的灯泡很快被子弹击碎,响了几下,整个操作室骤然陷入黑暗,只有仪器发出的微弱红光。

突然,程洛的动作停了一秒。

他紧紧皱着眉头,左手捂住肩膀,有子弹差点擦过他的肩头,还好他躲得够快。

程洛整个人都麻了。

他扬起脖子骂道:"张扬,你疯了啊!"

这话一落,枪击声忽然停止,接着是肉体撞击产生的闷响,两分钟后,走廊外传来重物落地的声音。

程洛没敢抬头看,没一会儿窗户外传来巨响,然后是落地的脚步声,不知道进来的人是谁。

他根本没时间猜测来的是谁,抓起地上散落的玻璃碎片就攻向来人。

手腕被抓住,他鼻子灵敏地嗅到来人身上的血腥味,以及对方身上那一丝很熟悉的淡淡冷松气息。

是周谨行。

程洛没有停顿,反手就刺向他的颈动脉,周谨行却没有躲避,而是任他攻击。

关键时刻,程洛停住了手。

程洛问:"你怎么不躲?"

周谨行嗓音清冷:"我把他打晕了,你暂时是安全的。"

程洛没理他,收手走得远远的。

周谨行微微抿起唇,幽深的黑眸深深凝视着身边的程洛,说:"不管你信不信,我从没想过害你。"

程洛反问:"真正的蒋诉呢?"

周谨行回答:"他很安全。"

程洛又问了几个问题,周谨行都一一回答,直到最后他问:"你和张扬说的那些话,是什么意思?"

这次周谨行沉默了。

片刻,周谨行摇头道:"不能告诉你。"

程洛冷哼一声,不再开口。

两人各自静默片刻,周谨行站起身对他说:"天亮以后,我送你回家。"

程洛撇撇嘴,并不信任他。

周谨行用手电筒检查操作室内的仪器,后又查看游艇航向,之后带着程洛离开。

两人出去后找绳索捆住了张扬,等返回时却不见张扬的人影。两人到游艇甲板寻找他,忽然,周谨行似乎察觉到了什么,目光锐利地看了眼货舱。

这时,他神色骤变,冲过去一把抱住程洛,飞快地朝护栏奔去。

程洛上一秒不明所以,下一秒他们往海里跳时,背后传来"轰"的一声巨响,瞬间爆发出刺眼的火光。

整艘游艇突然爆炸!

热浪顷刻间席卷而来,哪怕他们迅速跳进海里,也被这股高温烫得险些丧命。

程洛不会游泳,全靠周谨行支撑。

他震惊地看着陷入大火的游艇,整个人惊魂未定。

但凡晚一秒,他们就会葬身火海。

这时候程洛才想起来之前听到的秒表声音,那根本不是仪器发出的声音,而是张扬安装在游艇上的定时炸弹。

难怪那个刀疤男说他们时间不多。

好家伙,为了让他死得透透的,张扬还真是煞费苦心!

程洛有种二十年友情全喂狗的恶心。

张扬乘坐皮划艇在不远处放肆地大笑,嘴里兴奋地嚷着"他终于死了,他终于死了",激动得满眼充血。

天空乌云密布,雨滴密密麻麻地砸进海面,模糊视线,张扬没注意到海里漂浮着的程洛和周谨行。

他静静地看了一会儿,便乘坐皮划艇离开了。

周谨行带着程洛游到小渔船边,两人一起爬上去,程洛累得虚脱地平躺在甲板上,好一会儿才缓过劲来。

他推了推周谨行:"这次谢谢你了。"

不管周谨行是真心还是假意,这次是实打实地救了他。要不是周谨行动作够快,他们会分分钟死在这场爆炸中。

周谨行没有反应。

程洛皱眉又推了推周谨行,怎么回事?他都给台阶了,这人也不说句话。

忽然,他目光扫过周谨行左手腕时,愣了一下。

那里有两道指甲大小的月牙形疤痕。

一道旧，一道新。

没等他细想，手掌擦过甲板时的黏腻感觉很快转移了他的注意力。

程洛奇怪地低头看，是血！

他这时候才发现周谨行背后的衣服已经完全烧焦，后背整块皮肤都被烫得皮开肉绽，爆炸产生的金属碎片也扎在皮肤里。

周谨行脸色苍白，紧紧闭着眼睛。

程洛脑海里突然闪过一些画面。

……是为了保护他。

13

程洛不知道自己用船桨划了多久，也不知道他们在海上漂了多久。

等他再醒来时，人已经在医院病房里躺着。他妈满眼含泪地看着他，他一醒来，他妈立刻摁响了床头的呼叫铃。很快，一群专业的医生和护士鱼贯而入。

一系列检查结束后，程洛思绪回笼，他一把抓住他妈的手，急切地问道："蒋诉……不对，那个跟我一起的男生呢？他怎么样？有没有什么事？"

程母出声安抚道："他没事，在隔壁病房呢，放心吧。"

程洛长长地舒了一口气。

过了几个小时，程洛去隔壁病房探望周谨行。他安静地躺在病床上，周身插满了检测所需的导管。

程洛心情无比复杂。

他回来后，程母说："警察那边说张扬已经被逮捕，他提出想见你一面。"

"嗯。"

程洛前去拘留所，见到了被逮捕的张扬。隔着那层厚重的玻璃墙，他看到了无比陌生的张扬。

张扬抬起眼皮看他，冷笑说："你居然真的没有死，命可真大。"

"要不是周谨行次次阻挠，我早离开这鬼地方了！"

"蠢货一个。"

程洛看着他兀自絮叨，一直没有说话，直到张扬说完，他才问："你见我就只是说这些？"

张扬看着他："当然不只。"

"我知道你有很多疑问，橙子，我们做个交易如何？"

张扬说着露出狡黠的目光："你写谅解书，请最好的律师帮我辩护申请减刑，我就告诉你一切你想知道的事。"

程洛再次失望地摇头："张扬，你真的已经疯得不可理喻。"

"我不会再帮你了。"

游艇爆炸前里面还有三个人，除了被捆在小渔船上的刀疤男人侥幸活了下来，另外两人全部遇难。

他也是被周谨行所救才能活命，否则他和周谨行也会死在这场爆炸里。

程洛说："你自己做错了事，就应该承担相应的后果。"

说完，程洛转身离开。

背后，张扬喊住他："这是一个循环！"

"我和周谨行被困在你死亡的循环里，我们循环了不止十次。你一旦意外死亡，我们就会进入下一轮循环。"

"只有亲手杀了你，才能结束！"

程洛猛地站定，回头看向正靠近玻璃窗边的面目狰狞的张扬。

"不知道什么时候开始，只要你意外死亡，我和周谨行就会在三天内丧命，无一例外，没有任何规律。"

"我已经重复了六次，我不知道周谨行这次是第几次，但他只会多不会少。第三次时，我偶然发现了一点规律，你间接死在我手上，我就意外多活了一天。"

"后来我渐渐发现，只要你死在我手上，哪怕只是间接的，我就可以多活几天，进入那诡异循环的时间也会延后。"

"所以只要我亲手杀死你，我就可以彻底离开这个循环。"

"可是，每一次周谨行都会出面阻止我，不管我用什么方式害你，他总能准时出现，让我计划失败，我恨不得弄死他！"

"这次也是，不知道他怎么发现了我的绑架计划，竟然弄出一堆假绑匪提前截和，连我派人放火把你弄出别墅的计划，也没成功。每一次，每一次！他非要跟我作对，让你好端端地活着！！"

"明明我们才该成为同盟！凭什么？"

张扬瞪大眼睛，直勾勾地盯着他，状若疯狂地喃喃道："我已经不想再重来，我只是不想被困在这鬼地方……"

"程洛，如果你一直被困在这里，不停地重复死亡，也不会是一个正常人。"

程洛当然不可能相信他的疯言疯语。

警方那边也说张扬的精神状态需要鉴定,一看就不太正常,说话颠三倒四,没有重点。

程洛这次没有回复他一个字,转身离开,出了拘留所后他回了医院。

当天晚上,周谨行醒了过来。

程洛给他扔了一块面包,自己边啃边说道:"看什么看,给你吃。"

周谨行浅浅地扯出一个笑。

吃完面包,程洛走到病床边毫不客气地一屁股坐下,说:"这次你救了我的命,我不怪你之前骗我的事。你和张扬认识不告诉我,我也不怪你。"

"但是……"

"你要如实告诉我,十年前在白海溺水的小男孩是不是你救的?"

周谨行一顿。

程洛说:"当年救他的人,跟你一样勒他的脖子,差点没把他勒得昏过去,他在你手腕上掐出了血印。"

"他醒来看见守在身边的朋友,以为救他的人是自己的朋友,如今看来并不是,因为朋友手腕上没有月牙形的掐痕。他以为是他记错了,但现在看来他没记错。"

说着,程洛把周谨行左手腕的袖口卷上去,露出一截手臂,果然有一个很浅的指甲大小的月牙痕迹。

周谨行抬眸看向程洛:"是你?"

程洛摸摸鼻尖:"对,你救的那个小男孩就是我。"

周谨行:"我以为是女孩。"

程洛:"……"

"我纯爷们,你什么眼神?"

"你梳着辫子。"

"……我那是……那是意外!喂,周谨行你笑什么笑,不许笑!"

"嗯,我不笑。"

"……"

···· 周谨行番外 1 ····

周谨行第二次在同一天醒来。

他才意识到自己似乎陷入了时间循环,但他不知道触发循环的媒介是什么。

第三次时，他知道了原因。

那个叫程洛的青年一死亡，三天内他也会死于各种奇怪的意外，没有任何规律可循。

唯一的规律便是，他看到程洛的死亡信息那天开始，三天内他也会死。

周谨行不明白，京市与南市两地相隔千里，他从来没见过这人也不认识他，为什么会因为他的死亡而陷入时间循环。

显然谁也无法解释。

第三次重来时，他特意屏蔽外界一切信息，独自在实验室做研究。

可依然没避开，有组员连夜来实验室请假，说家中远房亲戚被绑架撕票，需要立刻回南市。

被撕票的对象就是程洛。

周谨行："……"

第四次从实验室醒来，周谨行决定亲自去南市，看看这个程洛身上有什么特别的秘密。

他和程洛初遇是在深夜的路边烧烤摊，他带程洛避开绑架，也避开了程洛之前遭遇的其他奇怪的死法。

平安过了前三次的死局，周谨行以为循环已经结束。

他告别程洛回到京市，实验室研究项目迫在眉睫，离开太久也不行，然而就在他离开的当晚，程洛又死了。

程洛被眉骨带疤的歹徒虐杀在别墅内。

次日看到新闻的周谨行浑身冰凉。

再度从实验室醒来，他进入了第五次循环。如之前一样，他带着程洛避开了所有危险，并邀请程洛来京市游玩，把人带到身边亲自照看。

有他的干预，程洛活过了三个月。

可到了第四个月末尾，程洛受邀回南市参加一个朋友的海上生日派对。他不能无缘无故地强留对方，只能放行。

但不出意外的话，就会出意外。

程洛溺水死在海里，尸骨无存。

周谨行十多年高智商人才生涯，第一次感受到深深的无力。

第六次循环时，他直接规避所有意外，最后阻止程洛参加生日派对。程洛听话没去，但那位朋友竟跨市亲自来接人。

周谨行和张扬第一次见面，两人就得知对方也困在循环里。

他也是这时才知道，原来程洛之前遭遇的每一次死亡，都有张扬的手笔。

最初是为了钱绑架勒索朋友，后来是自私自利地为了摆脱循环，一次又一次地将程洛置于死地。

他为了离开循环，已经疯魔。

张扬知道他们是因为程洛的死亡而陷入循环，他以为只要程洛死亡，便能终止循环，因此他不断地伤害他。

他宁可舍弃这份友情，也要置程洛于死地。

可惜每一次循环中的程洛，都真心把张扬当朋友。

第七次循环时，周谨行开始提防这个张扬，对方几次示好他也都视而不见。

张扬的心态已经扭曲，他不仅要杀程洛，还要杀周谨行，甚至密谋在夜晚动手，派人绑架程洛和周谨行。

···· 周谨行番外 2 ····

张扬把周谨行和程洛锁进铁箱，开船将其扔进深海。程洛也是在这时候，从他们的对话中得知张扬过去对他所做的一切。

他又恨又气，嘴上骂骂咧咧许久，最后海水漫进铁箱将他们包围，程洛缺氧地靠在周谨行的肩头，掰着手指数着遗愿清单。

"下辈子我想吃 A 家品牌的限定草莓牛乳味棒棒糖和爆款巧克力甜甜圈，这两款很难买，经常售罄。"

"还有南市开了十多年的那家游乐场，我也想去。小时候我爸妈忙着生意，从来没带我去过。长大后我想去，又怕那群富二代笑话我。如果有下辈子，我一定要去坐坐旋转木马，再拍张照片。"

"我真想好好逛逛南市……"

程洛白着脸看他："周谨行，你怎么这么淡定？你就没点什么遗愿要说？"

周谨行略一思索，说："我希望科研顺利，将来能救更多人。"

程洛问："关于你自己就没有？"

周谨行深深地看他："我想你活着。"

程洛一愣，嘴角扯出一抹笑容："你可真会为难老天爷，他又不是许愿池里的乌龟，什么都能听。"

周谨行："……"

周谨行握住程洛快泡肿的手，神情认真地承诺："我一定会让你活下去。"

"好啊。"程洛疲倦地抬起眼皮，"那你一定要好好送我回家。"

"周谨行，我有点困，先睡了。"程洛说着话，"到家了记得叫醒我。"

周谨行唇线抿直："嗯。"

程洛慢慢闭上眼，气息微弱。

渐渐地，靠在周谨行肩膀上的脑袋无力地垂落了下去。

……

这次过后，周谨行循环开始的时间越来越晚，而醒来后的时间却越来越早。

周谨行心里隐隐感到不安。

第十三次循环时，周谨行醒来的时间点比以往任何一次都要早许多。

是十年前他来南市白海的时间，那年他父亲来白海做科研项目，因为是暑假，他父亲便带他一起来这里学习。

现在距离程洛的死亡还有十年。

周谨行正想着怎么联系程洛，就被父亲安排拿相机去附近拍照，他来到湖边拍照片，顺便思考怎么安排后面的事。

没多久，他看到有小孩落水。

来不及细想，周谨行脱下鞋袜纵身跳进湖里，迅速朝溺水的小孩游过去。

把人救起来后，小孩刚醒，周谨行就被旁边赶来的男生一把推开，对方扑过去抱住小孩号啕大哭。

周谨行见人没事，默默地离开了。

走在路上，他发现自己的手腕不知什么时候被掐出了一道口子，正往外渗血。

周谨行随意抹去血珠，并未在意。

周谨行在这个时间没有停留太久，某天醒来，他回到实验室里，是之前循环开始的那一天。

这一次，周谨行知道张扬会阻止自己，对他有所提防，所以这次他顶着蒋诉的身份来到程洛身边。

一次又一次失败，一次又一次重复。

每一次循环，他都担心是最后一次，每次都付出全部精力与心血，他一次比一次认真。

两人相处的时间越长,他越害怕程洛的死亡。

与第一次循环时心境不同,他已经无法再坦然面对程洛的死亡。

终于……

终于在循环第十七次时,他实现了很久以前的诺言。

他带着程洛安全地从海上回来了。

而后张扬入狱判刑那天,困住他们的循环也结束了。

他这时候才明白,原来停止这荒诞循环的关键,一直都不是程洛的死亡。

而是程洛的明天。

YI JIAN

一翦云渊

"白切黑"伤残
王爷
×
"狼系"蓝眸
少年

文 / 伊安然

从今日起,你想飞就去借风生翅,想跑就去平川破棘。

有的时候写东西真的是一种很玄妙的体验。故事的开头其实是我的一个梦。梦醒后就一直失眠，快天亮时总算有了点睡意，却听见消防车呜呜的警报声在远处响起。

　　我在一种混沌的状态下把火灾和这个梦衔接了起来。闲下来的时候，习惯性把它记录下来。

　　继而发现是个挺有氛围的场景，于是很努力把它拓展，做成一个还算圆满的梦，送给你们吧！

YUN YUAN

楔子

中元节那天夜里，月色昏沉。

皇城最右边的一间近乎废弃的宫殿内，昏暗的油灯照亮了一地用泛黄书画拆成的纸元宝。一个宫装美人手执棉帕的一角，在汤盆中蘸取黏稠的米浆后，异常温柔地将手边一件剪裁拙劣的红纸衣粘向怀中比真人还要高上半头的纸人。

做这些事时，她嘴里甚至哼着一首含糊的小调，靡软的女声落在死寂的宫殿里，像一缕缕看不见的丝线没进油灯照不到的暗处。

殿外，有一个黑影从另一侧的偏殿摸黑行至殿前时，正好看见女子拿起桌角的一支朱笔，两眼发直地盯着怀中的纸人："我好想你啊，敬山。你出来看看我好不好？"

女子被烛火映照的美丽脸庞上露出近乎病态的激动神情，笔尖急不可待地点向那纸人脸上空洞的眼睛。这时，身后似有一阵风吹过，吹得油灯的灯芯扑闪了一下，紧接着身后响起一道微哑的声音："你在做什么？"

女子似乎被吓了一跳，身体直接僵在了原地。

她身后传来的声音带着三分慵懒睡意和些许怒意："谁教你做这种东西的？"

女子艰难地转头看向身后，视线对上一双碧蓝的深邃眼眸后，强装的镇定如瓷片般瞬间崩裂。

她立刻尖叫着从椅子上弹了起来："别过来！你别过来……不，不对！

你是假的！敬山说了，你已经死了！我看到的都是假的！再没人能伤害我了，敬山会保护我的！敬山！对，敬山呢？敬山你在哪里？"

女人四下躲闪，撞得桌脚乒乓作响。油灯在碰撞中一再晃动，终于栽落在地，"啪"的一声点燃了地上的纸钱元宝。

原本欲上前拉住女人的蓝眸人被骤起的火光惊得倒退数步，原本慌乱的女人却不惊反笑，拍手叫道："着火了！着火了！"

她边笑边拿起身边的东西往火中投去："敬山来了！敬山说过他会保护我的！小太监说纸人点睛后，死人便会在中元节时附身在纸人身上，我一听便知道机会来了！敬山！我的嫁衣都绣好了，你在哪里？你出来啊……"

女人踉跄地朝殿内跑去，边跑边咯咯笑着："敬山要来接我了，我要换上嫁衣等敬山来娶我……"

红彤彤的火焰在殿中冲天而起，女人身后有仓皇的呼喊声撕心裂肺："娘！是我啊！娘！"

1.

燕仰云是在刚刚有了些睡意时，被隐约的人声吵得彻底没了睡意。

他撑着身子刚坐起来，珠帘外便有脚步声响起。

明光掀帘步入："殿下这是还没睡着还是被吵醒了？"

"外头何事喧哗？"燕仰云皱眉。

明光倒了杯温水递到床前："说是翦春轩突然失火，咱们院里的人过来问要不要去帮忙。奴才想着，那是个是非之地，多一事不如少一事，就自作主张让他们别管了！"

"翦春轩？"燕仰云似是残梦未醒，神情有些恍惚。

"您不记得了？奴才刚进宫时，还是您告诉奴才的呢。"明光小声道，"说是翦春轩里，关的是您那位被先帝废了太子之位的王叔一家。"

燕仰云沉默着接过杯盏，轻啜了两口。

他不是忘了，他是乍听"翦春轩"这三个字，想起太多旧事。

当年，东宫储君还不是他父皇永泰帝，而是先帝嫡出的皇长子燕敬山。燕仰云幼时开蒙，这位太子王叔还对他十分宠爱，时常将他抱在膝头教他临帖练字的窍门。燕仰云对待这位温和又英俊的王叔自然也格外亲昵。

宫中人人皆知太子与承恩侯府的乌小姐指腹为婚，两小无猜，只待成年便要完婚。可惜大婚前夕，乌小姐自宫中归家途中突遭绑架。太子亲自领着人在京城挨家挨户搜了六七天，才从胡人聚居之地的一间破庙里找到奄奄一息的乌小姐。

一众随行侍从护卫都瞧见这位未来太子妃蓬头垢面，衣不蔽体，已被折磨得没有人形。

未过门的太子妃遭人玷污，这婚约自然是该取消的。可太子将人救回后，不仅衣不解带地照顾了乌小姐整整半个月，还坚持要如期大婚。

先帝怒其不争，要他在东宫之位和心上人之间二选一时，太子竟二话不说，连夜带着乌小姐主动搬出东宫，住进了毗邻冷宫的翦春轩。

先帝虽被气狠了，但燕敬山到底是从小被当作储君培养的嫡皇子，气过之后，先帝睁一只眼闭一只眼地任由这两人在翦春轩过家家般住了下来。眼看着父子关系随着时间推移渐渐破冰，翦春轩却在一个暴雨如注的深夜传出一声响亮的婴儿啼哭。

等先帝看到太子抱着的襁褓里的蓝眸男婴后，气得险些当场昏过去。他执意要赐死这对母子，却架不住太子以命相护。至此，先帝对太子也彻底失望，连夜下旨废去了他的储君之位，还将这一家三口幽禁于翦春轩中，不许任何人入内探视，更不许他们踏出半步，以免折损皇室颜面。

没想到时隔半年，在一个寻常午后，翦春轩的管事太监慌乱求见，说发疯的乌家小姐刺死了废太子。先帝在震怒与哀恸中大病了一场，自此身体每况愈下，不到三年便撒手人寰，连带着翦春轩也成了宫中无人问津的第二座冷宫。

明光并未察觉燕仰云深陷回忆，心不在焉地在一旁小声絮叨着火势如何。燕仰云却将茶盏递回给他，抬手便掀开了身上的锦被："去翦春轩瞧瞧吧。"

明光一听，眼睛都瞪成了铜铃："殿下，今儿可是中元节呢！翦春轩这火势，少不得闹出几条人命，您这会儿去不是找晦气吗？"

明光满肚子的话在对上燕仰云的目光后，一股脑咽回肚子里。

他手脚麻利地帮燕仰云穿戴齐整，又将床尾那架铺了软垫的轮椅推到了床边。刚要伸手将燕仰云从床上扶起时，燕仰云却自己撑着床沿略一用力，腰身一挪便坐到了轮椅上。

明光招呼了几个小太监头前掌灯，便推着燕仰云出了诩善宫。

燕仰云端坐在轮椅上，朝翦春轩看去时，漆黑天幕都吞不下的浓重黑烟正滚滚升腾，慌乱嘈杂的脚步声隔着遥远空旷的宫道都依稀可闻。

等他们一行赶到翦春轩时，殿内的明火已被扑灭，只未燃尽的家具泛起阵阵烟尘。进出的太监宫女个个灰头土脸，三五成群地分作几拨，忙着扑灭残火或将殿内还能抢救的物品搬出来。

正殿东面湿漉漉的草地上，平放着一具用白布草草遮盖的尸身，一旁则跪着一个十来岁的少年。

一个须发半白的老太监正立在石桌前，蓄着灰白长甲的手指一下一下地戳着少年的额头："那些书册字帖她平素不都宝贝得跟亲儿子似的吗？怎么你这么大个人，竟没发现她将东西折成了那么多纸钱元宝？你们母子活腻了自寻条麻绳找棵树吊死便是，闹出这么大动静是想害死咱家吗？"

少年起初只低头隔着白布，自顾出神地望着那具遗体。待听到那句自寻麻绳吊死时，突然抬眼看向老太监，一双蓝眸如淬霜浸雪，竟盯得那老太监背生寒意。

"你……你还敢这样瞧咱家？信不信咱家命人剐了你这对野招子！"他又怕又恼，习惯性地扬手便朝少年脸上扇去。

岂料他话音未落，身后便有一道异响由远及近。

刚扬起的枯瘦老手在空中被银蛇般的细长鞭子缠住，旋即整个人便被拽得重重一个趔趄。

"徐公公当年身为东宫总管，风光一时无两。没承想在翦春轩里将养这些年，气性竟半点不曾消磨，教训人时丝毫不手软啊！"一个清越男声自身后传来。

老太监摔了一身焦灰和泥泞，却顾不得狼狈，一骨碌从地上爬起，跪伏在地，小心翼翼看向来人。他浑浊的目光闪过一丝迷茫，待看清燕仰云那双被薄毯掩着的腿和身下的轮椅时，才恍悟，忙膝行几步："老奴该死！不知三殿下驾到，求殿下看在奴才老眼昏花的分上，饶奴才一回！"

燕仰云收回掌中银鞭，却并不看这咚咚磕头的老太监，而是定睛打量那蓝眸的少年。

少年从头到脚依旧湿漉漉地滴着水，脸上还有纵横几道黑色污渍，袖口和衣摆也有明显被烧焦的痕迹，通身脏污却衬得一双蓝眸格外清澈。

少年被燕仰云打量的时候，也在用同样探究的目光看着燕仰云。

"地上是谁的遗体？"燕仰云沉声问道。

"是乌家小姐的。"徐公公讪讪道，"殿下有所不知，这位自从被救回宫后，就时常疯疯癫癫，废太子薨逝后，她更是完全失去了理智。这场火就是她发疯折了一屋子纸钱后引发的。奴才们拼死救出小公子时，她已经是……"

蓝眸的少年听到这里，忍不住低头嗤笑了一声，身旁的双手紧紧握成了拳头。

燕仰云不动声色地将视线从少年身上移开："这么说来，你们今夜倒是护主有功，应当奖赏了？"

徐公公眼中闪过一丝狂喜，嘴上却说道："奴才不敢居功。"

"不敢？"燕仰云嘴角露出讥讽之色，手中的银鞭如同长蛇般再次激射而出，准确无误地缠上了徐公公的脖颈。

徐公公的脸色骤地变作紫红，双手挣扎着想扣住缠在颈上的银鞭，却只是徒劳地发出一阵痛苦的呜呜声，双腿连连踢踏，浑浊的老眼难以置信地盯着燕仰云。

"殿下，这种事还是让奴才来吧，没必要为这种人脏了您的手！"一直垂手站立在燕仰云身后的明光极有眼色地向前跨出半步，恭敬地伸手从燕仰云手中接过那条银鞭。

几乎是在燕仰云将鞭子交到他手上的瞬间，这人一只手加大力道，一只手猛然将银鞭绷直，徐公公的身体几乎瞬间歪倒在了地上。

院中立时陷入一片死寂，连先前搬抬物品的声音和奔来跑去的脚步声都悉数停止。

"我今夜无眠，原想前往万佛堂抄经静神。听说翦春轩失火便顺路进来看看。听闻徐公公在火场不幸遇难，经一众宫人清点，共得尸身三具停于院中，是否属实？"燕仰云抬眸看向角落里一众噤若寒蝉的太监宫女，众人忙不迭地跪了一地。

偌大的殿中一片死寂，胆小些的宫奴更是面无人色，以头触地，大气也不敢出。

蓝眸少年忍不住又偷偷看了燕仰云一眼，燕仰云却极为敏锐地察觉到了他的目光，转眸也朝他看来。

少年心下一跳，忙低头看向刚刚断气的徐公公。

"殿下问你们话呢，都聋了吗？"明光扬声看向众人，"这三人尸身是何人清点的？"

有两个太监对视一眼后，连滚带爬地出列："奴才冷宫方兴、南茶，自火场拖出徐公公尸身！"说完，竟抄起徐公公的尸身拖到还有残火的内殿，随手拾来些未烧尽的残木断柴堆在尸体上将其再度点燃。

明光看了眼燕仰云的神色，才温声又问："还有吗？"

"奴才！"人群中顿时又有两人抬手，"奴才翦春轩听松、听柏，于火场找到小公子尸身！"

那两个小太监说罢，如两条恶犬般朝蓝眸少年扑来。二人动作熟练，一左一右分别制住少年的肩背和手臂，其中一人直接从少年身后扼住了他的脖颈。

蓝眸少年眼中寒光迸射，右手如鹰爪般扣住其中一名太监的手腕，抓出五道深可见骨的血痕，疼得那太监惨呼一声。另一名太监眼底闪过一丝迟疑，少年却趁机抬腿一脚，狠狠直踢他的面门。

两个小太监吃痛，俱激起了怒意，三人就此扭打在了一处。然而这以二敌一的局面才刚刚开始，便被一道寒光终结。

少年只觉一股热液忽然溅了自己一头一脸，他眨了眨眼，只见先前以臂锁住自己的太监脖颈间一道狰狞血线犹自喷涌鲜血，那太监满脸惊恐地张嘴，却什么也没来得及说，便仰面栽倒，露出他身后手执短匕的明光。

明光身形如鬼魅般绕到另一个太监身旁，探指间喀喀两声颈骨脆响后，又一具尸体应声栽倒。

少年胸口剧烈起伏，不知是吓的还是怕的，只呆呆地看着明光将那两具尸体拖到内殿，扔到了徐公公所在的那堆火中。

燕仰云亲自转动轮椅挪到少年面前，从袖中摸出一方石青色的锦帕递向他："害怕了？"

少年迟疑片刻才伸手接过帕子，用力拭去脸上的血污。

"你爹娘住进翦春轩那年，应该是宁安二十一年，"燕仰云自坐轮椅后，已习惯了微微仰脸与人对视，但此刻二人一坐一跪恰好视线平齐，"算起来，你今年也有十四了？可有名字？"

少年并不答话，只用那双满含戒备和怀疑的蓝眸盯着燕仰云。

045

迎着他的视线，燕仰云神色越发温和："我叫燕仰云，我父皇是已故废太子的嫡亲弟弟，按辈分，你可以叫我一声哥。"

"可我不是燕敬山的儿子。"少年终于开口，眸光幽蓝，衬得眼尾一点未擦净的血迹显得格外森冷妖异，"我娘不疯的时候告诉过我，我叫乌渊，我是个野种，是她和燕敬山一辈子都跨不过的深渊！"

2.

乌渊虽是第一次见到燕仰云，但他其实听到过很多这位三殿下的事。翳春轩的太监宫女每日做得最多的事便是聚在一起嗑着瓜子，议论各种不知何处听来的内宫秘辛。

永泰帝燕敬诚与他那位情种兄长燕敬山是完全不同的人。

他重权轻欲，登基十多年膝下也只有四位皇子和三位公主，后宫只有一位出身寒微的灵妃娘娘因性情温婉一度颇受圣眷。可惜灵妃福薄，生下一位皇子后，不到三年便香消玉殒，燕仰云正是这位灵妃所出的三皇子。

许是爱屋及乌，燕仰云自幼极受圣宠，是当年最有望成为储君的皇子。可惜十五岁时在御花园游船被毒蛇咬伤，九死一生中被锯掉了一双腿才保住小命，自此失去了夺嫡资格。

好在永泰帝并未因为这个儿子成了废人而怠慢他，反而对他怜爱更甚。前年四皇子都已分府封王离京就藩，燕仰云这个三殿下却至今安居宫中。

都说百闻不如一见，乌渊今日见到的燕仰云确实有些出乎他的意料，这人的长相比传闻中还要清俊，却全无皇帝最宠爱的皇子该有的跋扈嚣张。

虽然他干净利落地杀了徐公公，还不惜毁尸灭迹，威逼利诱一众宫奴遮掩真相，但这人的最终目的似乎只是想将自己瞒天过海地带回翊善宫。

乌渊心情复杂地在翊善宫的汤房泡了个出生以来最惬意的澡后，满身的戒备和敌意便几乎被泡掉了大半。谁知明光将他带到偏殿，指着晒得松软又干净的高床软枕让他好好睡一觉，他做了个生平最为香甜的梦，才被小太监叫醒。

小太监领他去殿中见三殿下时，正殿的餐桌上已摆好了几碟小菜和一小锅鱼茸炒米粥。

燕仰云听见脚步声，转头看了他一眼，颇觉意外地挑眉："明光还挺机灵，我这旧衣你穿着倒是合适。"

乌渊有些局促地扯了扯衣角，燕仰云却冲他招了招手："先过来用些早膳。"

乌渊犹豫着，到底没忍住："昨晚翦春轩那么多人知道我还活着，万一有人把这事说出去，你……你也要受牵连的……"

"放心吧，原先照顾你的那些人，殿下都安排好了，会有人妥善处理的。至于剩下那些个冷宫跑来帮着灭火的都是人精，知道什么该说什么不该说的。"明光按着他落座，递了双筷子给他后，自己居然也大模大样地坐了下来。

乌渊端起碗却又放下，正色看向燕仰云："保险起见，还是全杀了吧！"

燕仰云正要夹菜的手顿在了空中，看向乌渊："全杀了？"

"昨夜他们迫于你们的手段，自然肯隐瞒配合。可他日若有旁人再以性命相逼，他们也定会为了保命再度反水。"乌渊说到这儿，倒像是自己打定了主意一样。重新端起面前那碗粥，像喝茶一样仰脖咕咚几口便灌进了肚。

明光看得瞪大了眼睛，没等他开口，乌渊便重重将碗放回桌面："今晚我自去料理首尾，绝不会让此事牵连到您！"

明光不住摇头："主子方才说什么来着？让我以后看护这孩子些？他，他这算哪门子的孩子？谁家孩子张口闭口就是全杀了？"

燕仰云没理他，只深深看了乌渊一眼："你想好了？"

乌渊点头，表情异常平静。

"想去便去吧！"燕仰云点了点头，竟也是半点没有要阻拦的意思。

乌渊有些意外地偷瞄了他一眼，才默默起身站到花瓶旁的角落里去。

他身量虽高，但体形瘦削，乍一看去竟真似隐身了般不易发现。

燕仰云端起碗，背对着他闲话家常般："你夜里行事自己小心，等过几日我寻个时机将你送出宫去。盘圣寺中的住持是明光的师父，你以后跟着他，可保一世安稳衣食无忧。若嫌寺中无聊，等你满十八岁也可自行离开……"

乌渊怔住："什么？"

"听不清？"燕仰云回头瞥了他一眼，轻敲桌面，"听不清就坐回来！"

乌渊想了想，到底没忍住又从花瓶后转了出来，巴巴地站在燕仰云面前："你……真要送我走？"

"我第一眼瞧你，便觉得你可以是高天上的苍鹰，也可以是密林里的猛虎，独独不该是这皇城里的蝼蚁！"燕仰云将自己面前那碗刚被明光夹满了菜的粥推到乌渊身前。

　　"把饭吃完，不准像刚才那样狼吞虎咽。慢慢吃，要吃饱，吃饱了还要看看大家是否都停筷了。既是同桌而食，就要大家都吃饱了才能离桌。"

　　乌渊疑惑地眨了眨眼："吃饱？"

　　"嗯！"燕仰云眉间闪过一丝几不可见的疼惜，"往后饭要吃饱，寝要睡榻，见了谁都不必躲藏隐匿。最重要的是，我要你知道，你不是谁的深渊。你是源源水流，回转不息，深不可测，却不受任何人操控。"

　　"源源水流，回转不息？"乌渊半懂不懂，喃喃复述。

　　燕仰云拿过手边微凉的半盏茶水，探指入盏，将茶水搅出一团琥珀色的水涡才举到乌渊面前："这也是渊，轻易便可搅动风云的渊！"

　　乌渊的蓝眸定定地看着茶碗中那飞快旋转的水涡，耳边是燕仰云如同钟鸣的温声："阿渊，从今日起，你想飞就去借风生翅，想跑就去平川破棘。"

　　燕仰云轻轻放下手中茶盏，声音却如击缶叩瓮："但我要你记住，身体发肤受之父母，尤其是你父母都已不在人世的情况下，你更该懂得爱惜自身。万事谋定而后动，你只有长命百岁地好好活着，才算不辜负你来人世的这一遭，懂吗？"

　　乌渊愣怔良久，才重重地点了点头。

　　这晚，他特意等到子时更鼓，才蹑手蹑脚地摸出了翊善宫。

　　他前脚刚走，后脚燕仰云的寝殿便亮起了灯。一身夜行衣的明光也与他前后脚出了宫。

　　这两人一走，足足过了一个时辰才回来。

　　出乎燕仰云意料的是，最先回来的竟不是明光，而是乌渊。

　　乌渊见到先前明明已熄灯就寝的正殿里此刻竟是灯火通明，他在殿门外犹豫起来。他正纠结要不要进去打声招呼，却听燕仰云隔门轻问："回来了？"

　　乌渊眼睛一亮，推开殿门才发现屋里燃了静神香，沉檀麝香中夹杂着一股淡淡的柚木的芬芳。

　　燕仰云正斜卧在床上翻书，听见脚步声却只伸出一只修长莹白的手，将一只套了香妃色布袋的手炉递出："抱好。"

　　乌渊呆呆地接过，被夜风吹了许久，手心中这丝暖意竟缓缓流向了心口，连带着目光在燕仰云披散的长发和那张精致的脸庞上徘徊许久也忘了收回。

"都解决了?"燕仰云神色慵懒,斜瞥了一眼他的身后,"明光呢?"

他眉眼一向温和端整,此际卧于软垫锦褥之间,长发披散,眉眼低垂,竟透出几分与日间判若两人的昳丽。

乌渊被他这一眼看得立时愣住,转瞬却又听懂了燕仰云后面那句话。

他这是不放心自己单独行动,派了明光暗中保护自己。

少年脸上闪过一丝不服,闷声道:"我以前半夜饿了常偷摸着到隔壁冷宫的厨下找东西吃。夜间巡查的金吾卫通常只看宫道有无闲杂人等,有花木的地方,可在草丛匍匐而过。只有宫道的地方虽麻烦些,但顺着一侧宫墙的墙头避开他们后缓慢爬行亦可安全通过。冷宫南面宫墙下有个小狗洞可容一人爬过……"

燕仰云听到此处,总算听出了孩子话里隐藏的委屈,又见他周身只有草屑泥灰,并不见半点血迹,不由得讶然:"你没让明光帮忙,自己料理了那么多人?"

"宫里野猫多,我以前饿得狠了夜里会抓来打牙祭,偶尔不小心惊动了那些宫奴,也少不得敲晕他们逃生。这些年下来,手上也就有了准头……"

"你小子倒是谦虚,"一身夜行衣的明光突然推窗而入,摘下面巾的脸上满是复杂神色地看着乌渊,"殿下可知,这小子这么一会儿工夫都干了些什么?"

"少卖关子。"燕仰云不耐烦地蹙眉。

"他将那些人挨个敲晕拖到一个屋里,往他们身上洒了些从咱们厨房摸的黄酒,又从炉灶中铲了一盆木炭点燃,便掩紧门窗出来了。这么晚回来是因为这小子年纪不大,心却细得很,特意守在人家墙根下又等了半个时辰,确认那几个凉透了才回来的。"

明光抬手遥指乌渊:"明日就算尸身被人发现,也只会以为这些宫奴是吃多了酒聚在一处胡侃取暖时中了煤毒。这等手段和心机,何需咱们护着他?"

乌渊身形微震,抬眸急急看向燕仰云。殊不知,恰是他这满眼生怕被嫌弃的不安,让燕仰云的心软成了一团。

"我们阿渊原来这么厉害?"燕仰云淡淡一笑,才对明光道,"你该庆幸你比人家多吃几年饭,不然假以时日,你的饭碗可就不保了!"

少年闻言,蓝眸顿时亮得惊人,颇有挑衅意味地斜了明光一眼,直看得燕仰云也忍不住笑出了声。

乌渊还是头一回见燕仰云这样恣意大笑，只觉得他这张脸上眉眼生动，却又异常温柔，尤其是那双漆黑瞳眸里闪烁的光亮，十分耀眼。

明光酸道："奴才每日里绞尽脑汁逗您开心也难得见您赏脸露个笑，如今对着这小子倒是突然春风化雨了。"

乌渊微愕，这么好看的笑，原来并不常见吗？

他心念一动，视线扫向燕仰云被薄毯盖住的腿，湛蓝眸色也不由得暗淡下来，心中隐隐生出一丝遗憾：他竟从未瞧过这人长身玉立站在人前时是怎样的绰约风姿。

明光争宠般扯开乌渊："时候不早了，殿下还是早些就寝吧！"

燕仰云随手将书递给乌渊，随口道："明日早膳让他们不必上八宝丝了，多备些笋丁虾干即可，阿渊爱吃！"

明光"哎"了一声，手脚麻利地帮他掖好被角时，正欲转身退下的乌渊也听见了这句话。

他猛地扭头，愕然于燕仰云的细心。他长这么大，对吃食从不讲究，像今日这样能吃饱已是奢侈，没想到燕仰云竟还留意了他的口味喜好。

乌渊只觉一种陌生的、难以名状的感觉自心底升腾而起，盯着燕仰云在灯火下的睡颜，竟有些不想离开。结果被明光拽着脖领直接拖出了寝殿。

乌渊倒也没挣扎，等殿门掩上，走过回廊才沉声问："殿下当年被蛇咬伤时，你在哪里？"

明光止住疾行，沉默了会儿才哑声道："我那会儿还没进宫呢。"

黑暗中，二人对视了一眼，都从彼此眼中看出了些深意。

"咱们殿下母家只有灵妃娘娘的兄长灵靖一个亲人，灵师兄是我们盘圣寺的记名弟子，自灵妃娘娘被人毒害后，灵师兄也被调离京都戍边。原以为殿下贵为皇子，又有圣宠，用不着他这个舅舅忧心，不承想，殿下竟被人设计弄成了残疾，灵师兄悔怒难当，自己却分身乏术，只好求师父找人进宫贴身保护殿下。等我进宫时，殿下其实已经熬过最难的时候了……"他说到这儿，忽地想起什么似的，小声叹道，"殿下耳朵可尖了，让他知道我同你闲话这些，又该嫌我嘴快了！"

说完，不由分说将乌渊赶回了房。

乌渊吹灭了烛火上了床，一双幽蓝的眸子在黑暗中盯着与燕仰云寝宫

050

相隔的那堵墙。

3.

送乌渊出宫的日子，定在了下月月初。

"殿下这些年对佛法颇有钻研之心，皇上便特许他每月初一、十五可凭腰牌出宫到盘圣寺抄经听禅。后日一早，你换件衣服随我陪殿下出宫，便算自由了。"明光边说边替燕仰云换上了一身绛丝暗云纹的锦袍。

乌渊在一旁看得眼热，也主动拿起那条镶白玉的凌霄花团纹腰带来，准备帮燕仰云系上。

"怎么这两天哪儿都有你？去去去……"明光嫌他碍事，一把推开他，极麻利地抓起白玉瓔珞压襟给燕仰云戴好。

乌渊一时不防，被推得整个人都险些摔出去，幸亏燕仰云伸手扶住才勉强站稳。

"你别总欺负他！"燕仰云不轻不重地瞪了明光一眼。

"我欺负他？"明光险些气歪了鼻子，却还是挤出个笑，磨着牙对乌渊道，"你这么得闲，殿下让你好好练字到底有长进没有？往后出了宫，若是要同殿下写信报平安，你好意思拿你那一笔臭字污了殿下眼睛？"

乌渊一听这话，立时涨红了脸，讪然退了出去，把自己关进了偏殿的书房。

他打小没人正经开蒙，这几日在诩善宫因为不识字没少被明光嘲笑。偏偏燕仰云半点不嫌弃他愚笨，反倒极耐心地手把手教他临帖识字，每每给他呈上自己那一纸鸡爪扒拉般的墨团时，乌渊都臊得面皮发烫。

他握着笔强迫自己静心凝神，却听书房门被人从外面锁上，明光隔着门叉腰道："给我安生练着，再不许出门躲懒！别以为我不知道你昨儿个趁我们不在，偷溜出去偷了皇后娘娘养在南苑的君子兰换了殿下窗下那盆一品红！今儿个再敢出去给我惹事，回来看我怎么收拾你！"

乌渊愤而拍门，却自门缝中看见燕仰云自己转动着轮椅出了寝殿，正含笑在院中隔着门朗声劝他："既然昨日是明光暗中给你善后，你便乖乖让他锁上片刻，省得他气不顺，整天净琢磨背地里给你穿小鞋了。"

阳光从檐下斜斜照出，他眼底闪过一丝暖色，乌渊不自觉竟也跟着笑了起来，隔了门乖乖应了声好。

等那两人出了宫,乌渊才意识到自己上扬的嘴角。转念一想,自己很快就要走了,他心下却有些不是滋味。分明对这座温暖明亮的宫殿和那个比日头还温暖的人,生出了浓浓眷恋。

当下,他脸上的笑意也褪了个干净。在书房来回绕了几圈,他还是乖乖在书案前落座,一边练字一边凝神,不让自己再胡思乱想下去。

燕仰云这趟请安去时是两个人,再回来时,却多了个不速之客。

"太子殿下千万小心脚下。"明光的大嗓门早早便响在了宫门外。

一个陌生的男声随之响起:"知道知道,为了让老三出行方便,父皇当年特意让人将谥善宫所有台阶都改作了斜坡,孤又不是第一回来,瞧你这咋咋呼呼的劲儿,亏得老三好脾气不嫌你,嚷得孤耳朵都有些发麻!"

太子?乌渊好奇地停笔走到门前,透过门缝朝外瞧去。

院中果然有个与燕仰云有三分相似的年轻男子,身穿明黄朝服,正推着燕仰云朝正殿走去。明光带着两位皇子进入正殿不久,又带着一个眼生的小太监朝书房行来。

乌渊忙将书案上自己刚临的帖压到其他书卷下方,自己则闪身躲到了最角落的书架与墙缝之间。

明光大大咧咧地开了书房的门锁,状似不经意地在屋里扫了一圈,便将另一个小太监指使到东面书架前:"我家殿下平素闷在屋里,各种闲书也比别处多。你先在这几个架子上找找看,我上那边去看看。"

说着,他径自朝乌渊藏身的那两排书架走来。

乌渊趁那小太监不备,无声地探头冲明光使了个眼色。明光却走到他面前,半遮半挡地从架子上取下一本模样像是书册的东西。乌渊依稀认出封面上隽永遒劲的"浮光录"三字,运笔十分眼熟。

明光见他盯着自己手中的书册,目光复杂地扫了他一眼,才绕到另一侧书架前装模作样地翻了几下,便冲那个小太监说找到了。

二人一前一后出了书房,乌渊却突然缓缓睁大双眼。

他想起来了,翦春轩里常年被母亲放在床尾的那些字帖和亲手抄录的游记,其中有不少字迹,都与刚才这本《浮光录》的字迹出自同一人之手。

也就是说,这是废太子的手稿?

就在这时,正殿中忽然传来一阵瓷盏碎裂之声和明光的惊呼声,乌渊心里一紧,下意识便想奔出去。可手刚碰到书房门便猛地停住了脚步。

他伸手掩住了自己那双过于惹眼的蓝眸，咬牙收手，默默蹲了下来。

正殿里一阵兵荒马乱的动静后，那位太子终于离开了。

太子一行刚走，乌渊便小跑着穿过回廊，奔向正殿。刚进门，便听见内殿珠帘后传来明光的声音。

"宫中谁不知道当年皇后忌惮您极得圣宠，生怕皇上立贤不立长，这才让他邀您夜间游园，设计您被毒蛇咬伤，没了一双腿。如今他都是太子了，竟还借着翦春轩的事，当着皇上的面说您与废太子自幼亲厚，连您小时候被那位抱在怀中亲手执笔教过字也要提及。说便说了，转头竟还有脸找您讨要那位当年送给您的手稿……"

燕仰云叹了口气："大哥打小便是这个脾气，提旧事是想让父皇心下不痛快。要书稿是记恨当年王叔对我格外亲厚。能将当年王叔送我的东西夺走，不过是为了出一口陈年恶气罢了。"

"您倒是大气，平素宝贝得要命的书稿既已眼都不眨地送给人家了，怎么转头他不过说要去您书房看看，您倒自己打翻茶盏，把自己给烫了，岔开话题？"

燕仰云瞪他一眼："你如今脾气真是越发大了，数落起我来竟也一套接一套了！"

"那小子精得跟猴似的，您还有什么不放心的？又不是不知道他那晚在冷宫的手段，何至于护他护成这样……"明光小心翼翼地褪下燕仰云的裤子，待看清他膝盖那圈被热茶燎出的红痕，还是忍不住吸了口气。

"我答应过他，再不叫他躲藏隐匿……"

"谁要你护了？"一个明显强抑愤怒的声音自二人身后响起。

燕仰云吓了一跳，刚要伸手拉过被子遮住残肢，却被乌渊一把攥紧了被褥。

这是乌渊头一回瞧见燕仰云这两条残腿。

燕仰云的腿自膝盖以下寸许处，空落落地只余两截肌理狰狞的刀口，而膝盖以上，雪白细腻的大腿几乎如胎玉般完美，衬得那两块新增的烫痕更加触目惊心。

燕仰云只觉得这孩子握着自己腕子的手又紧又暖，下一秒，腿上竟有一滴微热的液体滴落。

燕仰云看着腿上那颗明晃晃的豆大泪珠，半晌才哑声道："这是做什么？"

乌渊也不吭声，如木雕石塑般一动不动地只盯着燕仰云的腿，那泪珠更是吧嗒吧嗒掉个不停。

"好了，怎么倒要我这个受伤的来哄你？"燕仰云叹了口气，"我穿着夹裤，瞧着烫红了，其实并不十分疼的……"

他话未说完，乌渊的手忽然覆上他断肢处的疤痕。

少年的掌心滚烫，挨着燕仰云的皮肉时，让他这久无知觉的旧伤竟隐隐作痛。

乌渊扬起脸望向燕仰云，蓝眸泛起一圈绯红雾光："疼吗？"

燕仰云只觉喉头微哽，竭力做出镇定轻松的模样，冲明光道："瞧瞧，当日翦春轩那种场面都没哭的孩子，跟了你才几天，竟教你带偏成这样！"

明光也红了眼，只扭头去五斗柜中翻找起烫伤膏来。

"别难过了，陈年旧伤，早没知觉了。"燕仰云耐着性子，浑然不觉自己这哄孩子似的语气温柔得几乎能掐出水来。

"我去盘圣寺，是不是也能像明光这样练出一身好功夫？"乌渊忽然开口，周身杀气腾腾而起，一双碧瞳里闪着虎狼才有的阴狠。

燕仰云愕然："什么？"

"我只在盘圣寺待三年，"乌渊眼中闪烁着一种近乎妖异的光芒，"我不怕吃苦，也不怕疼，我会变得很强的。到时候，我一定能比明光还厉害……"

燕仰云皱起了眉，伸手抚上乌渊的发顶，温声劝道："阿渊，我救你不是为了让你为我做什么……"

"你给我一点时间，行吗？"乌渊打断他，一字一顿地说，"等我回来，我保护你，我一定能保护好你，再不让任何人伤害你分毫，你信我吗？哥！"

4.

一夜银雪倾覆，将枝头新梅连夜催出了浓郁冷香。

诩善宫内，燕仰云披了件鹤氅，正伏案提笔写着什么。他身前是个儒生模样的年轻男子，竟然端坐在燕仰云对面，一边抚琴，一边低声汇报着什么。

琴声幽幽中，明光自宫外疾行而来。

他一路踏着没踝的积雪，到了廊下才依稀听见书房里的琴声中流出几个模糊字眼："荥州瘟疫……太子良娣……来年选秀……"

听出屋里谈的是要事，明光脚步微顿，正犹豫是否退下，却听屋里燕仰云温声开口："进来！"

明光愣了愣，忙拂掉脚上的积雪，推门入内。

屋内琴声骤停，燕仰云正对那儒生轻声道："今日还有其他事情，便不留客了。下旬我得了新琴谱，再派人去府上相请！"

年轻的琴师不慌不忙地起身抱起琴告辞，明光刚要跟着送客，却被燕仰云叫住："先生不是外人，不必客套。你先说正事。"

明光"嗯"了一声，招呼檐下轮值的小太监送人，然后重新掩上门："回禀殿下，东西送到了，人也见着了。我去的时候，那狗崽子正光着膀子在院中练功，比去年高大了，那股不要命的狠劲也更吓人了……"

燕仰云冲他投去一个颇具警告意味的眼神，明光才撇嘴道："可不就是养不熟的狗崽子？这都两年多了，自打进了寺门就不肯见您，还要咱们上赶着把新鲜玩意儿往他那儿送。"

燕仰云转动轮椅，挪到了窗前，看着院中新雪覆盖的梅枝，若有所思地说："他不肯见我也是好事，我巴不得他与我舅舅一样，将来远离朝堂，过上些平静寻常的日子才好。"

明光见他这样，反倒没了抱怨的兴趣："来的路上碰到了咱们在翊坤宫的人，说是皇后娘娘近来又开始四处物色人选，张罗给您赐婚的事了……"

他低眸："父皇是个什么态度？"

"头两回皇上当场便回了，但最近这次，皇上似是对皇后推荐的人选不太中意，只说您性子静，要找个像灵妃娘娘那样温婉些的正妃。"

"我这个年纪，若不是父皇强留，早该指婚封王，出宫离京赴封地定居了。皇后三年前便想撮合我与江侍郎之女的婚事，若非我故意让父皇知道那姑娘当众嫌我是个残废的事，招来父皇对她识人不清的一通责难，她哪能隐忍至今？"燕仰云指尖在食盒上轻敲了几下，"只要父皇要将我护在宫中一日，东宫那位就一日不能安枕，他和皇后自然比谁都焦心我的婚事……"

明光神色一正："殿下的意思是，皇上现下这态度暧昧，恐怕是……"

"宗亲皇族向着太子的毕竟是多数，有他们暗中拱火，父皇放手也是迟早的事儿。毕竟，古往今来，龙椅上何曾坐过残废之人？"燕仰云看了看自己的腿，视线又转向门外纷纷扬扬的雪花。

明光低声说:"今时不同往日啊,咱们如今不也没闲着吗?真到最后那一步,鹿死谁手尚未可知呢。"

燕仰云不置可否地扯了扯嘴角,眼中却阴云沉沉。

果然,过完春节还没出正月,燕仰云被封为温王的诏书便下了。

新王府选在了京都清乐坊,皇上怜惜温王身体虚弱,让他等开春之后升迁往王府。

燕仰云异常平静地接旨谢恩,可那夜他寝殿灯火通宵达旦,下半夜,燕仰云更是直接坐着轮椅,在廊下赏了整晚的月光,不知想了些什么。

也是自此之后,朝堂局势突然变得微妙起来。

这一年,隶属于东宫僚属的国舅因隐瞒荥州瘟疫,致使荥州百姓饿殍遍野一事,突然被逃至京城的灾民告到了顺天府。

不久之后,太子良娣的父亲奉旨监办科考时收受贿赂,遭御史台弹劾。太子一党连遭重创,太子在皇帝面前更是小心翼翼。

燕仰云自立夏之后,便干净利落地搬进了温王府。太子那边频生事端,朝堂上事端频发,他却半点没受影响。每日依旧在吏部朝九晚五地点卯,将太子良娣家抄出的赃银清点完毕,又忙着安排向荥州拨款安抚灾民。

然而这年中秋宫宴上,太子几杯黄汤下肚,竟尾随刚进宫的茉昭仪意图调戏,吓得茉昭仪不得不跳水自救。

皇帝听闻此事后,亲自将随行的所有宫奴全数召集,挨个审问一遍。不仅命人将涉案的所有人全数杖毙,还半点情面不留地让太子回去收拾行李,派去京郊皇陵主持先帝下个月的忌日祭扫。

太子临走前,和温王在混乱中相视一眼,眼中怨毒几如刀斧。

这年的腊月二十六,雪下得极大。头一次在王府单独过年的温王依照皇室旧制,前往宗祠给先祖灵位敬香时突然遇刺。

当时,燕仰云正在祠堂内焚香,祠堂正上方的屋顶上忽然跃下四道黑影。四人皆是高手,从天而降却未发出半点声响。自东西南北四个方向如同一张大网般将燕仰云围在了正中。

与此同时,祠堂外也传来刀剑相击的搏斗声和明光略显急促的低呼:"殿中也有刺客,快来人哪,保护王爷!"

几乎在明光喊人的同时,祠堂的朱漆大门被人自外一脚踹开,一道高大身影快如闪电般疾掠到燕仰云面前。

来人手中一柄唐刀舞得密不透风，将燕仰云护在身后。眨眼间砍下了伸向燕仰云的手，同时又将试图从侧面突击的另一名刺客踹得直飞出去数丈，重重撞上殿中立柱。

燕仰云看得目瞪口呆，盯着这人的背影看了一会儿，心头蓦地一阵急跳，试探着唤了一声："阿渊？"

那人背影一滞，手中唐刀似乎颤了一下。

"快，金吾卫何在？来人！保护王爷……"明光大喊着飞奔而入，却在看清殿内的情形后戛然收了声。

余下两名刺客约莫是被突然冒出的杀神吓住了，对视一眼，看出形势不利后，又瞥了燕仰云一眼，旋即竟是毫不恋战，拖起受伤的同伴转身就逃。

手持唐刀的高大身影正待追出去，却被明光一把拖住："我带金吾卫去追，你留一队人在此保护王爷。"

一片混乱中，燕仰云身前覆下一层阴影，久居寺庙的人身上才有的淡淡檀香也随之而近，有人在他的轮椅前蹲了下来。

这人生了张棱角分明的脸庞，左脸自鼻骨到鬓角处，染了一道打斗中飞溅的细长血迹，昔日那双妖异的湛蓝眼眸如今变成了并不明显的浅棕色。

乌渊似是心有余悸，握着燕仰云的轮椅扶手，声音没了少年变声期的粗厉，变得低沉而有磁性："今年是你出宫之后的第一个除夕，我提前赶回来想着今年好歹能陪你守岁，不承想竟在街上遇到王府的马车。本来打算跟过来给你个惊喜，结果惊是惊了，就是魂也差点吓掉了……"

"真是阿渊？"燕仰云下意识抬手，指尖摩挲着他变换了瞳色的眼角。

乌渊胸膛微微起伏，反手抓住了燕仰云的手，哑声道："你有没有受伤？明光那个蠢货，居然在这种风口浪尖的时候让你落单……"

"你的眼睛……"

乌渊满不在乎地眨了眨眼："师父弄来的苗疆秘药，服下便可改变瞳色，只是一两日便会恢复原形……"

燕仰云皱眉。

他当年一度动过将乌渊留在身边的念头，但乌渊这双蓝眸留在宫中确实惹眼。当时明光便说过，苗疆有这种以毒攻毒的秘药。虽然有奇效，但因药性刚猛，服后会导致视物模糊，且会有轻微眩晕。若长期服用，一旦过量还会使人视觉逐渐缺失，甚至直接失明，他也就因此打消了这个想法。

没想到，这小子一声不吭，竟自己折腾起自己来了。

"胡闹！"燕仰云皱眉，"我舅舅在边关时曾娶了个胡姬为妾，我此前便已修书与他商议过，你以后只管以他义子的身份在京中行走……"

乌渊一听顿时喜得两眼放光："那是不是以后你去哪里我都能跟着？"

"是！往后这么漂亮的眼睛也不必避人耳目了！"

燕仰云不自觉抬手，想替他拭去脸上的血迹，乌渊却柔声道："屋里血气太重，闻久了胸闷，你这毯子也弄脏了，我先背你出去吧！"

燕仰云犹豫了几秒，对上乌渊热切期待的双眸，拒绝的话在嘴里转了两圈，终究是没舍得说出来。

他伸出双臂，搭上乌渊的肩膀被他轻松背起，踱出祠堂正殿，恰好遇上抓完刺客回来的明光。

明光看着背着燕仰云高兴得跟个傻狗似的乌渊，没好气道："你倒是会挑时候回来，显得就你能耐！怎么？这会儿不是躲在寺里两三年不见人的白眼狼了？"

乌渊闻言也不生气，别别扭扭地冲燕仰云道："不是不想见，是不能见！"

趴在他背上的燕仰云愕然发现这小子的耳朵尖竟然以肉眼可见的速度涨红了，刚想问他为何不能见时，乌渊自言自语般，低低嘟囔了一句："是怕见了，就忍不住想回来了！"

5.

被金吾卫抓获的两名刺客连夜被送到了大理寺，而大理寺一搜身才发现，这二人居然皆是东宫侍卫。

事涉当朝太子，大理寺不敢怠慢，连夜便将此事汇报给了永泰帝。

消息送进宫中，却直到早朝时，永泰帝才提起了此事。太子才刚从皇陵回来不久，乍然听闻自己宫中侍卫居然跑去刺杀温王了，吓得面无人色，当场跪地连声喊冤。

永泰帝神色复杂，看着太子赌咒发誓的窝囊样，居然鲜见地没有发火。而是一边让大理寺和刑部联合侦办此案，务必给温王一个交代，一边安排太医带上大量珍稀药材和补品，代表自己慰问温王。

同一时间的温王府里，称病请假在家休养的燕仰云正在书房考校乌渊在盘圣寺三年的识字情况。

只不过看了乌渊的字，燕仰云的表情也随之复杂起来："你这手字能在寺中坚持日日为我抄经祈福，实在是……委屈菩萨了！"

"殿下怎知此事？"乌渊吓了一跳。

他刚到盘圣寺时，住持师父说他心不静，扔了几本经书让他抄经静心。乌渊照猫画虎般对着佛经一个字一个字地描，坚持两年多，字却没长进。抄经文这事，他实打实向寺中师兄们请教过的。每次净手焚香，念上三遍，才虔诚动笔。

燕仰云哼了一声："你在寺中这两年，我派明光偷偷去看过你几次。有回正巧赶上你在抄经，他回来便告诉我，往日他骂你白眼狼属实是冤枉你了。见你在寺中日日为我抄经祈福，很是欣慰，觉得我没白疼你一场。"

乌渊不悦道："他才是白眼狼！"

"你也觉得我疼你？"燕仰云挑眉，"可我除了将你带出翦春轩，总共也不过照顾了你小半个月……"

乌渊一脸正色打断了他："我在翊善宫时，你待我好，我只觉心中怪异……我当时甚至不知道什么叫被人疼。后来你每回往寺里送冬衣夏衫，新鲜瓜果，寺中沙弥们背地里议论，说殿下真是疼我，我才知道，原来有人疼时是这样的。飞雪寒冬心中也会暖，看天天蓝，听风风轻，连走路都觉得脚下生风，肋下有翼……"

燕仰云原是存了逗人的心思，被这乌渊这一通话撞得心口发酸，一时竟不知如何接茬。

恰好这时有个小太监飞奔来报，说是宫里来了圣旨，皇上还派了御医和恩赏，半炷香内便要抵达王府了。

燕仰云皱眉思忖，心中隐隐不安："遣医送药就罢了，眼下这个节骨眼，竟还有圣旨？"

明光一边张罗着让人摆香案准备接旨，一边手忙脚乱推着燕仰云去内室换朝服。

乌渊自觉守在屋中没出去，但宣旨的太监中气十足，阴柔嗓音又尖又细地扎进他耳中。

"温王节操素励，经明行修，近而立而无妻室。太师嫡女梁氏芙清，盖诗书世家，行止端雅，礼教克娴，虽及芳年待字金闺，堪为温王良配，今下旨赐婚，垂记典章，交礼部行文钦天监择吉日完婚……"

乌渊在弄懂这番拗口字句的瞬间，失手打翻了手中正在把玩的那枚镇纸。

居然是赐婚的圣旨？

燕仰云……要成亲了？

乌渊腾地一下站了起来，在屋里来回踱步好几圈，到底没忍住冲到窗边，隔着镂空雕花的窗棂，分明看见燕仰云含笑向道贺的太监和太医作揖致谢。

"太师嫡女，行止端雅……"乌渊几乎是从齿缝间一字一顿挤出一句，"堪为良配？我倒要看看，有多般配！"

说完，竟是直接推开书房的窗，从后窗翻了出去，只余桌上书页被风吹得哗啦啦乱响。

他这一走，便等到月上中天时才回来。

回来时，恰好瞧见明光正在檐下指挥两个小仆攀着梯子换大红灯笼，乌渊沉着脸，只觉那红色异常刺眼，想也没想飞身便抢下那两个灯笼，狠狠踩烂。

"嘿，你小子这是抽的哪门子风？"明光气得冲上来便要揍人。

乌渊没好气道："只是下了赐婚的圣旨，又不是连夜完婚，你至于急成这样？"

"我急什么？明儿个就是除夕了，我不急，难道等着你个没心没肺的臭小子来给我操持王府里的琐事吗？招呼都不打一声就跑得没影儿，王爷等你用晚膳等得菜都热了两回……"明光边将袖子边抄起一旁的扫帚便要动手。

"吵什么呢？"屋内的燕仰云低喝了一声，屋外二人对视一眼立时都熄了火。

乌渊听说燕仰云在等自己用晚膳，表情明显有些发愣，小心翼翼凑到人前，果然满桌菜肴都被扣着盘子保温，燕仰云则独自坐在桌边，正在拼凑自己上午摔碎的那方镇纸。

"你吃了酒？"燕仰云侧头看向乌渊，忽然皱了皱眉，一把抓住乌渊的衣袍下摆，拉得他身形微躬才凑近他细嗅了嗅，视线最后却落在乌渊的袖口，"你吃了酒，袖子上还沾了血？你这大半天都干什么去了？"

乌渊抬手看着袖口那道暗红，眼中闪过一丝心虚，偷眼看着燕仰云的脸色，小声道："回来路上觉得有点冷，便，便买了盏路边的水酒。今日南城有花鼓队，人多得紧，这血，我，我也不知在哪儿蹭的……"

燕仰云盯着乌渊的脸，幽幽道："下次出去玩记得招呼一声，到了饭点不回也可以让人送个口信回来，省得我在家中干等。"

乌渊从他口中听到家字时，鼻子猛地一酸，却只抿紧双唇越发沉默。

明光打破沉默，大声道："总算能吃饭了，我让他们将菜再热热……"

"这菜都热了两轮了，别吃了，我去厨房看看还有什么能吃的！"乌渊说着，人已经朝厨房跑去。

燕仰云看着他的背影，叹了一声。今日自圣旨一下，他自己也莫名其妙地心浮气躁，偏这小家伙还不告而别了大半天，害他提心吊胆至今。眼下人虽回来了，却不知闹的哪门子别扭。此时想来，怪不得往昔宫宴上常听各府女眷抱怨养儿不易。

他挥手让明光把菜都撤了，自己回到内殿翻出前两天没看完的游记想接着读下去。结果，刚看了两页，殿门便被人轻轻推开。

乌渊手中端了个托盘，上面放着两碗面。

他小心翼翼地将其中一碗盖着荷包蛋的放到燕仰云面前的小几上。

燕仰云挑眉，意外于厨房居然给自己准备了一碗如此朴素的面条，但也没多问，便提起筷子，挑了点面条送进嘴里，边吃边继续往嘴里送，没发出一点声响。他吃了两口才突然抬头："这味道……怎么像是盘圣寺的阳春面？"

"你吃出来了？"乌渊眼中泛起得意之色，总算有了几分孩子气。

"那年我刚从翦春轩出来，偶然看见你殿中夜间还亮着灯，想偷偷进来找你，却见你独自看书看到夜深，从内殿出来偷吃桌上的糕点。当时我便想，以后等我回来，每到夜深我便煮两碗面，像现在这样陪着看书看饿的你，边吃边聊，地上的影子就不会是孤零零一个……"

乌渊顺手指着被烛火拉长的两个人影，这鲜见的温柔舒缓的姿态，看得燕仰云都愣住了。

"所以，我回王府前，特意找厨房的师傅学了煮面，师傅还赞我悟性好，学什么都快，我觉得以后，我一定能比明光更会照顾你，"乌渊直勾勾地看向燕仰云，"哥，你一定要娶妻吗？以后我照顾你不行吗？"

燕仰云手中夹着的一根面条无声滑回碗中，脑中来来回回都是他这声

061

近乎天真的质问，心口却涌上无比酸涩的热流。

"阿渊，你……你可知，圣上金口玉言，断无转圜之地？莫说我是皇子，即便寻常人家，婚姻大事，也由不得自己做主。况且……况且我们……"燕仰云说到这儿，看着面前这张已有成年男子气度的脸，翻涌的话悉数咽下，只挤出一抹笑，哄孩子般道，"你当然可以一直陪着我，只要你不腻烦，温王府便是你的家……"

乌渊闻言却似听懂了他话外的意思，胸膛明显起伏几次，到底没压住满腔怒意："可那梁家小姐不是什么好东西，听得赐婚之事，在房中好一通打砸，满嘴抱怨谩骂之词……"

乌渊说着忆及当时情形，戾气骤增，却无论如何不肯将那些话复述给燕仰云，只愤愤总结："这种虚荣浅薄的女人，根本配不上你！"

"你今日偷偷去太师府了？"燕仰云脸色倏地一变，一把扯住他的袖子，"你袖子上的血究竟是哪里蹭来的？"

乌渊下意识缩回手，却被燕仰云更紧地抓住。

那是他头一次见燕仰云沉了脸，用前所未有的紧张语气说道："乌渊！你对她做了什么？"

乌渊难以置信地抬起头，这才猛然意识到燕仰云是在紧张那位未过门的王妃。

"我能对她做什么？你觉得我会对她做什么？"他气极反笑，一双澄澈蓝眸几乎燃起红焰，"我在盘圣寺里日夜苦练，想的都是有朝一日站在你身前替你劈风斩雨。若非顾忌杀了她会给你惹麻烦，今日仅凭她骂你的那些话，我早一掌拍碎她那张颐指气使的脸了！"

他说完，端起燕仰云面前那碗面，不由分说地大口吞下面条，连面汤都喝得点滴不剩才放下碗，蓝眸中碎光闪动："王府厨子手艺精湛，是我越俎代庖了！这面太清淡，我让人给您重新做些吃的来！"

燕仰云见他转身，心下一沉，慌忙扯住他一边衣袖："阿渊！"

乌渊没有回头，眸光低垂，有些恍惚地看着地上的人影："是我想岔了。"

"王爷仁善救我出火坑，收留我，送我学艺，如今还给我片瓦遮头，我回报忠心是情理之中。我和王府所有侍仆一样，至死都会效忠您。"他说到这里，回头看向燕仰云，"对吧？"

燕仰云攥着他一截衣袖，心中想着理当如此，头却如有千斤重般，无法点头。

乌渊似乎也没指望他给出答案，轻笑了一声，将袖子从他指间抽出，头也没回地走了出去。

6.

温王府的人都知道，自从皇上赐婚的旨意下来后，王爷便有些郁郁寡欢。

之前每日跟在王爷身后的乌渊突然与王爷生疏了不少，轻易不再进王爷的寝殿，连带着总管明光的脾气都变差了不少，使得素来清静的温王府人人自危。

这年的整个正月每日不是阴天便是雨雪，偌大的京城都沉浸在一种山雨欲来般的晦暗中。

好不容易等到一日天气好转，太师府却忽然遣人送来消息：梁小姐竟在自家府中被下人毒害，幸得府医妙手回春救回了一命，而那下毒的丫鬟声称，正是奉了太子之命。

燕仰云闻言，脸色骤变："奉太子之命？"

"正是！太师半炷香前已进宫面圣，禀明此事，遣小人来知会王爷一声，是想让王爷出入小心谨慎！"太师府来的仆从态度恭敬，说完便告辞离去。

燕仰云命明光亲自将人送出王府后，神色却越发凝重起来。

一直守在廊下的乌渊忽然开口："太子就算忌惮将来有太师府这个岳家撑腰，也不敢公然对太师之女下手的。以梁太师在朝中的声望和地位，除非他是打算将来登基换掉半朝文官，否则断不可能用这种拙劣手段毒害梁家小姐……"

"连你都能想通这一点，更何况其他人？况且，若太子想搅黄我这桩婚事，煞费苦心下了毒，又岂会让梁小姐有活命的机会？"燕仰云轻揉额角，苦笑一声，"他这次定是受了皇后指点，明谋暗算是后宫女人们常用的手段。此举意在让梁家以为我想借梁小姐来陷害太子，让父皇以为我是想以此逼他改立储君，是诛心离间之计！"

乌渊看着燕仰云微皱的眉，指尖微动，却只是柔声安抚："以梁太师的城府，必不会这么快下结论的。"

"怪我，太心急了，赶狗入穷巷。上次设计行刺案，原是想用苦肉计让父皇对他彻底失望。没想到弄巧成拙，不仅因此遭父皇猜疑，还连带着把他惹急了！"燕仰云咬着唇，在脑子里不断琢磨着应对之策。

乌渊上前一步，有些生气地低声道："别咬了！"

燕仰云愕然。

"都咬出血了！"乌渊不满道，燕仰云这才意识到自己方才无意识竟将下唇咬破了。

他轻舔了舔伤口，只觉双唇又麻又痛。

乌渊看着他咬破的嘴唇，坚定地说道："别怕！只要我还有一口气在，绝不会让任何人伤到你。"

燕仰云嗔怒着剜了他一眼："新春年头，就不能说些吉利的？"

"王爷！"未见其人，先闻其声，明光一溜小跑着到了院子里，"皇上，皇上亲自出宫，来……来王府见您了！"

燕仰云黑眸微缩，只轻轻"嗯"了一声，便对乌渊柔声道："你一会儿避着人些，父皇眼睛毒，怕是能认出你与你母亲的相似之处。"

乌渊点头，是难得的乖顺模样："你记得不管发生何事，有危险便喊一声。"

"父子见面能有什么事？"明光急急推着燕仰云去门口迎驾，不多时，便听见院外有杂乱的脚步声由远及近。

乌渊在院中扫了一眼，选了北侧窗边靠墙而生的一株白蜡树，纵身掠上隐匿身形藏于树冠里。

永泰帝神色平静地与燕仰云一前一后进了屋，明光命人上了香茗，便识趣地退出了屋子。

没想到屋中父子俩刚刚坐下，连茶都没来得及喝一口，永泰帝竟突然发难："太子近来频频出错，被朕多番斥责。年前你在宗祠遇刺之事，他尚未洗清嫌疑，今番又毒害未过门的温王妃，你觉得他所图为何？"

"儿臣愚钝，猜不出来。"燕仰云一脸平静，连眼神都无波无澜。

永泰帝盯着燕仰云，皮笑肉不笑道："当年满朝大臣皆为你痛失双腿而扼腕惜才，朕却待你更胜从前。这两年你在六部不起眼的位置上安插心腹，朕都睁一只眼闭一只眼，还将梁家长女指婚给你。你觉得，朕对你的

064

这些好，是何用意？"

"父皇怜恤儿臣幼时丧母，年少体弱，故而这些年一直将儿臣护在眼皮子底下。朝中诸事关照儿臣，更是为了保儿臣一命，以防他日太子即位后拿我开刀，兄弟阋墙……"

永泰帝不等他说完，便腾地站了起来："那你还三番五次用这种卑劣手段构陷太子？"

燕仰云仰头泰然迎视永泰帝的目光："父皇仅凭猜测便断定是儿臣构陷太子吗？当日儿臣遇刺时，父皇私下也这样质问过太子吗？"

"事到如今，你在意的竟是这个？"永泰帝眼底泛现一抹讥色，"老三，你连亲自步上丹墀接受百官朝拜都办不到，朕再疼你，也断不可能把一个废人捧上皇位！"

燕仰云轻笑："如此说来，从我没了腿的那天起，父皇就已经在把我当废物养了是吗？"

永泰帝阴沉着脸看了他好一会儿，突然话锋一转："当年皇后逼朕立你大哥为储时，用当年朕指使人劫走乌家小姐致使其珠胎暗结，间接导致先帝与废太子离心之事威胁朕，你那会儿在御书房外听到了，对吧？"

他看着燕仰云突然转白的脸色冷笑了一声："朕知你因当年皇后与太子设计害你，朕却将这样一个残害手足的人立为储君而耿耿于怀。蓊春轩大火那夜，影卫告诉朕，你为了救那个小野种居然杀了徐公公时，朕才确定你当时一定是听到了那些话。"

"那晚，朕想了很多。朕记得你打小同朕那个废物大哥很是亲厚，恰是因为那日知道朕为了皇权帝位陷害血亲，你觉得朕很可怕才同朕疏远了。所以，朕一度怀疑你是想利用那小子作局来报复太子，甚至夺权篡位！"

燕仰云竭力维持面上的镇定，藏在袖中的双手却不自觉地收拢成拳："您还真是……看得起儿臣！"

"朕确实高看你了，你幼时聪颖早慧，朕觉得几个儿子里你最有出息。可你越长大性子便越是温软，半分没继承到朕的手腕。事到如今，朕也不怕告诉你，朕不仅设计废太子丢了东宫之位，连他的死也是朕买通徐胜一手促成……"

燕仰云身形剧震，难以置信地看向皇帝。

永泰帝却居高临下地看着燕仰云少见的无措神色："太子蠢是蠢了点，

可他比你狠，也够血性。你再看看你自己！朕煞费苦心为你找到的岳家，前脚为你赐婚，你后脚便上折子同朕讲什么不愿以残破之身耽误梁家小姐，要朕收回成命。你置朕的脸面于何地？你还敢用她来栽赃太子，简直是愚不可及！"

燕仰云沉声道："父皇信也好，不信也罢，儿臣确实不想娶梁家小姐，也确实有心悔婚，但儿臣断然不会将他人性命做筹码……"

永泰帝冷笑着打断他："笑话！我燕氏江山在朕手中开疆辟土靠的不正是千万将士拼杀的结果？你既满心妇人之仁，还敢同你大哥争？朕今日来就是要告诉你，妄想登上九重宫阙的后果，便是和你那个短命的废物王叔一样，被世道和皇权啃得连骨头都不剩……"

他话音未落，燕仰云却脸色骤变地看着皇帝身后。

与此同时，永泰帝只觉脑后劲风来袭，一声钝响后散作嗡嗡锐鸣，整个人被这突然袭来的巨力打得往前跄跄数步，瘫跪在地。

他捂住后脑，掌心触及大片黏腻热液，不由得错愕地转过头。

北面那扇原本虚掩的小窗此时大敞，吹得面前人衣角猎猎作响。

十七八岁的少年人呼吸急促，一张纵横恨意的脸轮廓英挺，蓝眸幽幽却尽染赤色，正是早该被燕仰云送出宫的那个"小野种"。

7.

正午的太阳有些毒辣，温王府后厨的下人们接到明光传膳的通知，捧着早已装好的食盒急急赶到祈安院时，隐隐在空气中闻到一股浓烈的铁锈味。

乌渊跪在廊檐下，低垂着头，满手是血的样子，更是叫人心头发怵，下人个个目不斜视地鱼贯而入，传菜布筷，却不敢发出半点声响，等一切收拾停当才退出屋子。

明光见人都走了，才神色复杂地看了眼乌渊，转身回到殿内。

帐帘低垂的内殿，永泰帝头上的伤已被缠上纱布，人却因被明光亲自灌了碗止痛安神的药汤而陷入昏睡。

明光见燕仰云一脸凝重地坐在床边，不由得将声音压得极低："所有金吾卫都被料理妥当了，不过皇上出宫一事知道的人太多了，如果过了午膳时还不回宫，恐怕会引起怀疑，王爷还是早做打算吧！"

燕仰云"嗯"了一声："派暗卫进宫，盯紧皇后和太子那边，一有异动随时来报。你再亲自跑一趟太师府，就说皇上在我这里出了点意外，摔伤了头，我现下六神无主，还请梁太师在朝中代为斡旋一二。"

明光迟疑道："梁太师……会站在咱们这边？"

"父皇赐婚的旨意已下，他这温王岳丈的名头便算坐实了。只要你跑了这一趟，他就算半只脚被本王拉上了船，就算他不站在我们这边，也要掂量掂量以父皇的性子，事后能否在此事上撇清干系。"燕仰云顿了一下，忽然又问，"他现在何处？"

明光自然知道这个"他"说的是谁："敢拿板砖朝天子脑袋上招呼的，古往今来再找不出第二个了。他这下倒是解气了，王爷您可就被架在火上烤了！"

燕仰云想起上次乌渊怒极说要拍碎梁小姐时的表情，忍不住叹了一声："他自幼在翦春轩长大，若真是冲动无脑的人，早被那些刁奴磋磨死了。今日之事，他若真是冲动为之，我还能转圜一二，可我怕的是，他真是谋定而动！那我们先前做的各种打算，怕是都要胎死腹中了。"

明光知他现下心事重重，也不敢多言，悄然退了出去。

乌渊在檐下听到轮椅声，原本挺直的身形明显瑟缩了一下。待看清燕仰云因失血而苍白的脸和身上斑驳暗红的血迹时，他更是神情惶恐。

"本王向来不喜欢对已经发生的事情浪费时间，"燕仰云从袖中摸出一方帕子，擦拭着自己手上残留的血迹，"眼下摆在面前的只剩下两条路了。要么，本王全力救治父王，待他醒来后主动承认收容乌氏之子，欺君罔上在前，纵容其子在府中行刺天子，谋逆不宥在后。运气好的话，父皇念在父子情分上，将本王贬为庶人，逐出京都。重则将本王打入天牢，一杯毒酒、一段白绫甚至车裂凌迟，送本王去见你那对已成苦命鸳鸯的爹娘……"

乌渊盯着燕仰云，不假思索道："不关你的事……"

"那本王这便派人回宫送信，就说温王府再遭刺客袭击，刺客误伤了陛下，宫中内侍拼死护驾，尽数折损，本王和父皇相继受伤，所幸王府侍卫以多胜少，生擒了你这个刺客！"燕仰云抬眸看了乌渊一眼，"但在皇帝醒来之后，你得把罪责一力揽下，还得撇清本王同你的关系，然后才可以死……"

乌渊似是全没在意他说了什么，只看着他那只被揉得通红的手，一把夺下他手中的帕子："别擦了，我去打水帮你洗……"

"洗什么？"燕仰云冷冷地看着他，"我父皇如何害死你父母，你不是都听见了吗？我救你不过是同情心作祟。我自幼没了母妃，变成残废后，在宫中看尽冷暖，又知道当年的真相，才在蘙春轩大火时，抱着同病相怜、替父王积德补偿的心思，才对你诸多照拂。"

他说到这里，用那只还带着血污的手扣住了乌渊的下巴："你那天怎么说来着？想同我日升月落，朝夕相伴？傻瓜，我见你第一眼时便在想，眼前这少年在蘙春轩十数年的困苦生活，是我父皇一手造成……"

乌渊眸中悔痛交织，颤声道："别说了！他是他，你是你，恩是恩，过是过，我不会混淆的……"

"可他是你杀父害母的仇人，而我是他的儿子！"燕仰云眼底的温和，仿佛在这场父子坦诚和血腥变故里燃烧殆尽。

"乌渊，我这小半生，从倚仗父皇的宠爱到乞讨般钻营他施舍的怜爱，始终如履薄冰，隐忍潜行。到头来，一时妇人之仁，可不就给自己招来了天大的麻烦吗？"

"我不会连累你的，我自己闯的祸，就是豁出这条命也不会连累你的……"乌渊说到这儿，到底是意难平，"我闯祸了，所以你后悔救我了，是吗？"

"那你呢？"燕仰云不答反问，"被我救，你不后悔吗？"

乌渊湛蓝的眸子紧紧盯着他："你不后悔，我便不后悔！"

"可我悔了！"燕仰云还捏在他下颌的手不受控制地收紧力道，下定决心般转头朝院中喊了一声，"来人，还不将这刺客锁了？"

乌渊眼里的光瞬间黯淡下来，眼见两道利落身影自墙头飞掠而来，竟然起身冲屋内奔去。

燕仰云被他突如其来的动作惊呆了，直到两名暗卫追进室内的脚步声才猛地回过神。

与此同时，北面传来衣物窸窣之声，乌渊竟是扛着永泰帝从窗边疾掠而出，临走前，又回身看了燕仰云一眼。

那一眼，怨愤幽恨俱有，直叫燕仰云手脚冰冷，全身不可抑制地颤抖起来。

那日午后，素来繁华的京都突然陷入一种诡异的纷乱中。

宫中不仅派出重兵包围温王府，还在京中挨家挨户砸门搜人。阵仗之大，让京中百姓纷纷想起当年乌家小姐失踪时，京中也曾一度满城兵丁砸门的奇景。

苦寻两日一无所获后，皇后坚持要召自称伤重昏迷的温王入宫。然而，奉命去接温王的金吾卫刚到王府，便听见明光总管震耳欲聋的哭喊："温王也被人掳走了！"

等宫中诸臣得到消息时，皇城西面的宫门前，一队负责每日运送山泉水的小车正由数名宫奴推入宫中。走在最后的瘦高宫奴推着车向御膳房方向行去时，趁着领头管事太监没注意，竟然将车子拐向了一处花圃后方。

一阵水声过后，水车中波影轻晃，只余地上一串湿漉漉的脚印渐行渐远，并在烈阳炙烤下须臾干透。

燕仰云醒来时虽觉头痛欲裂，却还依稀记得明光探得皇后坚持要接他入宫，燕仰云正命他刺伤自己时，忽有一黑衣人闯进屋里。

一张再熟悉不过的脸映入他的眼帘，乌渊正拿着一件白色绸衣准备帮他换上。

"你醒了？"乌渊开口，手上的动作却没有停。

燕仰云这才发现自己的衣服还在滴水，而眼前的雕花窗、紫檀床正是诩善宫的陈设。

"你这两天一直藏在宫里？"燕仰云愕然片刻，"我父皇呢？"

乌渊垂眸将他的手塞进袖管："王爷放心，翦春轩空置这些年，老鼠臭虫多不胜数，一定能招呼好咱们的万岁爷。"

燕仰云挣扎着刚想坐起，却听乌渊低声警告："别动！"

他的声音里透着明显的压抑，泄愤般地替他穿上衣服。燕仰云叹了口气："你现下到底是何打算？阿渊，你不可能把我关一辈子……"

"我为什么不能？"乌渊为他系纽扣的手一顿，"你父皇不就差点将我和我娘关了一辈子吗？凭什么他做得，我却做不得？"

"阿渊……"

"别这么叫我！"乌渊厉声打断他，又将一件干净的太监服草草套到燕仰云身上。

他起身，深深看着燕仰云："我这个半路捡来的挂名弟弟，哪及得上你父皇重要？他眼睁睁看着你母妃被人毒死，不为你母妃出头时，你怪过他吗？"

燕仰云被问得一怔，乌渊却满脸嘲弄："他明知太子和皇后设计你被毒蛇咬伤，联合太医将你双足锯断，害你一生再不能行走，却要你吞声忍气时，你怪过他吗？"

他每问一句，眉间的不忿便更重一分。

"亲耳听见他承认是谋害兄长的冷血卑劣之人时,他把害你的人捧上太子之位时,他对你弃如敝屣般说你是个废物时,你可曾有过那么一瞬,后悔投错胎,做了这种人的儿子?"

燕仰云只觉满腔苦涩:"我……"

"可我打伤他,不让他再以诛心之言让你我伤心时,你说你后悔救了我!"乌渊说到这儿,再也忍不住一把扼住了燕仰云的脖颈,脸上终于露出了一抹少年人才有的委屈和不忿,"我当年说得不够清楚吗?你是这世上,唯一对我好过的人!你知不知道,你对我来说,意味着什么?"

"对不起!"燕仰云被他眼底的痛色压得几近情怯,根本不敢直视他的眼睛。

乌渊却不等他再开口,将一块石青色锦帕重重塞到了他的嘴里。他扬了扬从燕仰云袖袋中搜出的温王令牌,冲他露出一个戾气十足的笑:"带你去看场好戏吧,哥哥!"

8.

太子从近身小太监口中得知,有个小太监拿着金龙白玉扳指求见自己时,激动得几乎是一路小跑着出了内殿。

自梁家小姐案发后,他便被皇后勒令低调行事。可这小太监呈上的扳指确实是永泰帝从不离手的物品。

太子脑中一瞬间闪过了无数可能性,强装出一脸平静道:"你在何处得到此物的?"

小太监低眉顺眼道:"奴才是在蓊春轩外见一只野猫爪子上挂了些明黄衣料,身旁还有这枚雕了龙的扳指,才好奇地往那蓊春轩里瞧了一眼。"

太子呼吸都急促起来:"你瞧见什么了?"

矮瘦太监一脸惊魂未定地摇头:"满院子杂草,奴才只隐约听见似有野猫在殿内的动静……奴才想着现下陛下不在宫中,能戴真龙之物的便只有殿下,这才给殿下送回来。"

"此事可有其他人知晓?"太子眼中精光四射,冲身旁近侍使了个眼色,视线却阴恻恻地在小太监脖子上转了几圈,近侍点头,不动声色地将人带走。

太子在原地踱了两圈，才带着两名心腹侍卫朝翳春轩行去。

翳春轩自当年那场大火后便彻底荒废，偌大的正殿被烧得面目全非，正面门窗全毁，只剩个梁柱框架还依稀可见当年的格局。

燕仰云被堵住了嘴，双手也被一条麻绳捆住。捆他的时候，乌渊神色凶狠，但麻绳不仅是隔着衣袖捆的，而且只是松松地打了个结。只不过，绳子的另一头被乌渊牢牢地拴在了自己的手腕上。

不久之前，乌渊将他背到角落里一架破旧焦黑的屏风后藏好，警告他："咱们两个现在是一条绳上的蚂蚱，轻举妄动的后果可是要一起承担的！"

屏风后的空间本就狭小，燕仰云刚要挣扎着与这人保持一些距离，院外忽然传来脚步声，乌渊做了个"噤声"的手势。

"你们在此守着，未得孤召，不得随意进来！"太子的声音在远处响起，随即便是侍卫恭敬整齐的"诺"。

燕仰云皱了皱眉，只听得院中草丛中窸窸窣窣的脚步声停在了殿门前，太子似是迟疑了片刻，才试探着发出一声轻咳。

紧接着，离燕仰云不远的地方，居然也响起了一声再熟悉不过的轻咳。燕仰云震惊得睁大了眼睛，乌渊却只是冲他挑衅地笑了笑。

太子脚步猛地停下，语气惊疑："父皇？"

"太子？"永泰帝气喘吁吁，声音却十分低弱，"朕……朕怕是不好了，那野种……朕……水米未进，头痛欲……欲裂……"

燕仰云皱了皱眉，虽看不见外头情形，却也能听出太子步入正殿，却似乎与永泰帝的位置还隔了些距离，只难掩激动地小声问着："父皇方才所说的野种，是指温王？"

永泰帝又喘了几声，气若游丝般竟唤了声太子小名："如郎……"

"什么？……你大声些？"太子似乎又走近了几步，旋即便是一阵闷响，燕仰云心下一慌，隐隐感觉外面形势不对，刚想动便被乌渊一把捂住了嘴。

"父皇……"太子出声，却是极痛苦的一声低呼，仿佛被什么扼住了喉咙，空荡荡的殿内，响彻他挣扎时踢踏出的响声。

"朕今年不过四十有七，再活个二十年，足够朕培养一个比你聪明机灵的新太子了！"永泰帝不知是在安慰自己还是在安慰太子，低声狞笑着的同时，隐约可以听见太子喉咙里发出的痛苦呻吟。

071

燕仰云身体难以抑制地颤抖起来，虽然眼前立着一架烧得几乎如焦炭的瓷屏，但他几乎能够想象得到此时外面那对父子以命相搏的惨状。

然而下一秒，永泰帝似是吃痛般发出一声痛苦的闷哼。随即他语气越发激昂："你来的时候就猜到朕在这儿了吧？带了侍卫却不让他们进来，袖中竟还藏着短匕？"

"好！甚好！朕知你心里早盼着朕死了！从来只有父要子亡，子不得不亡。可生为人子胆敢弑父，是要遭天打雷劈的！"

"救……救命！"

太子痛苦而沙哑的求救声里，永泰帝疼得不断闷哼的呻吟也在继续。随即一声沉闷的重响后，皇帝的声音转为哀求："如郎，如郎你休怪父皇！父皇被那小野种喂了毒丸，不杀了你，今晚毒发身亡的就是朕了！"

太子怪笑起来："没办法？父皇没办法，儿臣有啊！儿臣不孝，恭送父皇宾天！"

燕仰云闻言，难以置信地睁大了眼睛，下意识便想以头撞开面前的屏风，却被乌渊先一步按住了头。

而永泰帝在外面，已经发出一声垂死的哑叫："逆子！你……必……必遭天……"

"嘘！"太子似是将永泰帝最后的诅咒也捂在了掌心，语气里满是得意，"孤乃东宫正统，真龙天子，用得着怕天谴？"

四下里，尽是太子得意的笑声，疯狂而放肆，燕仰云却听得遍体生寒。乌渊深深看了他一眼，似是被他苍白的神色触动。

不过，这笑声显然没有维持多久，便以戛然而止的方式止住，短暂的死寂之后，太子突然语气慌乱："你……你们，你们何时来的？"

殿中一阵纷乱的脚步声后，竟是响起了太师的声音："臣梁松，恭送陛下！"

一时间，重臣山呼之声此起彼伏，太子急急解释的声音也夹杂其中："不是你们看到的这样，是父皇，是父皇想杀孤！"

乌渊在燕仰云耳边嗤笑出声，燕仰云扭头看着他，心中忽然生出一种难以名状的不安。乌渊却似会读心般，低声问他："你还会信我吗，哥？"

燕仰云刚想问他要做什么，便觉得身子一松，乌渊将手腕上的绳子朝梁上一掷，下一秒，燕仰云身子一轻，腕上的绳索被人猛拽一下后，他整个人都被吊了起来。

"温王殿下!"梁太师惊呼出声。

燕仰云这才看清此时殿中的情形。

永泰帝胸口插着一柄短匕,已然气绝。而太子正被数十名朝中重臣围在正中,满脸慌张。

梁太师双眸如炬,死死盯住了乌渊:"你执温王令牌为信,以温王和陛下的安危为要挟,让小太监将我等引至此地,又设计害得陛下与太子父子相残,到底有何目的?"

"目的?"乌渊走到燕仰云面前,蓝眸沉沉看了他一眼,才扯下他嘴里那块石青色锦帕,珍而重之地揣回怀中。

他转身环顾众人一圈,才抬步向太子走去:"我的目的自然是为死在这蓟春轩中的父母报仇!"

"你的父母?"金吾卫统领满脸诧异,"蓝眸,胡人血统,你就是当年乌家小姐被人玷污后生下的小野……小公子?"

"没错,我就是永泰帝当年为了夺嫡争权,害得我母亲婚前失贞,名节尽丧后生下的那个野种!"

太子脸色灰败:"你到底想怎么样?"

"我母亲被他害得半世疯癫、生不如死,废太子更是被他设计刺死于这蓟春轩中。现在,他倒是死得轻松,也该轮到你们这些当儿子的父债子偿了吧!"乌渊说这话时,眼睛一直看着燕仰云,话毕,才忽然从腰间抽出一枚飞刀,寒光化作一点流星,朝燕仰云飞射而去。

"王爷!"众臣惊呼,金吾卫统领几乎是在乌渊出手的同时,三步并作两步飞扑上前救人。

谁知乌渊却在这个当口,身形一掠冲到了太子面前,指骨屈张如铁钳般扼上了太子那方才被永泰帝扼红的颈项,以仅有彼此才能听见的怨愤口吻道:"猜猜看,是骨头被生生折断痛一些,还是被人齐踝斩断双腿更疼?"

太子满眼惊恐中,只听见自己颈椎传来的一声脆响,世界在他眼前忽然就暗了下来。

燕仰云险险被金吾卫统领接住的同时,头上绳索也被飞刀割断,惊魂未定间视线却定格在乌渊身上,双唇颤抖着刚想开口。却见自己面前的梁太师暗暗向早已在杂草中潜伏已久的弓箭手扬起了手。

空气中，数十道箭矢破空的声音呼啸着朝乌渊射去……

燕仰云却脸色惨白，厉声尖叫："不要！"

···· 尾声 ····

永泰十三年，太子暴毙，帝惊闻噩耗，于翌日驾崩。举国大丧。

同年，元老诸臣齐心拥戴三皇子温王继位，改国号：天渊。

天渊一年，春，诩善宫。

刚刚下朝的燕仰云因为风寒未愈，回来的一路时不时便低咳几声，咳得明光满脸愁容，连带着身后捧着奏折的小太监们都格外小心，生怕惹新帝不快。

诩善宫里，燕仰云进殿后只吩咐明光将奏折堆到正殿的书案前，自己则自顾自地转动轮椅朝内殿行去。

内殿的黑漆嵌螺钿床上，帐帘低垂，只隐约可见床上躺了个人。

燕仰云的轮椅停在床前："你今日，还是不想见我吗？"

"梁太师今日下朝，又来找朕商议婚事了。"他的手里多了块石青色的锦帕，被紧紧攥在掌心，"当日你在翦春轩，设计让父王与太子自相残杀后杀了太子，你自己却身中数箭时，我脑子一片空白，方寸大乱，梁太师便看出你我关系匪浅。这一年以来，他虽一力将我扶上皇位，却也越发强势，今日更是重提此事，俨然认定是你我联手设下翦春轩的杀局……"

燕仰云倦叹："我从来没想过要坐这把龙椅，当初说要将你交给刑部只是故意让你伤心，想让你在牢里暂避我与太子的争斗。这天下原该是你父亲的，他豁出一切保护你和你母亲便是将你当作了自己的亲骨肉。我决定将你救出翦春轩那一刻，便是打定主意要替我父皇赎罪，将原本该属于你父亲的东西还给你。"

"可我现在是真的后悔了，阿渊！"他掀开帐帘，看着床上已经躺了小半年，面容清瘦的年轻男子，声音哽咽，"太医都说了，你的箭伤都已痊愈。可你至今不醒，我勉力支撑到现在已是心力交瘁。现下中宫无人，我还能将你藏在宫中，一旦我答应了立后，就只能将你送回盘圣寺了……"

他说到这儿，再忍不住伏在床沿边："说好了，你要保护我，要替我遮风挡雨的，乌渊，你至少醒来，听我说声对不起啊……"

他叹息着抓过少年的手遮住眉眼,想借此暂避凡世,迷迷糊糊间却觉得那只温热手掌轻碰自己的额头,奈何风寒症重,一时竟有些睡意昏沉,睁不开眼。

与此同时,已将外间布置妥当的明光蹑足走到内殿:"皇上,待批的折子都已归置妥当,是现在就批,还是先传太医来给您开剂……"

明光的话在看清殿内的情形后戛然而止,惊喜交加。

低垂的帘幕前,燕仰云身形侧卧,正靠在床沿,面色微红,似是仍在梦里浮沉。一只骨节分明的大掌小心翼翼地停在他的额头,手的主人蓝眸熠熠,目光有如直视神祇……

末日童话

戏精
陈最
×
过敏体质
蒋了

文 / 大西瓜皮

蒋了接种疫苗后,突然过敏了,他选择远离过敏源……

说起来,我一直都很想写一篇末日题材的稿子,因为——有人相爱,有人夜里开车看海,也有打工人偷偷流泪,幻想明天世界末日,不用上班早起。

···· ▟ 00.过敏 ▛ ····

"2433"陨石坠落的第五年，由其带来的地震、海啸、瘟疫等天灾终于不再频发，地球进入末日大后期。

蒋了作为第八区基地第一批外出探测地震带新地形的小队队长，也是第一个接种疫苗的人。疫苗还在实验阶段，用以预防天灾中大量动物尸体造成的新型病毒感染。

初步接种，蒋了的身体没有出现任何不良反应，然而在十天后，副作用突然出现——

他发现自己竟然产生了强烈的过敏反应，会难以呼吸，会像醉酒一样头晕发热。

情况太特殊，医生建议蒋了进行脱敏治疗，但他选择远离过敏原，这辈子都不想再见到那个人。

可在离开基地的这一天，电梯门打开，蒋了又一次碰见了陈最。

对方垂眸看了过来，下一秒，他抬脚走进电梯，带着淡淡的清苦柚香。

……蒋了有些晕。

···· ▟ 01.死对头 ▛ ····

蒋了和陈最在一个大院长大，一路同校，算是竹马之交。但基地大部分人知道，他们已经不相往来快两年了。

结果在这次外勤任务中，他们临时组成了搭档。

此刻坐在前往目的地的车上，蒋了的头隐隐作痛，恨不得抢过方向盘，直接把车撞到并行的那辆车上。

开车的副队没注意到蒋了咬牙的动作，还不识时务地打听起了八卦："队长，你和零队那边的头儿到底有什么仇啊？你放心，我嘴严，绝对不会说出去！"

蒋了眼皮都没抬一下，开口就是："仇？哦，我把他前八十六个女朋友全抢走了，所以他恨不得弄死我。"

副队一愣："不能吧？他看起来一点世俗的欲望都没有，能谈这么多？而且……怎么看都感觉队长你的杀意更重一点。"

蒋了在心里冷笑。

他之前也以为陈最性子冷淡，无情无欲，像是宿舍床板，哪里想得到对方的心眼子多得老鼠来了都不知道往哪儿钻。

但他更没想到，这次行动会碰上双震，第二次主震在他们到达小镇，开始收集地形信息时爆发，并且造成了大面积的沙涌。

小镇在横跨沙漠的公路旁，地下储水。蒋了和陈最紧急带队朝沙漠深处撤离，然而五辆车中有三辆接连爆胎，还碰上了地震引发的沙尘暴。

一场灾难，势必引发其他灾难。

种种情况导致沙尘暴结束时，蒋了身边只剩下了陈最——让他头晕脑热的过敏原。

蒋了喘不上气，刚深呼吸了一下，陈最就转头盯住了他的脸，微微一愣："你被风沙呛到了？脸色不太好。"

陈最伸手，想帮他拍掉衣领处的黄沙，却不想他下意识后仰躲开，直接滚下了坡。

在死对头面前丢尽了脸，蒋了的心瞬间死了一大半，于是在陈最冲下坡准备扶他一把时，他条件反射地打开了他的手。

再度过敏，他陷于流沙与急促的呼吸中，完全没注意到陈最紧皱的眉头，和陡然暗淡的目光。

之后入夜扎营，蒋了没和陈最的帐篷挨在一起，特地离了百米远，可那股柚香味反而越来越浓。

过敏也就算了，现在还偏偏和他一起被困在了沙漠深处。

蒋了用布裹着下半张脸，恶狠狠地怀疑，陈最这个浑蛋是不是给他下毒了？

他正坐在石头上琢磨着，忽然一片阴影落下，再抬头时，陈最已经来到了面前，找他要通信器联系队友。白天那场沙尘暴来得太突然，加上车一下子坏了三辆，紧急关头，蒋了和陈最做了同一个决定，所有人挤在能正常行驶的两辆车上，他们两人留下来，守着爆胎车上的仪器和一系列地形数据。

蒋了把通信器丢给陈最，隔着遮脸的厚布，声音模糊："刚试了，没信号。"

他态度敷衍，低下头摆明了不想跟他多说一句话。

可陈最仿佛看不懂脸色，非要和他交流："这两年任务多，没时间和你联系。"

蒋了"嗯嗯"两声，刚想转移话题，陈最就又说了句："很多事情我没来得及解释，你是不是误会了什么，对我有意见？"

"哪能啊，你是我们基地的青年才俊，我忙着欣赏你都来不及。"

蒋了刚说完，就听见陈最轻笑了下："是吗？我还以为是我那前八十六个女朋友说了什么，导致你见我就躲……还是说，你嫌她们讨不了你欢心？"

蒋了的心骤跳，猛地抬头，直直撞进陈最的眼中。

他目光深沉，好似认真："如果是后者，那我争取一下，下次努力谈个你喜欢的。"

蒋了先是呆若木鸡，然后火冒三丈，开始在心里痛骂副队。

这就是嘴严？等小队会合时，他要把他塞进海沟喂乌贼！

陈最哪有什么八十六个前女友？他清心寡欲得连女生的手都没拉过，非要说的话……其实是蒋了的暗恋对象跟他告了白。

02. 好聚好散

蒋了从小顽皮，但嘴甜，跟谁都能称兄道弟、男女通吃，三言两语就能把人哄得心花怒放。

他去食堂窗口转一圈，打菜阿姨给的肉都能溢出盘子。

与之相反的是陈最，沉默寡言，长得再好看也没用，打菜阿姨没手抖就已经很给面子了。

那个时候天灾还没有出现，蒋了和陈最走得最近，无话不说，就连盘子中的排骨都能舍得分给他五大块。

但他们最开始也并不熟，一个离经叛道，一个克己守礼，根本不是一个圈子里的。会成为朋友还是因为蒋了见义勇为暴揍不法分子，差点被打成苏打饼干时，陈最路过折了对方的胳膊。

事后蒋了因为受了点伤，被家里父母逼着保温杯里泡枸杞，老母鸡汤里炖红枣。

他吃得上了火，于是每次拉着陈最和他一起养生。

养着养着他就发现，陈最家里气氛压抑，管教严苛，压缩饼干来了都觉得喘不过气。

彼时蒋了没心没肺，被陈最救了后就打定主意和他当异父异母的亲兄弟，觉得他惨得要命，又帮不上忙，只能天天买早餐送温暖，还经常去他家蹭饭，缓和一下他家堪比老鼠窝的压抑氛围。

有一次，他还撞见陈最正在挨他爷爷的戒尺，背上全是红痕，有一些皮肉还渗出了血丝。

他连滚带爬地冲上去，把陈最挡在了身后。

只是陈最不领情，抓着他的肩膀想把他拉开："让开，别挡在这里。"

他的脸色不太好看，额间全是细细的汗，可声线还是冷冷淡淡的，掩藏了那点颤抖的声音。

而在邻居家的小孩面前，陈老不好再训斥什么，丢了戒尺，脚步声极重地出了客厅。

之后蒋了又给陈最炖起了老母鸡汤。

陈最也拒绝过："别跟着我。"

蒋了愣了半晌，随后慢吞吞地应道："行吧，我以后不跟着你了，好聚好散，你走你的独木桥。"

他答应得太干脆，陈最反而觉得不对劲，皱眉看着他。

而少年嬉皮笑脸，继续胡说八道："我呢，就在下面给你撑着桥，够贴心吧？"

日光荡漾，他笑得明亮又张扬，像炙热的盛夏烈阳，又像是剧烈摇晃后再开盖的冰镇汽水。

那天陈最沉默了很久,到最后也不知道自己想通了什么。

结束短暂的少年时期后,蒋了的朋友越来越多,而陈最依旧冷淡寡言,身边只有蒋了。起初蒋了还担心陈最独来独往会寂寞,然而一转眼,他就看见自己的暗恋对象跟他告了白。

高考后有一次大学举办的夏令营集训,蒋了也是在那个时候对某个女生有了好感。

陈最大概是看出了他笨拙的暗恋,想跟他解释,但他心乱如麻转身就跑了,此后大半年都没和陈最碰过面。

倒不是用情太深,只是朦胧的好感,他郁闷了一段时间也就放下了。区区小情小爱影响不了他和陈最的兄弟情……纯粹是尴尬,导致他一见到陈最就觉得浑身别扭。

他们重新会有交集,还是因为一场火灾。

他在打球,扭头看到隔壁的实验楼冒起了浓烟。等他反应过来时,人已经冲了进去。他一直都知道陈最的实验教室,一句话都没得及说,急急忙忙地拉着他逃命。

结果费了老大劲把人拉出来后,蒋了才知道,烟雾是假的。

研究院预测有一颗巨大的地外天体将坠落地球,残骸坠地时极有可能造成火灾。校方为提高学生在突发事件中的应急能力,决定在实验楼进行消防演习。

而蒋了屏蔽了班群还逃了年级大会,完全不知道有这件事。

在得知真相的那一秒,他恨不得自己变成傻子。但心死了脚还能动,他转身想逃时,反被陈最扯住了手腕。

他神色未变,又似乎有点儿急切:"……一起去吃饭吗?"

蒋了呆住了:"你不回去做实验了?"

陈最摇头。

可惜当时是下午三点,食堂里什么吃的都没有。

最后陈最给蒋了买了奶茶,两人在食堂里坐了一整个下午,一直等到了饭点。

蒋了以为,他和陈最和好了,彼此之间谁也没提起那个女生的名字,也没提断了联系的那大半年。

再后来天灾出现,秩序混乱,各州建立基地。蒋了和陈最一起加入护卫队,在天崩地裂中重建家园。

那天他从外面抓了只兔子回来，想送给属兔的陈最，却听到上级指挥官对陈最说："你确定要顶替一队蒋了的名额？"

陈最说是。

蒋了不想偷听，回到陈最的住处，等他回来后依旧把兔子送给了他。一周后，陈最升为队长，他的申请则被退回。

那一刻他才知道，原来他们指的是护卫队内晋升的名额。

那段时间蒋了接了无数个任务，弄得一身伤，腿被钢筋捅了个对穿抬进了医院。他觉得无所谓，名额没了，无法按规则条例正常晋升，那就用功劳去换。

可在医院安安静静躺了快半个月后，他还是没忍住，将陈最痛骂了一顿。他都差点断腿没命了，也没见陈最来送个果篮。

蒋了连续几天睡不着觉，满脑子都在琢磨怎么把兔子偷回来。

后来想想又算了，心甘情愿送出去的东西，哪能再要回来。

大不了就当他没抓到过那只兔子……也没认识过他。

03. 腰侧的疤

在沙漠上的第一夜，蒋了被陈最当面戳穿八十六个前女友的胡言乱语后，愣了半晌，然后逃命似的蹿回了帐篷。

他原本还想今晚守夜，但现在连帐篷都没好意思出。

直到半梦半醒间，耳边忽然传来一些异常的动静。

沙漠夜风大，呼啸而过时仿佛冤鬼在哭，撕裂般尖厉，而其中还夹杂着野兽的嘶吼，和什么东西拖行过沙地的摩擦声。

蒋了猛地清醒过来，拉开拉链钻出了帐篷。外面只剩下一堆烧得正旺的火，和火光之外一望无际的诡异沙漠，不见守夜的陈最。

他快步来到陈最的帐篷前，越发清楚地听到那阵时不时的拖地声，并夹杂着刺耳的咝咝声。

"陈最！"

他担心出事，掀开根本没拉上的门帘，一脚跨进帐篷后，和刚脱完上衣的陈最对上了视线。

陈最身上有数道伤疤，最长的一条从肩胛骨划过线条清晰的肌肉，最后没入紧绷的裤腰。

蒋了一怔，顿时哑然。

反观对方，陈最淡定地转过头看向他，侧脸优越，在半明半暗的狭窄帐篷里，像是精魅。

"怎么了？"

蒋了收回视线，干巴巴地解释道："没事，就是听到你这边有声音……"

话音刚落，他目光一顿，落在了旁边的睡袋上。通信器被压在睡袋底下，正发出一连串通信失败的电流杂音。

陈最注意到蒋了的目光，随手扯了件黑T恤往身上套，问道："你指的是这个声音？"

蒋了眉头紧锁，那种诡异的危机感仍然徘徊在周围，他有些分辨不清，拖地声到底是风太凄厉，还是他——

陈最突然厉声喊道："趴下！"

身后传来物体破空的声音，蒋了还没回过神就先被陈最扑倒，借势滚出了帐篷！

余光里，一只形态奇怪的野狼蹿过他们的上空，龇牙低吼，带着浓烈的恶臭，一头扎进了帐篷。

蒋了翻身爬起，那只狼也撕破帐篷钻了出来。它体型瘦弱，但腹部、背部长满了大大小小的脓包，密密麻麻，明显是感染病毒后进入急性发作期的症状。

短短几秒，狼将火堆撞散，冲向蒋了。他只来得及和陈最交换一个眼神，然后看准地形，第二次从沙丘滚了下去。

沙丘背面无照明，只有几根火堆被撞散时滚至坡下的柴火，像是黑夜中的星火。

狼追上来的那一刻，陈最紧随其后，滑铲下坡，用匕首刺穿狼的尾部迫使它回首撕咬，再踩住它的后颈，给蒋了腾出回防的时间。

顷刻间，蒋了转身赶上，抓起地上的柴火，将燃烧的一端塞进了狼的嘴巴。

……

一切尘埃落定，蒋了绷紧的神经猛地放松，却又注意到自己离陈最极近，心慌意乱等过敏反应在肾上腺素消退后猛地反扑过来。

陈最处理完狼尸，回过头，就见蒋了喘着粗气，呼吸急促，耳根红了大片。

回到营地，为了避免携带病毒，两人烧了身上的衣物，还用车上的水清洗了一遍身体。

蒋了全程背对陈最，没转身，他以为陈最也是，等他换上衣服准备再拢一拢火堆时，才知道陈最压根没转身。

"……你怎么不转过去？"

"如果你遇到危险，我能第一时间发现。"

蒋了再次成了哑巴。

又因为陈最的帐篷坏了，现在三更半夜两人只能挤在一顶帐篷里。

蒋了以为自己会失眠，然而眼睛一闭，他就晕乎乎地睡了过去，仿佛醉酒。

风依然吵得要命，鬼哭狼嚎，如同唢呐吹个没完。到了后半夜，声音骤然减小，就好像……有人捂住了他的耳朵。

04. 三天就能脱单

蒋了累了一夜，翌日醒来时天光亮得晃眼，仿佛橘子汽水漏了一地。

与此同时，他想起昨天那三辆废车，打算想办法把车挪个位，以免这里的沙粒太细，车陷进流沙里出不来。

只不过他刚钻出帐篷，发现原本停在周围的车被陈最开到了不远处山丘的岩石坡下。在沙漠里开爆胎的车，费劲得要命，开两下就得下车挪半天。

蒋了不知道他一个人折腾了多久，昨夜兽袭和今早挪车，他还挺有精力。

他拿着通信器走过来："联系到你那个叫王洋的副队了，他们碰到西北基地的运输官，现在正一起往回赶。"

蒋了点头，然后忽然愣住。

陈最袖口高卷，蒋了的目光随意往下一扫，发现他小臂上有针孔，不止一处，甚至形成了颜色较深的采血痕迹。

他刚要开口询问，背后就响起了车辆声，还有王洋大得能在村口当喇叭的嗓门："队长！！"

除了去而复返的两辆车外，还有一辆载满物资的小型卡车，从上面下来一个穿着风衣的年轻女子。

蒋了顿时头皮发麻，看了第一眼就不敢再看第二眼。

奈何王洋不仅嘴巴漏风，眼神还不太好，根本看不出他心如死灰的表情。从卡车上借了修车工具后，他还要拉着蒋了苦口婆心地做媒："队长，你就别惦记陈队的女朋友了。我昨天听他队里的人说，他这人深不可测，谁惹谁倒霉……对了，来的路上我问过了，那个运输官姓林，单身！队长，你要不要追追看？我保证，你顶着这张脸，三天就能脱单！"

蒋了面无表情，心里却翻江倒海，压根不敢转头看身后正在跟陈最说话的林因绿。

他对林因绿有过好感这件事，谁都不知道，除了陈最……就他眼尖。

事已至此，蒋了根本没心思谈什么小情小爱，只关心："陈最怎么深不可测了？"

"听说他养了只兔子……像他这种什么事都不关心，天塌了也不放在心上的人，居然会养兔子，还养得又白又胖的。

队长，你是没听那些人说他对兔子有多重视，就差没亲手种大白菜喂它了。"

蒋了有些意外，没再开口，直到车修好准备重新出发时，林因绿突然笑着走过来，跟他打了个招呼。

自从夏令营后他们就再没见过了，她这次离开基地还是为了运输第八区研发的疫苗。

有公事要聊，蒋了和陈最就一起上了她那辆卡车的后座。

也是上了车后，蒋了觉得哪儿哪儿都不对劲。他坐在后座中间，不好靠近林因绿，只能贴着陈最坐。

王洋开车从卡车旁边过去时，给他投来了一个相当复杂的眼神。

蒋了坐立难安，就算开着车窗，风涌进来，他也还是能闻到陈最身上的苦柚香，越闻越头晕。

陈最看过来一眼，问道："不舒服？"

他含糊地说了声"没有"，然后晕乎乎地就睡着了。

林因绿和司机聊完路线，再转头时，见蒋了靠在陈最肩上睡着了，而他们之间宽得还能坐下一个人。

林因绿感慨了句:"跟那个时候差不多,你照顾他成了习惯?"
陈最没有回答。

05. 八字不合

小镇发生双震及沙涌,不再适合采集地形数据。车队原路返回第八区的路上,碰到一个靠山的小型基地发生泥石流灾害。

蒋了等人下车救人,和基地幸存者们几乎挖遍了被冲垮的房屋废墟。

没什么人出声,每个人都忙得要命,以至于挖掘工作暂停时,蒋了才意识到那股柚香已经浓得不得了了,但更浓的是刺鼻的血腥味。

他停下手头的事,抬头才看到前方陈最的右手臂上全是血,他用左手包扎了半天,血反而越流越多。

"不会包扎就别自己来。"蒋了看不下去,上前帮陈最重新上药包扎,可哪怕屏着呼吸,也能感受到那扑面而来的气味。

那种感觉好比是被暴雨淋湿,每一滴雨珠都带着湿漉漉的酒香,将他不留余地地包裹起来,以至于这次的眩晕比之前都更加剧烈。

他觉得晕,还觉得他和陈最八字不合,但在这种情况下也只能绞尽脑汁找话题,转移注意力:"怎么这么多血,被钢筋划伤的?"

陈最没有否认。

他这几年很少接外勤任务,几乎都待在研究院。蒋了潜意识认为,他纯粹是忽略救援中的注意事项,才会弄伤自己,而且如果不是大面积且深的伤口,不会流这么多血。

不远处的林因绿注意到这一幕,也走了过来,问发生了什么事。

"没事。"陈最的目光还停在蒋了身上,看得他浑身不自在。

他们两人很久没有往来了,要不是有公务在身,他躲他都来不及。陈最也知道这点,故意借着林因绿在场,让他去车上休息:"你的状态不太对劲。"

蒋了嗤笑:"管好你自己,少咒我。"包扎完伤口,他转身就想走,可在抬脚的那一瞬,不只是头晕,眼前还发起了黑,明显是要晕倒的前兆。

一边是陈最,一边是林因绿,他往谁身上倒都不合适……短短想了一秒,蒋了决定倒地上,满地石头就石头了,说不定找准角度还能来个失忆。

可惜他还没碰到地面,就被陈最拽住手臂扯了回来。

"蒋了!"

……

蒋了真晕了,醒来时发现自己躺在车上,众人准备启程离开小型基地,返回第八区。

经此一事,蒋了不敢再靠近陈最一步,打算回到第八区后就打报告,主动请缨调到偏僻地区工作。

然而在回程的路上,他发现不是他在躲避陈最,而是对方在刻意保持距离。入夜停车休整时,就算在帐篷外碰见,也是陈最先移开视线,走向别处。

蒋了从主动变为被动,还有些不习惯。这时,林因绿来看他,顺便提醒了一句:"你可能是对疫苗过敏,情况有些严重,这几天得离陈最远一点。"

"我疫苗过敏跟他有什么关系?"

林因绿疑惑地说:"你是护卫队的,你不知道?你接种的疫苗血清是从陈最身上提取的,还处于试验阶段,不清楚副作用。"

蒋了愣住了片刻。

他知道这个疫苗,也知道陈最是研发人员之一,从研发计划开始到现在将近两年。电光石火之间,蒋了感觉哪里出了问题,却又找不到源头。

一周后,车队终于回到第八区,也就是在车刚开进大门时,陈最的手臂再次出血,无法止住。

06. 不骗你

陈最失血过多,被送进了医院。

蒋了一起跟着去的,但因为他闻不了那股柚子味,只能站在病房外,因此从医生口中得知了陈最流血不止的原因。

"病人有凝血障碍,之前就已经提醒过了,尽量少接外勤任务。"

蒋了以为自己听错了:"没搞错吧?我和他一起长大的,没听说过他有这方面的毛病。"

医生翻了下病历:"没搞错,一年前查出来的……没记错的话,当时他吐了一夜的血,差点救不回来。"

蒋了沉默了半天没有说话，医生还开了单子让蒋了去取药，两瓶凝血试剂，带着淡淡的柚子味。

可这次蒋了闻了，却没有眩晕的感觉。

试剂仍然带着清苦的药味，像是尚未成熟的柚子。

蒋了忽然反应过来，接种疫苗后，他与陈最第一次碰面，是在研究院发生实验事故的时候，陈最救人受伤，用了大量外敷的凝血试剂。

他先入为主，一直以为是自己鼻子出了问题，从没怀疑过，他有可能是对疫苗中的血液成分过敏。更不知道，他打的疫苗，是用陈最的血清研制的。

……

陈最没有朋友，蒋了在病房门口站了半天，最后还是认命了，找医生要了两颗抗过敏药，然后进病房陪护。

陈最住了三天的院，蒋了也就哑着嗓子照顾了他三天。

直到出院那天，蒋了一心想着自此老死不相往来，陈最突然说了一句："你送我的那只兔子学会了后空翻，要不要去看看？"

蒋了瞥了他一眼："你当我傻啊。"

陈最回："不骗你。"

他垂着眼睑，少了一点冷淡感，唇边的痣惹眼又生动。

蒋了盯着陈最看了半天，半信半疑地去了他的公寓，也见到了自己亲手抓回来的兔子——抓到它的时候还病恹恹的，瘦得只有一团，现在却胖得能把人砸晕。

"这么胖，还能后空翻？"

话音刚落，陈最就拎着兔子的爪子，手动让它来了个后空翻。

蒋了沉默了，觉得自己好骗，简直就是双份的二百五。他本来想走，奈何兔子十分黏他，用爪子扒拉着他的裤脚，还想跳到他怀里。

之后陈最去做晚饭，蒋了抱着兔子找零食，没找到磨牙草饼，反而在抽屉里翻出了十几瓶凝血试剂，以及一份自愿顶替名额、承担实验风险的申请书。

除了这些，还有一本厚得吓人的实验记录，记录着陈最接种灭活病毒后身体的一系列反应，从时间地点到血液指标，甚至详细到一个晚上吐了几次血。

所有一切，都在这时联系在一起。

一开始蒋了以为，陈最身上的柚子味是沐浴露之类带来的，又或者是他表面冷淡、内心闷骚，偷偷喷了香水。

但事实是他有轻微凝血障碍，又要经常抽血化验，甚至反复接种灭活病毒，所以需要常备外敷试剂。

之所以有凝血障碍，也是因为当初注射初代疫苗时，他身体产生了剧烈的不良反应，吐血、高烧，几次昏迷休克。

最严重的那次，刚好是蒋了断腿住院的时候。

07. 无名火

蒋了是没心没肺，不是没脑子。

他回想起一年前，上级问陈最的那句："你确定要顶替一队蒋了的名额？"

这是护卫队内晋升的名额，同时也是参加身体实验的名额。

这种病毒的传染性不高，但致死率极高。在天灾才爆发的那年，人心惶惶，为了避免不必要的恐慌，基地选择不公开招募志愿者，也没有公布志愿者名单。

表面上的晋升，实际上是之后参与实验的"感谢"。

当蒋了看到白纸黑字记录下的吐血次数时，胸腔里突然蹿上了一股无名火。

他找陈最对质，而陈最只是看了一眼那些报告，既没有否认，也没有解释。

"王洋说他嘴严，可上一秒说的话，下一秒就能从他嘴里漏出风。你呢？你还真能藏事啊，河蚌都没你嘴紧！"

蒋了气血上涌，感觉整个脑袋都是热的。

他不知道自己骂了陈最多久，而陈最也没有反驳，只是静静地听着。过了良久，陈最才开口："蒋了，你也体谅一下我。"

"体谅你什么？体谅你没经过我同意，就顶替了我的名额去参加实验？你是有两条命还是脑子有病！"

陈最看着他，垂下又抬起的长睫，像是沙漠中隐约出现的海市蜃楼。

"如果你死在我参与的研发实验里，死在我面前，你要我怎么办？"

"就算不死，活下来也会像我们在沙漠中遇到的那只狼一样，浑身长满脓包，意识疯狂。"

在天灾中死去的动物不计其数，尸体在高温下腐烂，突然变异出了一种致死率极高的新型病毒。

基地从护卫队中挑选了一批身体素质达标的队员，注射灭活病毒，再从痊愈者的身体中提取血清研制疫苗。

陈最大学学的是生物化学，是疫苗研发实验的研究人员，原本并不在志愿者名单里。

他在名单中看到了蒋了的名字，也知道蒋了一定会同意参加实验，但他无法接受某天意外发生，看着蒋了死在自己面前。

所以他用自己将蒋了从候选名单中换了下来。

听了解释后，蒋了骂得更凶了，吓得兔子都找地方躲了起来。

他骂了快一个小时，饶是陈最也有些吃不消了，问："骂累了吗，要不要休息一会儿？"

"呵呵，你见谁骂人是会累的？"

"……那渴不渴？"

蒋了一口气差点没上来，怒目而视陈最几秒，最后点了点头，打算喝完水再接着骂。

只是公寓没水了，陈最倒了一杯酒给蒋了。

他想的是，蒋了酒量不好，喝醉了就没法骂人了。

事实证明，蒋了醉了是不会骂人，但是他把陈最当成了那只兔子，一口又一口叫他乖乖。

要命的是，蒋了第二天酒醒，还清楚地记得自己是怎么发的疯。

08. 异父异母的亲兄弟

醉酒这件事过后，蒋了没脸见陈最。

这也就导致他们之间的气氛比当初老死不相往来时还要微妙，如同极地里将要破裂的气泡。

而最终戳破这个气泡的人是林因绿。

林因绿准备离开第八区，在基地门口偶遇蒋了，找他要陈最的私人联系方式。蒋了没给，当场就拒绝了。

闻言，林因绿也没生气，反倒笑着说他们果然不像基地那些人说的那样有仇有怨，私底下肯定关系很好，并且提起了那年的夏令营。

"你昏迷了一夜，陈最忙前忙后地照顾你……像他那种人，居然也会慌得连脸色都变了。"

那天晚上她赶去上晚自习，刚好撞见蒋了翻墙进来，落地脚滑，直接摔晕了过去。

她叫来了陈最，也是陈最把蒋了背去了医院。

如果非要谈论因果的话，蒋了之所以会对林因绿有好感，就是因为这件事，他一直以为是林因绿把自己背去了医院。

一个女生力气能这么大，那可真是不得了，有点东西。

林因绿笑着走了。

……

蒋了抓心挠肝了好几天，后来没忍住去找陈最，停止这几天的冷战，向他求证这件事的真伪。

陈最没有直接回答，慢吞吞地剥完手里的柚子，才转头看向他："如果是，你打算怎么报恩？"

柚子清苦的香气再次弥漫开来。

蒋了心头骤然猛跳，明明正在进行脱敏治疗，过敏反应却好像愈发剧烈。

他沉默了半晌，最后试探着问道："结拜成异父异母的亲兄弟？"

"那倒也不必。"

陈最开口，声音低沉柔和，像在挟恩图报，又像是祈求。

"以后别躲着我，就当报恩了。毕竟兔子也很想你。"

09. 钓鱼执法

王洋这人哪儿都好，就是爱八卦，拿把瓜子去村头，都能和大爷大妈处成忘年之交。

某次出外勤任务时，他又碰见了林因绿，想起不久前听到的小道消息，没忍住和她聊了起来："你喜欢陈最？"

林因绿大惊失色："谁喜欢他那种冰山啊？我喜欢活泼开朗的大男

孩好不好!"

王洋蒙了:"可我听说你参加夏令营时跟他告白过?"

想起旧事,林因绿气得咬牙切齿:"那是因为有个人给我发匿名短信,说如果我跟陈最告白,他就给我作业抄……结果他给的答案全是对的,夏令营的老师第二天就发现了不对劲,把我训了一顿!"

王洋更蒙了。

林因绿怀疑,这背后藏着一个天大的阴谋。

发匿名短信的人要么跟她有仇,要么就是老师在"钓鱼执法"。

而现在,她有了一个怀疑的对象。

GUO FEN

过分
依赖

忠厚老实
大哥
×
人格分裂
弟弟

文／霜枝椿

宠弟多年的沈明秋某天突然发现，一直以来乖巧可爱、善良美好、善解人意的弟弟——变了。

喜欢天马行空，并享受将小构思编织成小故事，希望所有人都能够天天开心，万事顺利。

微博：@霄枝椿

1. 喝盗版啤酒，享糟糕人生

浑身酸痛，四肢发麻。

这是郭大睿清醒后的唯一感觉。

就说天下没有免费的午餐，一块钱一瓶的啤酒不能贪。

昨天是他和小弟们拜把子的纪念日，于是他兴高采烈地去便利店买了四箱啤酒，然后一行人坐在马路牙子上，从晚上八点喝到了凌晨两点。

便利店门外的液晶电视上，主持人难掩兴奋道："A市体育中心将在国庆佳节燃放最炫烟花。"

郭大睿对此不以为意，孤家寡人的他只想在佳节和小弟们摆摆龙门阵。

掺了水的啤酒味道很淡，但后劲很大。后来他只记得自己吐得昏天黑地，连怎么回来的都不知道。

郭大睿眯了眯眼，伸手打算去摸口袋里的手机，却忽然发现自己的手掌像是被什么禁锢了一样根本动不了。

上一秒还稀里糊涂的郭大睿下一秒瞬间清醒，他睁开眼，满脸惊恐。

他身上盖着深蓝色真丝被，一个陌生男人正半靠在床边休息，而男人的大掌牢牢抓着他的手腕！

吓得郭大睿垂死病中惊坐起。

床侧的男人也抬起头，脸上是不易察觉的惊喜。

"你醒了？"

原本还打算将男人大卸八块的郭大睿忽然沉默了。

他先是谨慎地将握成拳头的手收回被子里，目光紧盯被子，余光却在疯狂打量着男人的长相。

这个男人鼻梁高挺，一双剑眉，犀利俊朗，虽然和他想象中的猥琐男不同，可所作所为怎么看都不像个好人……

难道说自己昨天酒后碰上了硬茬？

他清了清嗓子，正打算开口，男人却先一步起身，将近一米九的魁梧身材让郭大睿刚酝酿好的说辞全部吞了回去。

可恶，这个男人竟然比吃了五年蛋白粉的他还要壮。

"我让张妈来照顾你。"男人说完便离开了。

郭大睿惊呆了。

拜托！

这个男人仗着他块头大，都不和自己解释一下为什么要带他这个陌生人回家吗？！

就在郭大睿四处寻找可逃跑的路线时，一位慈眉善目的阿姨端着一杯热水走了进来，道："苏苏，你可吓死我了。"

郭大睿紧皱眉头。

"明秋虽然沉默寡言，可对你，对我们苏家真的是……"

"大妈，你——"郭大睿话音未落，就被从自己喉咙里发出的少年音给惊呆了。

他抚摸喉结，一脸的难以置信。

他的低音炮呢？他磁性又性感的低音炮哪里去了？！

郭大睿不可思议地抬起头，这才看见了面前镜子里的人。

镜子里，浅褐色的发丝柔顺地垂在少年的额头上，将原本就精致的脸庞衬得更加小巧。半掩在碎发下的眼睛如小鹿般灵动明亮……

即便此刻少年的心中有一万句诅咒，也始终给人一种人畜无害的感觉。

天哪。

这个"弱鸡"是谁！

2. 年轻人，你的思想很危险

"明秋啊，我感觉苏苏好像有些不对劲。"张妈观察四周，确认没人后才小心翼翼地将自己照顾郭大睿的所见所闻尽数倾吐,"性格大变不说,还一口一个大妈。我记得当年老爷车祸去世后,夫人也是这样精神恍惚,没多久就失常了,后来……"

书房内,沈明秋微微颔首,打断了张妈未说完的话,沉声道:"苏苏是从楼梯上摔下来的,强烈的撞击会对脑部产生一定影响。而且赵医生也说了,只要他好好休养,过段时间就会好。"

"可是——"张妈还想说什么,门外,一声瓷器破碎的声音传来。

沈明秋心念一动,大步流星地走了过去,身后的张妈也紧跟其后。

沈明秋推开门,就看到古铜色的地毯上,少年耷拉着头虚弱地半跪在地,裸露在外的白皙脚踝已是红肿一片,不远处就是散落一地的水杯碎片。

男人屏住呼吸,下意识地皱起了眉。

他小心翼翼地走到少年面前,可一想起少年醒来后对自己避如蛇蝎的态度,最后还是选择默默地站在他的身后。

就如同之前十六年一样。

谁知,少年却在此时抬起了头,一双泛红的眸子哀怨地望着他。

沈明秋不由自主地自责,他垂下眸子,开始默默收拾少年脚边的玻璃碎片。

门外的张妈望着这一幕,叹了口气,识趣地关上门离开了。

"下次有什么需要,记得叫张妈。"

地毯上的少年始终默不作声。

拜张妈所赐,从早上醒来到现在,他已经听了连续四个小时的说教,也将这一切的是非因果理清楚了。

这简直比隔壁王奶奶爱看的琼瑶剧还要狗血。

自己不仅一夜之间从街头混混变成了有钱少爷,而且还无父无母,只有一个毫无血缘关系且无继承权的哥哥——沈明秋。

想到这里,郭大睿不由得失声一笑。

这种当甩手掌柜还能每天数钱的人生简直不要太爽。

而且听张妈说沈明秋虽然沉默寡言却对苏家忠心耿耿,对苏苏更是言听计从。

据说苏苏昏迷前就是因为背叛沈明秋后被原谅,然后在争吵中不小心摔下了楼。沈明秋为了补偿,又将自己名下的所有私人产业尽数转给了苏苏。

郭大睿不露声色地打量着男人矫健的背影和厚实的臂膀,不由得惋惜。

连一个小小的弱鸡都掌握不了。

郭大睿正唏嘘着，才发现地毯上的碎片已经被男人收拾得差不多了，尖锐的碎片被他握在手心，再粗粝的手掌都被划出了红痕。

原本还暗自得意的郭大睿有些不忍，皱眉，小声道："不是有扫帚吗……"

沈明秋似乎也诧异眼前的少年竟然会关心自己，愣了好久，才低声道："扫帚没有手弄得干净。"

"行吧。"

收拾完所有碎片后的男人僵硬起身，他站直身躯，深邃的眼睛望着少年，道："这段时间你先好好休息，公司里还有事，我先走了，张妈会照顾你的起居。"

男人说完，便离开了房间。

3.酗酒的爸、病重的妈和破碎的他

一连好几天，沈明秋虽然没有出现，但他的名字无数次被人提起。

"苏苏啊，这几天明秋不在家，你有什么想吃的记得告诉我哦。"

"苏苏啊，兄弟之间有什么隔夜仇，张妈做好了明秋最喜欢的菜，今天天气很好，你要不要和我一起去公司呀？"

"苏苏啊……"

郭大睿真的很想告诉这位大妈，他不是苏苏，真的苏苏此时应该都已经过了奈何桥了！

可事实证明，无论他怎么说，得到的始终是张妈祝他早日康复的嘱咐。

算了，就这样吧。

郭大睿懒散地躺在花园内的躺椅上，温暖的阳光洒在身上，让他没来由地想起了那些年当街溜子的日子，丝毫没有察觉身后传来的沉重的脚步声。

少年抿了抿嘴，刚想拿起小圆桌上的冰镇饮料润润嗓子，就被人捏住了手腕。

突然出现的手掌将郭大睿吓了一跳，他拿下墨镜，一抬眼就看到了男人板着的脸。

"你身体刚好，不宜喝冷饮。"

郭大睿微眯双眼，他粗鲁地将手腕从男人的掌心中抽离，对着男人的

099

目光，径直拿起水杯仰头一口气地往嘴里灌，一脸的挑衅。

直到杯中的饮料被他喝完，他才将杯口朝下，歪头向男人炫耀着自己的胜利战绩。

不远处，刚做完午饭的张妈走到他们面前，正准备叫他们用餐。一直沉默的沈明秋突然道："苏苏喝冰镇饮料，张妈扣一个月奖金。"

说完男人转身离去，留下一脸错愕的张妈和一脸无语的少年。

过了好一会儿，少年才咬牙切齿道："卑鄙！"

饭桌上，沈明秋和少年一个坐桌头，一个坐桌尾，两个人的用餐距离甚至可以躺下一个张妈。

张妈望着桌子中间的三菜一汤，一时间不知道该推给哪边。

郭大睿则是先一步地将所有菜挪到自己面前。

笑话，这个家可是他的。

正当他准备夹走盘子里最大的一块排骨时，沈明秋端着碗筷，拉开椅子径直坐在他的右手边。

郭大睿突然皱起了眉。

沈明秋自然地夹着菜。

两个人相安无事又暗流涌动地吃完了这顿饭。

饭后，沈明秋也没有要离开的意思，郭大睿便决定在客厅活动活动筋骨——像模像样地打了一套刚学的八段锦。

坐在沙发上的沈明秋表面云淡风轻，内心却十分诧异。

他下意识地举起手机想存影留念，却在镜头内看见了停下动作并满脸不爽的少年。

沈明秋一怔。

恍然想起了两人的初见。

父亲酗酒家暴，病重的母亲正当防卫后自杀，他成了没人要的小孩，是苏苏的爷爷将他带回了家。

富丽堂皇的别墅内，小苏苏第一眼看见他，便"凶神恶煞"地露出刚长没多久的小虎牙。

龇牙咧嘴，像是一只保护自己地盘不被侵犯的小猫。

后来沈明秋才知道，眼前的小男孩也在不久前失去了父母。

可沈明秋扪心自问，他从未想过要侵占苏家的一分一毫，甚至心甘情愿地向少年奉献自己的一切。

沈明秋垂眸颔首，在少年的目光中收回手机，落寞离开。

4.走一步看一步，实在不行死半路

目睹沈明秋情绪变化的郭大睿以为自己又可以过一段安生日子，谁知道第二天一大早就看到了餐桌上慢条斯理吃着早餐的男人。

张妈看到少年起床，热络地将早就做好的酸辣粉端了出来，这是昨天郭大睿特意嘱咐她做的。

"大家长"沈明秋下意识地皱眉，道："怎么一大早就吃这个？"

原本打算接过碗回房进餐的郭大睿一听这话，立马转身，一屁股坐在沈明秋的旁边，挑着筷子吸溜了一大口酸辣粉丝。

男人没有说话，只是沉默地看着少年吃完。

直到少年吸溜完最后一根粉丝，撑着肚皮瘫坐在椅子上时，男人才缓声说道："张妈，扣两个月奖金。"

"喂！"原本还暗自得意的郭大睿立马不满道，"这个家，这里的一切都是我的，凭什么张妈的工资你说扣就扣啊！"

少年话音刚落，扭头就撞进了男人的深邃眼睛。

该说不说，虽然郭大睿平时很厌恶他，可板着一张脸的男人，对他来说还是很有威慑力的。

"将来苏家的一切都是你的，可现在还不是。"

男人说完就离开了，只留下少年独自坐在椅子上。他紧锁眉头，仅沉默三秒后，便火速冲进了房间。

他要找到沈明秋的弱点！他要报复这个像牛蛙一样的大块头！

一个小时后，被翻得满地狼藉的房间内，郭大睿得到了一个好消息和一个坏消息。

坏消息是，郭大睿没有找到原主留下的任何信件和日记。

好消息是，郭大睿在抽屉里找到一沓银行卡和整整十捆的现金。

现在还不能掌控苏家就暂时不掌控吧，反正他又不是等不起。

郭大睿抚摸着红色钞票，如是想道。

接下来的日子，沈明秋依旧神出鬼没，且待在家的时间也越来越长，常常抱着笔记本电脑坐在沙发上，一坐就是一整天。

晚饭后，郭大睿照旧准备锻炼身体。沈明秋不知道去哪儿了，笔记本电脑就放在不远处的餐桌上。郭大睿好奇地凑了过去，想看看男人平日里都在做什么。忽然，主屏幕上弹出的一则新闻吸引了他的注意。

"扫码预定，A 市国庆烟花会演官方预约通道！"

原本还在拉伸的郭大睿顿时震惊了。

重生前，便利店外的液晶电视上主持人爽朗的声音也在脑中响起。

"A 市体育中心将在国庆佳节燃放最炫烟花。"

苏醒这么久郭大睿第一次知道，自己竟然和苏苏生活在同一时间与城市。

于是一个大胆的想法在他心中浮现。

他要出门！他要再招小弟！他要重振雄风！

然而出师未捷身先死，还没跨过别墅大门的郭大睿先一步受到了张妈的阻拦。

5. 双拳难敌四手，好汉架不住人多

一连好几天，张妈都跟在他的身后寸步不离。

直到郭大睿再三保证自己不会出门后，张妈这才离开。

郭大睿又保持了几天常规作息后，终于选择在某个夜黑风高的夜晚，偷溜出去。

当他蹑手蹑脚地推开黑色铁门，还没来得及呼吸外面的新鲜空气，不远处车灯明晃晃地打在他的身上。

还是远近交替的那种。

郭大睿瞬间愕然。

不是，谁家好人半夜三点待在门口不回家的啊喂！

险些被闪瞎眼睛的郭大睿怒气冲冲地走过去，却被男人按下车窗，先一步地抓住了罩门。

"要出去？"男人问道。

郭大睿没好气道："不然呢，难道我半夜出来是为了招魂吗？"

还没适应傲娇绵羊变成狂暴羊驼的沈明秋明显愣了一下，他清了清嗓

子,歪头示意道:"上车。"

郭大睿狐疑地看了他一眼,最终还是决定坐上他的车。

原因无他,只因为郭大睿出门前特意爬到别墅顶楼看了一眼,苏家的别墅竟然坐落在A市周边的山顶上。

这是什么有钱人的奇怪癖好。

哪天被人捅死在家都没人知道。

郭大睿摇摇头,本打算拉开后排车门的把手,却发现男人不声不响地按下了锁车键。

"坐副驾驶位,我可不是你的司机。"

郭大睿深吸一口气,随即拉了副驾驶位的车门,皮笑肉不笑地说:"请带我去体育中心旁边的夜市街,谢谢。"

男人没有说话,半张脸隐在黑暗中,压迫感极强。

诡异的沉默和微妙的气氛,让原本还若无其事的郭大睿也不自觉地绷紧了身子,靠在座椅上。

过了好一会儿,男人才偏过头,深邃的目光先是打量了他一眼,随后身子微侧。

郭大睿被吓得心脏怦怦乱跳。

可下一秒,男人利落地将副驾驶位的安全带扯了出来。

"坐车要系安全带。"

男人说完,将安全带的卡扣无情地插入插销,随着清脆的一声响,郭大睿悬着的一颗心终于死了。

他瘫坐在副驾驶上,胸口此起彼伏。

他要召集小弟,他要痛扁沈明秋一顿!!!

市中心,郭大睿望着街边与自己记忆中一般无二的景象,陡然有些紧张。

尤其是当沈明秋随着他的指引路过那家熟悉的便利店时,郭大睿差点就要从车上跳下来。

熟悉的街景、熟悉的地点,这是不是说明……今天自己就可以找到他的小弟们?!

一想到自己即将成为人生赢家,他看着男人的脸都觉得和蔼可亲起来。

"怎么会突然想到来这里?"

沈明秋的声音打断了少年的遐想,郭大睿转过身,有些不自然地说:"我在家待久了，想出门玩玩不行吗？"

沈明秋没有说话，郭大睿指着不远处人声鼎沸的夜市，连忙说："我们就去那里逛逛吧。"

少年下了车就像田里的泥鳅一样灵活，沈明秋则是紧跟其后。两人随着流动的人群前行，最终在一家生意兴隆的烧烤店内坐下。

郭大睿坐在椅子上就止不住地四处张望，明亮的眸子里满是按捺不住的期待。

男生女相的少年与孔武有力的男人，这样的组合吸引了不少人的目光。

身处旋涡中心的郭大睿却视而不见，确定烧烤店内没有熟悉的面孔后，他招了招手，叫来了服务员。轻车熟路地点了一些小吃和烧烤后，他便借口上洗手间离开了。

6. 一言不合就掀桌

郭大睿回头看了一眼不远处还静坐在大排档里的沈明秋，歪嘴一笑，随后钻进了一旁的墙廊小道。

阴暗潮湿的小巷内，深灰色的墙壁贴满了各式各样的小广告，少年的头顶上方还闪烁着昏暗的灯光。

郭大睿不由得紧张了起来。

记忆里，只要他穿过这条小巷就能看到一个老旧的游戏厅，而那个游戏厅就是他们一行人的常驻地。

一步。

两步。

很快，他就可以看见他的兄弟们了！

可与记忆中不同的是，小巷的终点被人用一层透明挡风塑料隔开，郭大睿不曾多想，毫不犹豫地推开了挡风塑料，却在看清楚里面的景象后呆立在原地。

记忆中的游戏厅竟变成了酒吧后门。

盘踞在后门吞云吐雾的众人也没想到，竟然有人特意从小路来访。

被打扰的众人盯着少年，浑浊的目光在看清楚少年的长相后变得意味深长。

其中有几个醉汉还试图凑上前去。

坐在人群中的一个长发男子缓缓起身，盯着郭大睿，柔声道："这是谁家的小家伙？怎么到这儿来了？"

面对长发男子的提问，郭大睿背过手不慌不忙道："我不知道这是你的地盘，我是来找郭大睿的。"

长发男子一步步向少年靠近，狭长的目光上下打量，玩味道："我们这里没有什么郭大睿，也不认识什么郭大睿。但是弟弟，既然来了，就陪我们一起玩玩吧。"

千钧一发之际，郭大睿随手从身后抓了一根木棍重重地打在长发男子的头上，鲜血从男人的额角滑落。

长发男子显然也有点蒙，他摸了摸额角的鲜血，随后一把将少年摁在墙上。

原本围观的男人们也纷纷靠近……

十五分钟过去了，沈明秋望着桌上已经半凉的烧烤，心乱如麻。

他下意识地拨通了张妈的电话，告诉张妈自己的所在地，嘱咐她十五分钟后如果还没有接到自己的电话，就报警。说完便起身朝少年离开的方向走去。

小巷内，隐隐约约的打骂声吸引了他的注意。

等沈明秋赶到时，就看见少年被几人压在墙上，脸颊上红肿一片，原本洁白的衣服也沾满了污渍。而他面前坐着一个捂着脑袋、正疼得直跳的长发男子。

长发男子抬头，咬牙切齿地看着又一个不请自来的人，道："给老子上！打死他！"

众人抡起武器就朝沈明秋砸来。

壮硕的男人动起手来竟敏捷得可怕，不一会儿便打倒了离他最近的五六人。原本制住少年的男人们只犹豫了一瞬，便松开少年一同加入了团战。

可再多的人在暴怒的男人面前都显得不堪一击。

一旁头破血流的长发男子大概是被连番的打击给刺激到了，竟从口袋里掏出了一把锋利的折叠刀，小心翼翼地朝男人走去。

"沈明秋！"郭大睿焦急地喊着。

男人以为少年出事了，不再恋战，径直朝他走来，丝毫没有注意到身

105

后一阵急促的脚步声。

郭大睿紧握住男人的肩膀，想提醒他。

男人的眸子里翻涌着复杂的情绪。

然后少年看见尖锐的利刃尽数没入了男人的后腰。

鲜血瞬间喷涌了出来。

原本还气急败坏的长发男子也愣住了，他撒开手正欲逃跑时，小巷外，尖锐的警铃声响起，一道雪亮的灯光扫了进来。

7. 要相依为命

"歹徒的匕首离患者的肾很近，但所幸没有伤及要害，目前只要休养一段时间就可以了。"

"好的好的，谢谢大夫了。"

张妈一个劲地向医生道谢，医生摆摆手，又嘱咐了几句注意事项后便离开了。

医生走后，张妈看着坐在长椅上的少年，轻声安慰道："苏苏放心，明秋不会有事的。"

少年却沉默不语，张妈叹了一口气，随后不由分说地让苏家的保镖架着郭大睿回家休息。

偌大的别墅内，第一次安静得可怕。

少年盘腿坐在床上，脑海中却不断浮现男人为自己挡刀的画面。

不对，不对，不对，沈明秋是为苏苏挡的刀，而不是为了他郭大睿。

郭大睿闭上眼，倒在床上试图让躁动的自己入睡，可没过多久又骤然起身，最后只能无奈地选择开灯。

于是他决定寻找房间内原主可能留下的东西。

他很想知道原主和沈明秋之间曾经到底发生了什么。

功夫不负有心人，郭大睿在上次找到现金的抽屉里摸到了一块凸起的木板，那里有一个小夹层，郭大睿抽走木板后，得到了一个深蓝色的笔记本。

他小心翼翼地翻开笔记本，映入眼帘的是一张两个小男孩的合照。

郭大睿看着相片里比苏苏高出一大截的沈明秋，抿唇一笑。

相片里，两个小孩僵硬地靠在一起，脸上是肉眼可见的不开心。

郭大睿有些好奇，顺手翻开了下一页。

背面有一段稚嫩的字迹。

——爷爷不知道从哪里带回来了一个小男孩，我讨厌他！
……

好奇心让郭大睿一页一页地翻阅下去，他发现苏苏记录心情的时间并不规律，大部分都是一年或者好几个月才会写上那么一条。

随着时间的推移，原主的字迹也从稚嫩变得娟秀，字里行间从对沈明秋的嫌弃变成了隐隐约约的依恋。到了后面的学生时代，更是难能可贵地管沈明秋叫明秋哥。

——今天明秋哥说给我补数学，那么复杂的数学题目谁要听呀，但如果讲课的是明秋哥的话，那我就勉为其难听听吧。

——今年也要继续和明秋哥待在一起。
……

直到爷爷去世……原主的字迹从娟秀变得潦草。

——爷爷走了，这个世界的亲人，我只剩下明秋哥了……

——要相依为命。

8. 这都是我该做的

刚起床，郭大睿就看到了在厨房里忙碌的张妈。

想起昨天日记本上的内容，郭大睿自告奋勇地承担起了送饭的任务。

医院病房外，郭大睿提着饭盒在门外徘徊，直到例行检查的护士小姐出声提醒，他才硬着头皮走进了房间。

病床上，面容苍白的沈明秋半躺在床上，他看到少年走来，低声询问："你还好吗？"

郭大睿乖巧地将饭盒放在桌子上，点了点头，随后小心翼翼地将饭盒里的鸡汤粥端了出来。

鸡汤粥是张妈特意熬的。

但是……他看了看躺在床上显然无任何动手能力的沈明秋,愣了愣神。

沈明秋的目光似乎也有些闪烁,他将头扭向一边,沉声道:"我还不饿,你先放在一边吧。"

男人说完,肚子就不合时宜地叫了起来。

郭大睿一愣,但又想起昨天他的见义勇为,想了想,先将粥放在桌子上,走到床尾,将床头调整到合适进餐的位置后,端起粥,肢体僵硬地给男人喂饭。

然后他发现,一向一本正经的沈明秋竟然开始局促不安起来。

郭大睿咳嗽了一声,试图打破这种诡异的气氛。

"昨天……谢谢你。"

沈明秋抿了一口鸡汤粥,米粒被鸡汤炖得颗颗饱满。

"我是你哥哥,这都是我该做的。"

少年没有说话,只是静静地重复给他喂食的动作。

内心深处却有一种莫名的情绪在涌动。

半个月后,沈明秋因为体质不错,便顺利出院了。

9. 大睿对这场烟花点了个赞

沈明秋出院的那天,天气很好。

郭大睿和沈明秋坐在后排,黑色的轿车驶过那条熟悉的夜市街,郭大睿忽然有些恍惚。

那条小巷里的所有场景和自己记忆中的一般无二,却没有一个他记忆中的人。

这到底是怎么回事……

陷入思索中的少年丝毫没有注意到,车外的景象与回家的景象不同。

等郭大睿注意到,他们已经驶上了Ａ市的另一个山头。

"这是怎么回事?"郭大睿诧异地问道。

身旁的男子眸子晦暗不明,道:"下车吧。"

少年下车后才发现,不远处的平台上有人搭建了巨大的幕布,幕布下是璀璨的星星灯和冒着热气的烧烤。

"那天的烧烤,你没吃到。"沈明秋站在少年身后,柔声道。

两人坐在椅子上,炭火上摆着烧烤的食材。

少年的右手边还有一瓶正在加热的醇香黄酒。

傍晚的山头还是有些冷的,燥热的黄酒一杯下肚,正好给少年带来些暖意和胆量。

郭大睿本想拿起杯子给沈明秋也倒一杯,但一想到他大病初愈,便想作罢。对面的男子却先一步拿过他手里的杯子,在少年惊讶的目光中和他碰了个杯。

山脚下,"嘭"的一声响,一朵又大又亮的烟花在空中绽放。

少年疑惑地看向男人。

"那天的烟花,你也没有看到。"

男人话音刚落,璀璨的烟花在空中绽放。

酒精在绚烂的烟花下开始在少年的身体里发酵。少年扭头望着男人,双眼微醺,有些恍惚地说:"苏苏虽然没有看到烟花,但大睿看见了,并为这场烟花点了个赞。"

男人有些诧异,他垂下了眸。

"我……我看到苏苏的日记本了。"

少年话音刚落,男人便皱起了眉头。

"我挺羡慕的,苏苏能有一个对他这么好的哥哥……"少年说完,有些黯然神伤地喝了一杯黄酒。酒精的催化让他的耳尖变得酡红。

"不像我,什么都没有,平常还只能喝一块钱一瓶的啤酒。"

男人听着,有些疑惑地皱紧了眉:"张妈还让你喝一块钱一瓶的啤酒?"

少年嗤笑一声,摇了摇头,道:"不是张妈,是郭大睿……郭大睿平常只能喝一块钱一瓶的啤酒。"

沈明秋不再说话,只是静静地用一种审视的目光看着他。眼前的少年不知是被酒精熏染还是怎的,脸红得不像话。他一遍又一遍地端起酒杯,旁边的酒没一会儿就被他喝了大半瓶。

就在他还打算继续倒时,男人终于拿走了他手里的酒杯。

"少喝些。"

郭大睿看着男人的动作,"扑哧"一笑。

沈明秋却抬手看了看手表,道:"苏苏,你醉了。山顶风大,我们还是先回家吧。"

男人说完起身就要扶起少年,却被少年一把推开。

"我不叫苏苏,我叫大睿,郭大睿。"

男人挑了挑眉，对眼前少年的话有些诧异却并不惊讶，仿佛早就知道。

少年还想再说些什么，加热的酒精却早已在他的血液里发酵，他摇了摇身子，最后还是倒下了。

……

等郭大睿再醒来，已经是第二天的中午了。阳光落在他的眼睛上，有些刺痛。少年有些不适地揉了揉眼皮，随后起身朝楼下走去。

客厅内，沈明秋像没事人一样坐在沙发里。看到少年出现，他才抬头，意味深长道："醒了？"

郭大睿下意识地整理了一下被睡得乱糟糟的头发，清了清嗓子道："你今天不上班吗？"

厨房内的张妈端来一碗醒酒汤递到郭大睿面前，道："大睿，以后可不许再喝这么多了。"

郭大睿接过碗，嘴唇还没碰到碗里的液体就差点喷了出来。他惊愕地看着张妈，道：

"你刚刚叫我什么？"

张妈有些意外，她接过少年手中的碗道："昨天你喝多了，不仅说自己是Ａ市夜市的老大，还站在茶几上跳舞。明秋怎么拉你都拉不下来。你是'郭大睿'，才不是苏苏。还恐吓我们，如果以后不叫你本名的话，就要放火烧房子……"

张妈继续说着，郭大睿却惊恐地捂住了她的嘴。

沈明秋坐在沙发上，对此却笑而不语。

10. 后记

几个月前，郭大睿清醒的前一天。

沈明秋站在房间里，望着少年沉睡的脸庞，心中不快。

"这到底是怎么回事，不是说只是轻微脑震荡吗？怎么人还没有醒过来？"

赵医生将听诊器放在少年单薄的胸膛上，听了一分钟后，将其收回，有些无奈地说："苏苏在摔倒前，本来就因为爷爷的突然去世而精神崩溃，所以他苏醒后可能会分裂出一个新人格。"

沈明秋没说话，脸上是肉眼可见的紧张。

"新人格？"

"对，原主为了逃避现实世界而自己捏造的一个全新人格——也就是人格分裂。苏苏的母亲就是由于边缘系统功能异常导致的精神障碍，这种情况具有一定的遗传性。而苏苏分裂出的新人格会是他潜意识里最想成为的人。"

"那之前的事，他还会记得吗？"沈明秋不在乎那么多，他只在乎他们相处的这十六年。

"这很难说。"

"那他还会恢复吗？"

赵医生摇摇头，沉声道："具体要看他本人的潜意识。但在他苏醒后，不要做任何违背他意愿的事情，我担心……苏母的悲剧可能会在他身上重演。"

沈明秋眯了眯眼，他知道赵医生说的是什么。

在他还没有被爷爷带回别墅的那一年，苏苏的父亲就因为车祸去世了，苏苏的母亲不久后精神恍惚，开始逃避现实。爷爷看不下去了，让苏母接受现实并抚养苏苏，却间接地导致她精神崩溃，最后疯了……甚至在苏苏的面前……

苏苏大病一场后性格大变，也是因为这个，爷爷才去孤儿院领养了沈明秋。

而前段时间爷爷的突然离世，也让苏苏开始变得偏执……

沈明秋没有说话，他拉开椅子，静静地坐在少年的身边，宽厚的大掌轻轻地放在少年的手背上。

无论苏苏变成什么样，他永远都是苏苏的哥哥。

你为江海，
我为池鱼

卧底警察
江柏
VS
弃子
余池

文/清粥几许

"他不喜欢再见，因为跟他说了再见的人几乎没有再见过。"

本人喜杂食，不喜椰窝，旅行除外。

梦想是在家躺着就能走遍名山大川，吃遍各地美食，钟爱轻松温暖的文字，"磕糖"协会终生会员。

这篇文其实三年前就存在我的灵感备忘录里，因为各种原因一直没有写完……

一开始只有模模糊糊的结尾，初衷是想通过我的笔传达出少年的迷茫、救赎、梦想和信仰，所以才有了江柏和余池的"相遇"。

总之……希望他们能带给大家感动与希望！

（一）没礼貌的小鬼

冬日的阳光凛冽，慷慨地洒在树枝的冰碴上，折射出粼粼的光。不怎么宽敞的街道被厚重的积雪铺满，白茫茫的，一尘不染，让人能够想象出脚踩在上面的声音。

"咚"的一声，惊起树枝上两只蜷缩的鸟儿，树枝上的雪细细簌簌地落在闪烁的霓虹灯上，灯泡坏了，"棋牌室"三个字只亮了两个。

棋牌室里面通宵达旦的人随手搓着麻将，隔着烟雾缭绕的房间冲着前台那边喊："大江，外面什么动静？"

话音刚落，原本窝在吧台旁躺椅上的人一个翻身，麻利地朝棋牌室后门跑去："我瞧瞧去！"

一推门，寒风瞬间灌进来，让他不禁缩了缩脖子，打了个寒战。眼前的情景让他吓了一跳，穿着校服的少年被一脚踹了出去，踉跄了几步，倒在他面前的雪地里。江柏垂眸，正好对上少年那双了无生气的眼睛，淡漠得像看不见眼前的人一样。江柏看着他潺潺流血的额角，二话没说，上去拦住了拿着酒瓶过来追着打人的棋牌室老板。

"张叔，里面刘哥正找你呢，要不你先进去看看。"江柏脸上带着笑，薄薄的嘴唇抿了抿。

被他这么一拦，老板手里的酒瓶随意扔了，看都没看那少年一眼，借着酒气哼着歌进了屋。

江柏松了口气，这才转过身来看了一眼还躺在地上的少年，伸出一只手去扶,却被他躲开了。

江柏屈膝半蹲下来,瞥了一眼他的校牌:"高二三班,余池,你的名字?"

余池强忍着身上的疼痛,撑着台阶爬了起来,脸上却丝毫没有表情,也没有回答江柏的问话。兴许是刚才被踢得重了,他一瘸一拐地朝着院子的角落走去,去捡刚才被扔在地上的书包。

"喂!"江柏帮了他,现在连句谢谢都没有就算了,这小子理都不理他。他看着余池单薄的背影朝着街上走去,莫名笑了笑:"你头还淌血呢。"

还是沉默,少年自顾自地背着书包,因为腿疼,在积雪里走得很慢。

江柏搓了搓冻得冰凉的手掌,哈了口气就往屋子里钻:"没礼貌的小鬼!"

门口站着看热闹的熟客莫名其妙地笑:"大江,猜猜这小子是谁?"

"谁啊?"江柏随手端起桌子上不知道谁剩下的啤酒灌了一口。

"你们老板的儿子。"

"儿子?"江柏来这家棋牌室半年了,平时店里除了三教九流的人,就剩下他和老板张有庆两个人。张有庆今年四十出头,平时除了喝酒就是打牌,剩下的时间基本上都是跟一些狐朋狗友商量着做些生意。他是听说过,张有庆之前有个老婆,不过前些年跑了,有时候他们牌局上开玩笑会提到,不过他还真不知道张有庆还有个上高中的儿子,屋子里也从来没有看见过有高中学生的东西。

"算是吧,是他那前妻带来的,后来人自己跑了,孩子就扔这儿了。"

怪不得,江柏心里想着,那高中生明明姓余。

"这小子也挺有意思的,他妈走了之后,甭管老张怎么打,他都不走。不吭声不吭气,也不还手,就这么一年一年的,也长大了。上了初中就不怎么回来了,每次回来要生活费就是一顿毒打,也不知道是做了什么孽。不过这孩子脑子聪明,听说在学校回回考试都是第一,真是歹竹出好笋。"

江柏看着他啐了一口,又白了一眼张有庆的表情,估计他定然是羡慕这样的孩子怎么没有生在自己家里。

"二楼包间,来点茶叶。"张有庆披着皮夹克站在二楼栏杆那里喊了一句,也不知道听没听见这番议论。

"来了。"江柏从冰箱里找出茶叶来泡,脑子里突然想起刚才余池那双眼睛,那样空洞又好看的眼睛,他从未见过。

棋牌室的生意都是晚上,到了晌午的时候闲下来,江柏就在后院扫雪。

院子角落的雪地上有血迹，旁边有张卡片，插在雪地里。他弯腰捡起来，拂去上面的雪，是余池的饭卡，略显青涩的证件照，脸上仍是一丝笑容都没有的样子。从余池的长相可以想象余池的妈妈是如何貌美，以至于让张有庆这样一个残暴又自私的人，竟然还在忍着怒气给她养孩子。

中午下课的铃声一响，新城二中的教学楼很快就空了，学生们三三两两结伴去食堂吃午饭，个别离得近的同学也回了家。其实新城二中离棋牌室不远，但余池很清楚那里并不是他的家。

他坐在教室的最后一排，埋头正在算一道几何题，似乎并没有因为铃声而分心。班里的同学陆陆续续地离开了，只剩下前排的女生扭过头来小声询问："余池，你的头怎么弄的？"

余池没有吭声，手里的笔在草稿纸上写写画画，像没有听到一样。

女生似乎已经习惯了他这个反应，又问："你……去不去吃饭？"

沉默了几秒之后，一声轻蔑的笑从班级门口传来："啧，没礼貌的小鬼。"

女生好像是被抓包了一样，赶紧从座位上站起来跑了。

余池手里的笔尖一顿，抬头看见江柏闲闲地靠在门框上。他的身形修长，和高中生比起来身量要更健壮些，手里还挂着个头盔，鼻尖因为骑摩托车过来被吹得泛红，眼睛弯着。

"你来干什么？"余池站了起来，身体紧绷。

江柏打量了他一眼，似乎意识到他很忌讳跟家庭有关的人来学校。所以表现出自我防护的状态，像只竖起满身刺的刺猬。

江柏牵了牵嘴角："原来会说话。我早上帮了你，想让你请我吃个饭。"

余池的眼神里写满了疑惑，如果不是因为江柏找到学校来，他根本不想跟这个人多说一句废话。

他思虑了一会儿，表情木讷但似乎又很坦然地说了句："我没钱。"

（二）不好意思，我家的

余池的名字是他妈妈起的，缘由是怀余池的时候被他父亲抛弃，她万念俱灰跳进池塘里结果被人救起来，抢救过来之后发现孩子竟然还活着。

他妈妈在跟了张有庆之前还嫁过人，但基本上都没有善终。张有庆不是什么好人，余池自然也不在乎。只要他活不下去的时候去找他，能要点钱，那就足够了。似乎习惯了从一开始就不断被抛弃，生活反反复复，他感觉自己就像池塘里的鱼，不管怎么努力，也是徒劳，终归游不到大海的。

余池看着手里的塑料袋，里面除了他的饭卡，还有一瓶云南白药。他伸手摸了摸受伤的额角，似乎这会儿才感觉到了一点疼痛。

江柏本来也不是真的找他吃饭的，东西送到便走了。余池去食堂刷卡的时候看见余额闪了一下，多了一千块钱。他低头看了一眼手里的云南白药，喉结滑动，只是一瞬间的恍惚。

江柏回去的路上找了家面馆吃了碗牛肉面，多要了一份打包给张有庆，他趴在前台等。

"老板，能不能借用一下您这电话，我手机忘带了。"

"你用吧，前台座机可以打。"

江柏熟练地拨通一串数字，对面接通了，但是没有人说话。

"奶奶，我是大江。上次说帮您联系的那个医生可能最近有时间了，您那边尽快安排好就过来。"江柏说完就挂了电话，付了账离开了。

张有庆的房间在二楼里间，里面除了一张床、一组旧沙发、一个茶几，基本上就没有其他东西了。江柏把桌面上的烟灰和酒瓶收进垃圾桶，里头有几个针头被盖住了。他把面条放在桌上："张叔，起来吃面了。"

张有庆从床上迷迷糊糊地起来，常年喝酒让他的脸看起来有些浮肿，但是身体又格外瘦弱，所以看起来有些头重脚轻，就像一个倒过来的不倒翁，重重地倒在沙发上。

江柏坐在旁边的单人沙发上看着他，想着如果不是余池自己不还手，一个十八岁的年轻小伙子估计也不会被张有庆打得头破血流。他从口袋里摸出一沓钱来递过去："这是这个月店里面的收入，您看下。除去水电煤气，还有我的工资，还剩下五千。"

"嗯。"张有庆喝了口面汤，抬眼看了他一眼，"大江，你来我这儿多久了？"

"有半年了吧。"

"你上次跟我说你奶奶，在老家怎么样了？"

江柏皱了皱眉："还那样，前些天打电话回去说要动手术，但是我手头也紧，先拖着呢。"

张有庆数了几张钞票给他："你人机灵，干活也利索，好好干，这些给你奶奶买点保健品。"

"谢谢张叔。"江柏眼睛紧紧盯着那几张纸币，"您有什么挣钱的路子记得想着点我。"

张有庆打量了他一眼："还真有个事儿。"

江柏在这个棋牌室干了半年，一开始只是帮忙跑跑腿，卖点烟酒泡面。时间长了，张有庆看他人机灵，也挺老实，就把店里的事情都交代给他，账目也不查，每个月底江柏把情况跟他说说，给多少钱他都不点数。

店里面的营生无非是门面，明眼人大概都能看得出来，张有庆身上的金链子和手表，还有平时开的车都不是一个棋牌室能养得起的。所以棋牌室无非是个幌子，私底下做的是别的生意。

"之前经常来店里打牌的刘老板，他有个亲戚年后要回老家，跟你算是同乡，我给你找辆车，你开车送他一趟，顺便回去看看你奶奶。"张有庆点了一支烟，又想起什么似的从那沓钞票里抽了几张，"给余池那小子，别让他饿死就行。"

"您放心。"

张有庆起身拿外套，踢了一脚垃圾桶："老规矩，拿去烧了。"

等他走了，江柏从贴身口袋里翻出一双手套，把垃圾桶里的针头挑出来装在透明塑料袋里，剩下的拿到楼下后院，点了支烟扔进去，不一会儿就噼里啪啦地烧了起来。

张有庆看着一阵黑烟升起来，哼着歌，开着车离开了。

一个多月之后，江柏突然想起余池来，是因为几个搓麻将的大妈拿着新城二中的寒假通知单闲聊。

他突然想起来忘记给他送生活费，一拍脑门："坏了。"

新城二中每年寒假前都会开一次家长会，期末成绩排名用红榜张贴在校门口的公告栏上，每次到了这个时候，学校都挤得水泄不通。

余池从来不是这热闹的主角，尽管他的名字一直以来都在第一位上，可是家长会的时候他身边的座位永远是空的。

"余池，你家长这次也不来参加家长会吗？"

余池抱着一堆奖状跟着班主任下楼："是的，我可以不参加吗？"

"最好还是参加一下吧，毕竟你是第一名嘛。"

路过熙熙攘攘的红榜前,路都被堵住了,有几个家长嘀嘀咕咕地议论:"高二三班这个余池可真厉害,从高一就跟我们孩子竞争,我们孩子那么努力都超不过他。"

"谁说不是呢?听我们孩子说,大考小考都是第一,但是性格好像不太好,不爱跟人说话。"

"这有什么?估计是学习太忙了吧,也不知道是谁家的孩子,这么优秀。"

班主任在旁边听着都不自觉放慢了脚步,脸上浮现出了自豪的神情。当老师的,碰到余池这种苗子也是难得一遇的,她心里自然骄傲:"听见了吗?都夸你呢。"

余池似乎没在意这些,却被一个一闪而过的背影吸引了注意力:"没什么。"

兴许是看错了吧,余池心里想。

人群中有人问:"谁?谁第一?"

有人答:"高二三班的余池,不知道是谁家的孩子?"

突然一个清朗的男声从众人背后响起,带着点调侃的随意:"不好意思,我家的。"

余池一回头,就看见江柏转着摩托车钥匙向着他走来,抬起下巴笑着打了个招呼:"好久不见啊,小鬼。"

····(三)就当是祝我生日快乐····

这是第一次有人来给余池开家长会,老师把攒了几年的夸奖都对着江柏这个所谓的"哥哥"说了一遍,夸得江柏都有点飘飘然了。他看了一眼旁边的余池,还是一副没什么表情的脸,不仔细看不会发现他的表情似乎放松了许多,不像之前那么紧绷。

家长会开始,余池的眼角余光瞄了一眼江柏。他的头发很短,应该是刚剃过不久,只剩青色的发茬。班主任开场还在讲着长篇大论,他倒是听得认真,目光炯炯,双手交叉放在下巴上撑着,一副好学生模样。

"这边有你喜欢的女生?"江柏压低了声音,冬日暖阳下,睫毛微微闪动。

余池立马收回了目光:"没有。"

江柏嘴角扬起,也不知道是不是他的错觉,这小子对他的态度好像好转了不少:"没有怎么一直盯着这边看,该不会是在偷看我吧?"

余池的眼神僵硬地转回去,脸颊被玻璃后面的阳光晒着似乎有点泛红,又陷入了沉默。

家长会结束也就意味着寒假开始,对于余池而言,长假从来都不是值得开心的事情。学校不允许高中生假期留宿,寒暑假的时候他都会想方设法找个可以打工的地方,避免回张有庆那里。这次也不例外,但是当他看着把行李箱往摩托车上塞的江柏,竟然没有像以往那样决绝。

江柏把自己手里的头盔扔给他,自己跨上摩托,等了几秒钟,看见他还盯着手里的头盔,站在那里一动不动:"发什么呆,上车回家了。"

回家?好像已经想不起有多久没有人再跟他说过这两个字了,余池有点错愕,鬼使神差地上了摩托车后座。

冬天的冷风灌进他单薄的校服外套,把衣服吹得鼓鼓的。江柏骑车速度很快,使得他的身体前倾,不得不更贴近江柏一点。就是这一点距离,让他的周身变得温暖起来。到了棋牌室,余池才缓过神来,站在门口时有点犹豫。后院的雪已经融化,上次他额角流下的血迹也早已看不见。

江柏似乎看出了他的犹豫,主动拿起他的行李往里面走:"别担心,他这段时间应该都不会回来。"

棋牌室本来就不大,一共两层。一楼是大厅,平时几乎挤满了人;二楼有几个固定的包间。剩下的两个房间,一个是张有庆的,平时他不在,一般都锁着。另外就剩下一间房了,这大半年一直是江柏一个人住。

余池看着自己面前的房间,屋子不大,床也只有一张双人床:"我睡哪儿?"

"跟我挤一挤。"江柏大大咧咧地把他的行李往床边一扔,"你自己收拾一下,我东西不多,衣柜和卫生间都有空位。"

余池习惯了一个人,在学校的时候虽然是住宿舍,但是一直也都是一个人睡。目前看来显然是没有这个条件,他把自己的行李箱往沙发旁边拖了拖:"我睡这里吧。"

江柏耸耸肩:"随便你,收拾好了下来吃饭。"

江柏的房间还算干净,但是东西放得没什么条理,看得出来和他的大大咧咧性格一样。余池习惯性地帮他顺手整理了一下,闻到楼下传来阵阵香味。

"今天，没人吗？"余池看着被他随便找了个纸箱垫着，变成临时餐桌的麻将桌，一道番茄炒蛋，一道红烧肉，卖相看起来显然没有刚才在楼上闻到的香味那么诱人。

"早上去你们学校，我就关门了，估计下午就有人来了。"

"哦。"余池埋头扒拉着米饭。

余池很少和别人在一起时这么放松，两个人没有话说，但是也不尴尬，各自吃着饭，似乎默契地保持着沉默。

也许是那天的阳光正好，又或许是他太久没有好好休息，那天余池竟然从下午一直睡到天快黑了，才迷迷糊糊从床上醒来。

但他明明记得自己是睡在沙发上的……

江柏刚好上来，推开一条门缝看着他头上翘起的头发："楼下这么吵，你都能睡得着。"

"我怎么在这儿？"

江柏指了指沙发，又指了指床："你晚上睡觉，不会梦游吧？"

余池的脸上露出少见的少年懵懂："不可能。"

"那你怎么过来的？"江柏背靠着门框逗他，"除非是我抱你过来的。"

余池的脸蓦地红了，刚要反驳，就听见有人喊："你儿子回来了！老张。"

显然是有人突然在下面玩笑了一句，似乎故意冲着楼上。

余池突然从床上跳了下来，喉结因为紧张而急速滚动了两下，脸上掩盖不住慌张的神色，他似乎想要离开。

江柏也收起了刚才的玩笑模样，镇定地看了他一眼："老实待着，我叫你之前别出来。"

余池看着他关上的门，有点焦躁地坐在床边，但是因为有他在，松了一口气。

不知道江柏如何与张有庆交涉的，余池大概听着外面的动静，张有庆并没有像以往那样动怒，根本没有上楼，只是在下面待了一会儿就走了。

余池听见他离开的声音，才仰身往后倒在了床上。门"吱呀"一声开了，他又慌张地坐了起来。

来人是江柏："走了，不用怕。"

"谁怕了？"余池从未在任何人面前暴露过自己的恐惧，哪怕是面对张有庆，他也总是习惯性地用冷漠来表达自己的强硬。

"我！我怕了还不行吗？"江柏摇了摇手里拿着的啤酒,"来天台陪我喝点儿？"

"我不喝酒。"

江柏又从口袋里摸出一瓶雪碧来:"这个总能喝吧？"

余池跟着他上了二楼天台,这里是老城区,楼层都不高,但错落有致,从天台能看见远处的高楼大厦和霓虹,和这里就像两个世界。

江柏靠在栏杆上,不像白天那样张扬,半个身子沉入黑暗中,显得有些落寞。

他略一伸手,手里的啤酒瓶和余池的雪碧轻碰发出响声:"喝一个吧。"

余池拧开盖子喝了一口,立马又"噗"地一口喷了出来,里面被他换成了啤酒……

江柏在一边幸灾乐祸,笑弯了腰。

余池被耍了,有些恼羞成怒,把手里的瓶子扔了,条件反射性地伸拳。结果被江柏轻松抓住手腕,往后推了两步,他的脊背就抵着阳台,被砖瓦硌得生疼。

"要不要我教你几招防身？"江柏笑着看着他恼羞成怒,松了手。

余池转身就走。

"喂,小鬼,"江柏转过身喊着他,"就当是祝我生日快乐,行吗？"

余池顿了脚步,只好就此作罢。

····（四）教你防身术,学吗？····

第二天早上,余池醒来的时候头痛欲裂,一楼已经传来嘈杂的麻将声,偶尔听见江柏招呼客人,他说话声音不大,但是笑声爽朗。

"醒了？"江柏到楼上包间走了一圈,顺便看了一眼余池。

前一天晚上,余池被江柏骗着喝了不少啤酒,平时滴酒不沾的人自然还不习惯。

"桌子上有茶水,你喝点,可以醒醒酒。"江柏早上见他睡得沉就没有叫醒他,水放在床头有点凉了。

"谢谢。"余池说完这句谢谢,突然脑子里闪过自己抱着江柏跟他说谢谢的场景。有点像做梦，却无比真实，不像是昨天晚上喝多了……

江柏看着余池疑问的表情，笑着摆摆手："你放心，我都不记得了。"

等他下楼，余池揉了揉疼痛的脑袋，有些场景在脑子里闪过，好像昨天他的确抱着江柏道谢，还说了很多自己小时候的事情，最后还吐了……

余池连忙低头看了看自己身上的衣服，确实不是昨天那件。

一楼的棋牌室烟雾缭绕，和他记忆中的一样。他从几张牌桌中间穿过去，找到正在给客人泡茶的江柏，下意识地问："衣服是你帮我换的？"

"对啊，"江柏随手把茶包扔进垃圾桶，"你昨天吐得天昏地暗，不给你换的话不得臭了。"

余池从没有这样丧失过理智，也从来没有跟一个人说过那么多掏心窝子的话，他感觉自己现在在江柏面前就像一个透明人，这样的感觉既陌生又踏实。

余池不好意思地摸了摸鼻子，随手打开冰箱胡乱找东西，小声地说："昨天忘记跟你说，生日快乐。"

江柏把泡好的茶水塞进他手里："一句话就行了？"

"……"余池皱眉。

江柏揉了一把他睡得有些乱的头发："抱歉啊小鬼，昨天不是我生日，骗你的。"

余池："……"

余池在这里过了无比寻常，对他来说却是从未有过的两周。白天在楼上写作业或者去外面做家教，偶尔也会下楼帮江柏干点活儿。附近的熟人知道他的，也会偶尔跟他说话，或问起他妈妈的事情。他还是一副沉默又麻木的样子，只有和江柏说话的时候才显得稍微有些生气。

两周后的一天傍晚，江柏这个时候一般会出去一趟，买点明天要用的食材和零食，但距离很近。

那天不太寻常，六点多的时候见江柏还没回来，余池就拿着外套循着他常去的地方去找。这个小城的房子布局混乱，除了一条主干道之外，基本都是横七竖八的小巷，余池在里面绕了一会儿，在一个岔路口突然听见了江柏的声音。

他穿着黑色羽绒服戴着帽子，隔着矮墙只能看到一个身影，但是余池一眼就认了出来。

他本来想过去叫他，突然看见他对面好像有人。

"有把握吗?"那人问。

"五成。"江柏的半个侧脸掩在帽子下面,表情和他平时的轻松随意完全不同,眼神十分坚定。

"你表现很好,上游也有好消息,顺利的话这次就能收网。"

江柏的脚尖蹭了蹭碎石:"我爸妈,还好吗?"

"都挺好的,上次还提到你,说你快过生日了。"

提到生日,江柏好像想起什么一样,眼神柔和了那么一下:"已经过了。时间差不多了,我先回去了,你们等我消息。"

余池看见他转身,立刻往旁边一闪,衣服蹭到墙壁发出沙沙的声音。

"谁?"江柏听见动静,立刻朝着这边追来。

余池肯定是跑不过他的,好在他更熟悉地形,几个闪身便从巷子里穿过去,摆脱了江柏,很快就跑在他前头,往棋牌室的方向飞快地奔去。

他的心在胸腔里咚咚地跳动,一则是因为刚才跑得太快,二则是因为江柏刚才的那些对话。他的脑子里飞快地闪过很多种可能性,对于江柏,他了解得还太少。

余池刚推开门,就在棋牌室的前台看见了张有庆。

看见他的那一瞬间,张有庆的脸色明显难看了不少,香烟在他嘴角抖了抖,眼睛稍稍眯着,打量了一眼余池。

他的眼神就像一条毒蛇,里面充满了对他母亲的恨意,被欺骗和抛弃的确令人愤怒,但是他还有发泄的地方,而余池却连发泄都无处发泄。该恨谁,他不知道。

余池被他拎着衣领揪了出去,拳头像雨点一样毫无道理地砸了下来。

"是不是她让你来的?你和那个女人一样贱,只想回来骗我的钱,嗯?"张有庆的手拽着余池的领子,他的嘴角已经出血了,"她在哪儿?"

余池吐了一口嘴里的血沫:"不知道。"

江柏回来的时候,余池被张有庆甩在地上,低垂着眼睛,顺势躺着喘息。

他蹲下来扶他:"你没事吧?"

余池躲开了他的手:"没事。"

张有庆一直以为余池和他母亲有联系,这也是为什么他会偶尔接济余池,更多的是想从他嘴里得到那个女人的消息,余池因为这个也挨了不少揍。

江柏看着他艰难地从地上起身:"你得学会保护自己,否则你这条池子里的小鱼，就要被人做成鱼肉了。我再问你一遍，教你防身术，学吗？"

余池抬眸看着他，面前的这个人又恢复了往日的随性，让他恍然间以为刚才在小巷里看见的那一幕只是错觉："你刚才去哪儿了？"

江柏的眼神瞬间变得凌厉了起来，心里怀疑刚才的那个人影是余池："嗯？"

余池知道有些事情他不能说破，就像有些事情他也不想让江柏知道。他垂下眼睛，声音变得柔和："怎么回来得这么晚？"

"哦，"江柏看了一眼手表，的确是比平时晚了不少，又放松了警惕，"在街上碰到卫生院的医生，顺便问了问我奶奶的病情，多聊了两句。"

"哦，"余池站直了身体，他个子比江柏稍矮，仰起头才能与他对视，"你刚说的那个防身术，我学。"

（五）下次见，江柏

"提前了。"张有庆把手里的车钥匙扔给江柏，"上次跟你说的那个人，马上要走。"

江柏捏了捏手里的烟头："什么时候？"

"明天一早。"张有庆随手拿了前台的笔，在烟盒背面写了一行地址，"你到这个地方去接他，店里还有多少现金？"

"差不多一万。"

"你拿上当作路费，其他的听他安排，不要多嘴。"张有庆说完就走了。

晚上江柏早早关上了棋牌室的门，顺手挂了个休业的牌子。他没有什么东西好收拾，顺手拿了两件衣服放在手提包里，带上皮夹子和打火机。

余池从晚饭后就一直躺在床上假寐，听着江柏刚刚收拾东西在房间里走动。

"别装睡。"江柏收拾好东西，在窗口站了一会儿，点了支烟。眼看着快到年关，外面街道上或多或少有点张灯结彩的气氛，看着让人暖融融的，"我跟街上的蔡姨说好了，你要是愿意，剩下几天寒假你就去她家的面馆帮忙，过完年就回学校去吧。"

余池背对着他，没有吭声。

"我要回老家一趟，看我奶奶。说好了要教你防身术的，"江柏翻过身来靠着窗台，喃喃道，"下次吧，有机会的话。"

"柜子里给你留了点钱，你走的时候带上，这边如果能不回来就别回来了。"

江柏几乎要说出几句好好学习之类的话，可是到了嘴边又咽回去了，想着以余池的成绩，应该是挺多余的。

没有等到余池的回应，江柏也没再说话，只是顺手关了灯，躺到一旁的沙发上，闭上了眼睛。

他突然想起自己小时候练拳，父亲手把手地教他，两个人共同打一个拳桩。过了一会儿，那个少年的模样突然变成了余池，教的人变成了他自己，两个人都笑着，像在梦里。

再睁眼已经是早上五点多，透过窗户看见窗外天空的鱼肚白。他翻身起来，拿上东西，路过余池床边的时候停了两秒，轻声说了句："再见了，小鬼。"

窗帘和门都被关上，世界变得无比安静，余池的睫毛颤动："下次见，江柏。"

他不喜欢再见，因为跟他说了再见的人几乎没有再见过。所以下次一定要见面，和江柏。

虽然余池没有走，但棋牌室还是挂着休业的牌子。马上要过年了，到处都洋溢着欢乐的气氛。江柏在抽屉里给他留了八千块钱，如果节省点，再加上打打假期工，应该能够支撑到他高中毕业。

本来以为这里没有丝毫让他留恋的地方，但是江柏走了之后，他打算在这里再住上两天，至少等过完年。早上起来，像江柏一样打开窗户大口呼吸新鲜空气，偶尔在院子里跑上几圈，自己去菜市场看他平时喜欢光顾的菜摊，回来笨手笨脚地给自己下面条。

他没有想到张有庆会回来，而且不止一个人。他听见动静就立刻藏在二楼一间棋牌室的角落里，不敢动弹。张有庆他们往二楼上来，去了平时江柏住的房间看了一眼，没人，就在客厅坐了下来。余池从门缝里能看见三个人，其中一个是棋牌室的常客，另外一个黑黑瘦瘦的，他没见过。

"这小子靠谱吗？"那黑瘦子一坐下来就吞云吐雾，"这批货可是我费了九牛二虎之力才从豹哥那里弄来的，万一路上出点什么岔子，我要你的命。"

"放心，"张有庆很少对谁这么客气，"要不是最近风声紧，我就自己跑一趟了。这小子脸生，估计不太会被警察盯上。"

"这小子叫什么来着？"

"江柏，"张有庆眼睛习惯性眯了眯，"我都交代好了，要是真的被盯上，就……"

他做了个"抹脖子"的动作："到时候死无对证，东西反正在他车上，线索只要在他这里断了，也查不到您这里。"

黑瘦子满意地眯着眼："你摆得平就行。"

余池死死地咬着自己的牙，不敢发出一点声响。他的后背紧紧顶着棋牌室的门，手脚因为长时间不动而有些麻木。他虽然不知道张有庆他们在谈论什么，但他很清楚，江柏有危险了，得去救他。

可是他不知道江柏到底去了哪里，按照他出发的时间，已经有两天两夜了。

等张有庆他们走后，余池才轻手轻脚地溜了出来。他没敢走正门，而是从后院的围栏翻了出去，手上磨破了，渗出了一些鲜血。他一路跑到了当地的警局，因为不清楚内情，又怕打草惊蛇，所以没多说，只是报警说找人。

"你是他什么人？"警察看着面前这个白净瘦弱的学生，"你的监护人呢？"

"我没有监护人，"余池的户口本上确实只有他自己，"江柏是我朋友。"

"朋友？他家在哪里？你说他失踪了，他家人怎么不来报警？"

余池被问得哑口无言。他只知道江柏好像有个奶奶，但看起来很可能只是一个传递消息的借口。

最后想了想，他从书包里摸出一个透明塑料袋："你们拿这个去检测一下。"

里面是一枚针头，是他从房间里的一本书里翻到的，很有可能是江柏故意留在那里的。

警察立刻警惕起来："马上送检验科。"

余池被带到了问询室，很快，检验结果出来了。针头上有少量毒品成分，应该是用于注射的器具。

"他知道吗？"女警看了一眼余池，低声询问队长。

队长摇了摇头："应该跟他无关，你先去向上面打报告，这个案子估计要尽快转给缉毒那边。"

余池能做的就是尽可能地给警方提供自己知道的信息，虽然警察没有告诉他检测结果，但他也能猜个大概，好在他那天记住了江柏的车牌号。

"我能不能跟你们一起去？"余池眼神恳切地看着警察，"他对我很重要。"

"我们申请一下试试。"

警察离开问询室，打了一个电话，表情从紧张变得凝重起来："好的。"

"对不起，这次行动比较重要，而且你作为线索的提供者，还有一些信息需要你配合，所以你可能暂时还得留在这里。"

余池看了看外面的警车，有些遗憾："那麻烦你们快点去救他。"

警察点了点头："你先在这里休息一下，过一会儿有同事过来再问你一些细节。"

女警拿好记录本跟着走出来，关门立刻问："我要跟着这次行动吗，队长？"

"没有什么行动。"

女警有一瞬间错愕："取消了？"

队长摇了摇头，没再说什么。

"那这边怎么处理？"女警隔着透明玻璃，看了一眼坐在问询室里面的余池，他看起来有超乎这个年龄的冷静，但是很显然把全部希望都寄托在他们身上了。

"照例把该问的都问了，做个详细的笔录，过几个小时就让他回去吧。"队长揉了揉疼痛的太阳穴，"那个张有庆，二队那边已经出警了，抓到后再说。"

听见警笛声响，余池以为他们已经知道江柏的位置，现在就要去营救，这才喝了一口早已端过来的热水，长长地舒了一口气。

（六）你为江海，我为池鱼

从那年开始，小城好像再也没有下过那样大的雪，余池也再没回去过。直到三年后，那个秋天。

"余池！"

"到！"少年的脸褪去了青涩和恐惧，眼神如同璀璨的太阳，笔挺的新校服妥帖地包裹着他健壮的身躯，他早已不像三年前那样单薄。

"报告教官，全员到齐！"

"好，"身穿教官服的警官背着手站在队伍前面，"开学典礼就在演武场，一会儿结束之后大家就可以自由活动了。晚上的迎新晚会，有兴趣的同学可以参加，但不要错过回宿舍的时间，听懂了吗？"

"听懂了！"二十几个和余池一样笔直的少年齐声喊道。

这里的天气要比小城热得多，九月好像还在夏天，演武场旁边树上的蝉叫个没完。

台上的领导在致辞，欢迎着这一批警校新生入校。余池看了一眼太阳，突然有一瞬间的眩晕。

"一会儿结束要不要一起去食堂吃饭？"旁边站着的同学问他，"你叫余池，对吧？"

"嗯。"余池抿着嘴，一脸认真。

那人轻声笑道："池子里的鱼吗？"

余池突然想起三年前的那张笑脸。

"池子里的小鱼，要被人做成鱼肉了。"

"教你防身术，学吗？"

"骗子……"余池轻声呢喃，眼睛有些发酸。

"嗯？"同学以为是说他，见余池不吭声，又和其他人搭话。

典礼结束之后，余池没有去吃饭，而是沿着学校西侧的林荫大道一直往前走。听说这里前面有一面墙，和其他学校的优秀校友墙性质差不多，上面挂着的，都是那所警校毕业的优秀毕业生。唯一不同的是，他们都在执行任务过程中英勇牺牲了。

余池摘下帽子，一排一排看过去，终于在中间靠下的位置，找到了一张照片。意气风发的少年穿着和他一样的校服，脸上洋溢着明媚的笑容。

余池在心里默念："好久不见，江柏。"

"恭喜你啊，小鬼。"突然有人在他身后喊道。

余池飞快回头，心里却知道不可能是江柏。原来是三年前在警局接待他的那个队长。他微笑着敬了个礼："谢谢杨警官，您刚才在开学典礼上的发言，说得很好。"

杨警官的视线也转移到余池刚才凝视的那张照片上，照片下面写着：江柏，二十六岁。

"哎，"杨警官笑着摆摆手，"每年都被邀请回来，也就是我了，其他同学要么就是太忙，怎么叫都叫不来。说说你小子，我还真没想到，你真的能考上警校。"

"我自己也没想到。"余池从来没有设想自己会走这条路。

"是因为和他的约定吗？"杨警官看了看江柏的照片，"我还记得你那年来警局报警，是我接的警。你非要跟着一起去，可是我接到的上级指令，一是保密，二是禁止采取任何行动。"

"可是你当年跟我说出警了。"余池始终耿耿于怀。

"这是纪律,"杨警官觉得以余池现在的身份,他应该可以理解了,"但是我当时的确不应该对你撒谎。"

"这几年多亏您的照顾。"余池知道他当时不过是一个高中生,如果是他处在杨警官那个位置,他也许会做出同样的决定。

"后来我才知道,当年那个案子牵扯到一起全国性的贩毒案,上面已经整整布局了两年。江柏也是一毕业就因为个人能力强,表现优秀才能够参与到那次行动中来。本来不是安排他去执行这次卧底行动的,担任卧底的那个同事的母亲那年生了重病,江柏听说这个消息之后就主动向上级汇报,要求替换他。"

"他的确是个当警察的好苗子,身手好,脑子灵活,最重要的是他有一颗善良的心,可惜天妒英才……"

余池当年是过了几个月才知道江柏牺牲的消息,网上铺天盖地,到处都是关于那次全国性缉毒案的报道,以及悼念的消息。因为他并不是江柏的家人,所以警方也没有特意告知他相关的情况,只是杨警官找到他,告诉他事情的大概。

那次行动很危险,但江柏也不是没有准备,只是他没有料到张有庆会在车上动手脚。本来是五天的行程,张有庆算好了把人和货送到地方,江柏就会在回来的路上因为车祸丧生,这样一来,不管出不出意外,他自己都能够撇清关系。

不巧的是,他送的那个人感觉到了不对劲,非要改变路线。江柏只好带着他从山路绕道,车子在山路上失控,两个人一起葬身悬崖。江柏在最后时刻拨通了报警电话,并告诉了他们最新获得的接头信息。只是冬天寒冷,警察赶到时已经错过了最佳抢救时机。

"对了。"杨警官从口袋里拿出一样东西来,"我昨天也代表学校,去探望了江柏的父母,他们听说了你的事情,都很感激你当时能够去报警救他。这个,是他们托我带给你的。"

余池看着他手心里躺着一枚徽章,在阳光下熠熠生辉。

"这是江柏上学时得的奖章,现在送给你。"

余池接过奖章,上面的五角星是鲜红的,像跳动的心脏。他把徽章别在自己左侧胸口,心脏的位置:"谢谢。"

"今年冬天回小城吗？"杨警官问道。

"回去看看吧。"

张有庆因涉案被判了二十五年，小城里和余池有关的人和物越来越少，但那里有他最痛苦也最珍贵的记忆，所以他终究要去面对。

也许是江柏的徽章，给了他去面对以前和以后的底气。也是因为江柏，他才有了勇气跳出了那个困了他十八年的水池。终于找到了，属于他的江海。

"小菜鸟"整顿职场计划

隐形**富豪** × "逗比"**实习生**

文 / 郁风闲

"素哥"创造了公司众多传说。
来公司十年，被炒了……

很久没有写小说了，有点手生，想着给书中人物一个惊险的开头，奈何笔力有限。

我想到公司那场煤气管道挖断的事故……不过我没有像主角那样，气喘吁吁走了十几层楼逃生。早下班多出来几个小时的时间，算是收获。这篇文也是。

ZHENG DUN
ZHI CHANG
JI HUA

一

　　这个公司有一些传说，比如食堂打饭阿姨，虽然工资可能没你高，但是人家是老板在家闲不住的老娘。比如江湖人称"素哥"的网管凌素，虽然年纪不大头发快秃了，但连老板都不敢惹——据某个有幸围观的人说，老板等电梯的时候看到网管素哥来了，都缩着头等下一趟。

　　对此新入职的小员工周舟十分嗤之以鼻："老板有必要这么怂吗？"进行企业文化培训的时候，明明说得很牛啊！

　　凌素的网络部在18楼，跟他们15楼的业务部一般不接触，因此对素哥其人，周舟一直是知其名，内心十分不屑。然后不知道是不是感应到他对自己守护神的不尊重，周舟的电脑死机了。

　　他掏出手机打开公司群，学着别人在群里求救："素哥，1502电脑坏了，急需抢救！"

　　过了十分钟，素哥回复，"稍等"，连个标点符号都不打。

　　听说素哥一直很大牌，周舟身为小新人，只能等，还要在主管不时投来的目光中，假装翻资料在忙。卑微打工人的心酸，周舟总算体会到了。

　　周舟埋头翻看着公司创业史资料，过了差不多半个小时，听到旁边人喊："素哥来啦！"

　　周舟抬头，看向走进来的男人。

　　然后他迅速地把头埋了下去："怎么是这个浑蛋！"对这张脸，周舟那是记忆犹新、咬牙切齿、恨之入骨！那还是一周前，公司楼下燃气管道断裂，泄漏严重，消防通知整栋楼几千号人撤离——楼梯撤离，周舟没有跟上，从15楼爬下去，他会死！所以他等电梯。走在最后的凌素——如果进来的这个人就是凌素的话，路过15楼时发现了他。

两人当时的对话很简短。

"你还不走？"

"我等电梯。"

"你想死？"

"就是不想死，才等电梯。"为了增加说服力，周舟虚弱地咳嗽了两声，证明自己多走两步就会死。

凌素打量了他两眼，若有所思的样子，周舟咳得更用力了。电梯已经到了8楼，他打死也不爬楼梯。周舟意志坚定，忽然一阵天旋地转——凌素扛起他，直接冲进了楼梯间。周舟震惊了，这是绑架吧？他使劲挣扎，凌素不为所动。下楼途中偶尔还遇到其他人进入楼梯间，周舟捂着脸，他没脸见人了……

他们是走在最后的，楼梯间里还有不少从上面楼层过来的人，看见他扛着一个，不时投来疑惑的目光。偶尔遇到凌素认识的人，他还不忘跟人打个招呼。有人问起肩上的人，"这个？"凌素拍拍他，"下楼时随手捎上的。"

然后很顺利地得到了彩虹屁："素哥真是英勇啊。"

周舟感觉自己在不知不觉中成了这人游戏中的一环。15层楼在凌素面前也就6分钟的事。一楼因为封路，挤了不少人，楼梯间挤出来一个男人，和一个被扛着的长头发的……男人还是女人？不管怎样，还是很吸引人注意力的。

凌素放下他，周舟捂着脸，只想快点挤出去，心里发誓明天就来办离职！耳边还听见凌素嘟囔了一句"弱鸡"。

周舟人生25年，第一次有种想钻地缝的感觉。他最终没离职，因为穷……不过幸好那天楼下没有1502的同事，他一个小新人，没人认识他。

没想到，才过了一周，他的噩梦又出现了。周舟缩到桌子底下，假装自己不存在，反正电脑在这里就能修。但同事很热情："素哥，是这里要修，一直等你呢……哎，周舟你干吗呢？"

周舟蹲在桌子底下，忽然就被点名，一抬头，正好和凌素的眼神对上。

"你叫周舟啊。"凌素打量着周舟，扬唇，"怎么换发型了？"从原来的长发，换成小平头，配上一副小白脸，搭配有点怪。

周舟满脸愤恨，还不是因为他！

"素哥怎么知道小周以前是长发？"周围同事好奇，15楼的电脑好久没坏了呢，周舟才来，按理不应该见过的。忽然有人福至心灵，说了一句："难道传说中素哥英雄救美的长发美女，就是周舟？"

离职吧，周舟脸涨红，这活干不下去了！

二、

"我在加班。"周舟打着哈欠，看了看时间，快晚上10点了，终于可以走了，他对电话那头的人说，"你搞快点。"然后匆匆挂断电话，准备下班。虽然实习期的新人都很拼，但他绝对不是主动的……周舟关上电脑，潜行到一楼大厅，过了大约五分钟，凌素下来了。

凌素才是他变得这么拼命的元凶。

一切还要从上次修电脑开始算起。

周舟本来是真的想离职的，但是……他不知不觉成了公司传说中的一环。

听说，凌素平时虽然不算冷漠，但大庭广众之下扛着人走也是从未有过的，所以周舟和凌素关系肯定不一般。周舟想解释，在凌素眼里自己跟个麻袋差不多，但是人家不信……而且，消息从15楼办公室很快传遍20层……可怕的谣言带来了不少麻烦，也带来了不少对凌素觊觎已久的人，纷纷来周舟这里打听八卦，礼品最低也是一份早餐。

周舟没能抵挡住诱惑，最终没有离职。而且，为什么是他离职，他又没做错什么！离开反而显得心虚！

于是他理所当然地接受礼物，顺便狠狠地诋毁凌素："都是硬邦邦的肌肉！"回想起自己被硌得生疼的肋骨，周舟更加嫌弃："还不是那种有美感的八块腹肌，是石头一样的，典型的傻大个！"凌素身高一米九，而勉强一米七五的周舟酸溜溜地说。

"人品哪里好了？不要乱说，都是假象，都祸害了多少女人了！"

"当然认识，这种人渣，烧成灰我都记得！"

周舟甚至想要制作一些有说服力的小视频,毕竟他以前也是混网红小演员圈的,有一定的基础。但最终他放弃了这个念头,因为他觉得不值得为了这种人在法律边缘试探。就在周舟觉得自己被喂食变得更圆润时,意外发生了。

有一次,他一个人加班,准备打开隐藏的小视频时,发现东西都没了!这些可是好兄弟老黑发过来的绝版——绝对不能被别人看到的最新版本视频,现在却没了。

肯定是凌素修电脑时干的!

他说不定还看了……难怪这两天在电梯里偶遇时,他看我的眼神都透着一股古怪!周舟越想越觉得有可能。但上门挑明肯定不可能了,人家可以不承认,而且他还没过实习期呢。

周舟决定也去搜集凌素的黑料,比如下班后的疯狂夜生活等,把自己瞎编的故事坐实!

然后,周舟就开始了自己的加班到10点的生活,使得1502室的其他人也跟着紧张起来,纷纷加入加班的行列。

对此,周舟浑然不知。他只是对凌素恨得咬牙切齿,这个人作为一个老员工,还要加班到10点,这还算是人吗?更过分的是,他一周有三晚,在加班到晚上10点后还要去马路对面的健身房。

"难怪……"肌肉那么结实,周舟酸溜溜地,嘴里嘟囔,"难怪快秃了!"

周舟跟着进去,还花重金办了一个会员,跟在凌素后面健身,他练什么周舟就练什么,仿佛要练成一样的体格,上去和凌素单挑。周舟脑补着一拳把凌素撂翻在地的画面,乐呵呵地笑起来。

耳边忽然响起声音:"你也来锻炼?"

周舟扭头,对上凌素的目光,心一惊,腰一扭,脸瞬间变得扭曲,手上的杠铃也险些掉落。凌素飞快伸手接住杠铃推开,两人摔倒在地,但幸免于周舟被砸断腿的命运。

"你……你要压死我?"周舟涨红了脸,怒视着凌素,下一秒剧烈的腰痛袭来,他痛得脸部扭曲,"痛痛痛,我的腰要断了!"

凌素帮他检查了一下腰部:"肌肉拉伤,没什么大碍。"

"但是我动不了了!"

健身房老板听到这边的动静,也赶了过来,担心客人真的出事。周舟咬着牙:"我没事。"等老板相信并走开后,他又虚弱地看了凌素一眼,

"疼疼疼，我要死了，我死了……"然后便靠在凌素身上，开始装晕。

他喜欢扛人是吧？那就再扛一次！

反正这个时间，也不怕有公司同事撞见，最重要的是，不入虎穴焉得虎子，他就不信深入虎穴了还抓不到凌素的把柄！

装得不太像，但是，凌素看了看还未走远、一脸茫然的健身房老板，总不能真的把周舟留在这里吧？

凌素无奈，只好扶着周舟的腰，犹豫了一下，直接扛起来，把装晕的人带回去。凌素的家很近，就在公司后面的小区，不用打车，一路就抱回去了。

凌素坐在一边，细细地打量着周舟那张过分秀气的脸，下意识觉得现在的小平头不适合他，还是那天柔顺的长头发适合。这张脸真的很女性化，让他那天都愣了一下，要不是他的声音略粗哑，真会认错。

凌素的手在周舟的短发上扒拉了两下，一脸嫌弃地走开了。

浴室传来水声，周舟紧绷着的神经松弛，冷汗涔涔地睁开眼。自己编得一点都不过分，这人就是渣男！

周舟心有余悸，听着浴室传来的水声，然后赶紧开溜了。

三、

字符在屏幕上跳动，凌素停顿了一下，打开旁边闲置的电脑，熟练地打开了一个隐藏文件夹，点开了一个小视频看起来，越看眉头越皱……视频里的人，那张脸确实是周舟没错。

视频里分明是个女人！

这个视频，原本就在周舟的电脑里。当时凌素帮周舟重装电脑，先备份了一份到硬盘里，后来忘记了归还。如果不是一个小黑客黑进他的电脑，企图偷偷删掉这个视频，他都快忘记这个视频的存在了。

他本打算还回去的，结果在途中就听见周舟在诋毁他，凌素索性就不还了。他还打开来看了，结果就看到周舟那张清秀的脸在视频里变得极为女性化……让人看了不爽。

但他那天确定，周舟确实是个男人，女人的胸再平，也不至于到这种程度。

有脚步声接近，凌素赶紧关闭视频，来的是人事部的朱姐，送来了一份文件："人家只是传你的八卦而已，真的要这么对人家吗？"朱姐与他也是熟人了，递交周舟的资料时，顺便八卦了一下。

"你不觉得他太像女人了吗？"

"呃，"朱姐愣了，"应该是男的吧，有证件，有体检报告……"

凌素眼睛发亮。

倒不是对周舟有什么仇怨，说起来，他才是被记恨着的那个。他就是忍不住好奇，还有……凌素看了看屏幕上正在跳动的数据，那个小黑客一直没放弃攻击他的电脑，应该也是周舟在搞鬼。

凌素起身往外走。

"你要的资料呢，不看了？"

"去上个厕所。"凌素说着，却往电梯的方向走，"18楼的厕所坏了，我去15楼。"

"厕所没……"朱姐一个激灵，同情起周舟来，他这是哪里得罪凌素了？

听说18楼男厕所坏了，但只有凌素一个人会从18楼跑到15楼上厕所。后勤部门员工心里苦啊，厕所哪里坏了，不要污蔑我们的工作能力啊！但是谣言的源头是公司最不可说的素哥，算了算了。

同样心里苦的还有周舟。他的腰还没完全好呢，每天坚持上班已经很惨了，还要忍受凌素不时的惊吓。

他上完厕所从隔间出来，迎面撞上凌素，周舟赶紧回头看了看隔间，隔间门关得严实，应该不会被偷窥，刚要开骂，就听凌素似乎略有遗憾地叹了口气，然后问他："你腰没事吧？那天你腰都直不起来……"

厕所里的其他人都竖着耳朵偷听……看向周舟的眼神也怪怪的，周舟很想打人，但是打不过。

比如他刚推门进厕所，就看到凌素在里头，眼睛眨也不眨地看着他。周舟被盯得头皮发麻，又关门退出去了……然后忍了一天，为了少上厕所，几乎一天没喝水，差点憋死。

几次之后，周舟也忍不住抱怨起来："18楼的男厕所还没修好吗？我们公司的后勤这么差吗？"

这天周一的下午，公司主管部门开会，身为网管兼网络部一把手的凌素也会参会，周舟终于可以放心地进厕所了。才刚解脱到一半，厕所门开了。打开门的正是凌素。周舟惊了："你不是开会去了吗？我去，你不会是在监视我吧？我要告你骚扰！"

凌素好似没听见，只瞄了瞄周舟，扬唇，微笑。

那笑容，是嘲笑吧？他被嘲笑了？！周舟涨红了脸。

"是可忍孰不可忍！"

周舟恼羞成怒，使劲踹了凌素一脚，愤愤地摔门出去，一边走一边拿出手机打电话："老黑，弄死他，不要客气！"

四、

为什么那么想确定周舟的性别？凌素也想过，并且大概想明白了。

只是好奇。喜欢看他炸毛，人类情绪中最为恶劣的部分在作祟。

不过这次好像有点过分了，炸毛的野猫开始反击了。凌素回到会议室还没坐下，就听手下汇报，有人在攻击公司服务器。于是会也不开了，赶紧回工位开始应对。阴魂不散的小黑客，这次想玩个大的，直接攻击服务器了。这回好像铆足了劲，非要成功不可。

对工作上的事情，凌素不敢马虎，专心应对，与对方展开一场攻防拉锯战。但是不得不说，对方技高一筹，凌素应对得有点艰难。他忍不住感叹，自己这些年网管做得，有点过于舒坦了……

稍不留神，对方胜了一着。下一瞬，耳边传来哗啦啦的水声。凌素抬头，就看到公司前台和会议室的大屏幕上，模模糊糊出现了一个男的在洗澡。看不清脸，但那熟悉的浴室陈设，让凌素一眼认出，是他家。

周舟这次，玩得过火了！

办公室里的人一阵慌乱，想关却关不掉，视线纷纷望向凌素这边。凌素冷笑着，手指在键盘上敲打。趁着镜头上的"洗澡男"转头之前，赶紧抢回了主动权，把视频替换掉。

这次是周舟，放大了脸的镜头，一个躺在床上对着脸拍。

对方也没放弃，持续在争夺主导权，两人展开了一场拉锯战。

这场闹剧，最终由朱姐拔掉插头结束，她走到凌素面前，表情严肃。

凌素还在键盘上敲打，那边的攻势可还没结束呢。

只是，却有人不想让他继续。老板亲自上门了，后头还跟着一个可怜兮兮的周舟。周舟真的想死，他怎么也没想到自己的小视频藏得好好的，一直想当作黑历史永远封存，结果现在却公之于众了。

周舟咬咬牙，委屈巴巴地说："我要投诉，凌素！"

凌素诧异地看了看周舟，再看看电脑屏幕，成功攻入他的电脑，正在删除周舟的视频。周舟就在眼前，那么这些肯定不是他操作的。

凌素不认为一个设计好的程序能跟自己对抗这么久，而自己还处于劣势，那么只有一个可能，他失笑："原来不是你啊。"

周舟不懂他什么意思，不过他上来是当无辜受害者的，什么都不用说。

凌素被老板找上去谈话了，传说中畏惧"素哥"的老板，好像也不怎么怕他。

没过一会儿，凌素从办公室出来了。周舟紧张地站起来，大不了鱼死网破，视频还有后半段呢，他要放出来！周舟努力让自己看起来更有气势一点。

凌素却淡淡地看了他一眼，没说话，开始收拾东西。

"你干什么？"

"没什么。"凌素说，"我被炒了。"

从公司初创期就在的网络部老大，江湖人称"素哥"，创造了公司众多传说。来公司十年，被炒了。当场收拾东西就走，没有正式通告，没有工作交接。消息顿时传遍15到18楼，半天后甚至传到了其他公司，据说有的公司已经开出条件，等着聘请凌素过去。

而罪魁祸首周舟，直到回到15楼，还没有什么真切的感受。他起初觉得，走的人会是他。结果老板只是让他回来上班，不要有心理负担。

怎么可能没有心理负担啊！

虽然之前他拼命造谣，但这次是真的，他反而不知道该怎么说了。

然后，可能感应到网管不在的BUG（故障）之神发功，这个下午公司八台电脑出故障。网络部其他人硬着头皮上场："我会写代码，不会修电脑啊……要不先重启一下？"其中一台就在周舟他们办公室。电脑一边重启，那人一边凑过来问："能不能说说，素哥怎么骚扰你的？"

周舟没有回答，他很不耻地装肚子疼去买药，然后旷工了。凭借着上次的记忆来到凌素家，他家里没人，一直等到晚上也没有回来。等到

141

十点多，周舟不信邪地去了健身房，也没见到人，最后垂头丧气地回家。

家门口，一个男人粗鲁地席地而坐，叼着一支烟，却没有点燃。

周舟听说过，素哥为了维护不算丰茂的头发，早戒掉了，只有偶尔心烦的时候会叼着，但不点燃。他今天，确实有资格烦……

但是烦到追杀过来？周舟一脚后退，做好逃跑的准备。

凌素看见他，起身拍了拍身上的尘土，淡淡地道："今天那事，是你叫人干的吧？"

"……怎样？"周舟本来挺内疚的，但是面对凌素，就忍不住回呛，"要不是你自己先……而且你还把我的视频放出来了！"周舟当时气不过，一边让老黑黑进凌素的电脑，把视频删了，一边自己上楼去找老板投诉，结果就看到自己成为大家围观的对象……虽然也有凌素的视频，但他可是脸都露了！

"不怎么样。"凌素踢了踢脚边的行李袋，"我被炒鱿鱼，这事是因为你，你总得负责吧？"

"哈？"

"你不是说我骚扰你吗？"

周舟另一只脚也开始往后退，不对，这里是他家！

凌素说："要么收留我，直到我找到下一份工作。"

"我不……"

"你可以听听另一个选项。"凌素说，"要么你说的，我骚扰你，怎么骚扰的来着？"

这个浑蛋，他的内疚感全部没有了！

五、

"你今天回来晚了。"

周舟下班回到家，就听见凌素的声音，他在沙发前盘腿坐着，电脑摆在茶几上，在摆弄着什么。凌素住进来有一周了，说是要找工作，同一栋大楼里也不少公司邀请，但他就是不为所动，天天赖着，等着周舟回来做饭。

前两天周舟特地多看了一眼，说是要找工作的人，正在打游戏……这就是个死宅男，而且似乎要吃定他了。周舟很不爽，每天都要阴阳怪气几句，但今天，他愣是一句话没说，只神情复杂地看着凌素。

末了，他拎着一袋子零食，搁到凌素的旁边，袋子晃了两下："给你吃。"

"这么好？"

"你晚上想吃什么？我给你做。"

凌素呆愣地看着周舟，他又在打什么主意？

周舟被看得有点不自然，目光不自觉地瞥向沙发。凌素这几天都睡在沙发上，本来没人坐的沙发被压得有些塌，枕巾上还有不少掉落的头发……想到程序员的头顶状况都很令人担忧，凌素的不少烦恼估计都是自己带来的。

思忖良久，周舟说："要不，晚上你去卧室里睡？我睡沙发……"

这下凌素真的确定，周舟很不正常了："……你是周舟，还是他的双胞胎兄弟？"

周舟羞窘难当："爱睡不睡，你想睡一辈子沙发也可以！"说完，他去了厨房，给某个死宅做饭去了。本来周舟是懒得开火的，但是，今天他下班的时候被困在电梯里，关了两个小时，差点闷死。在电梯里，听几个老同事抱怨才知道，这老旧电梯一个月总要坏个两三回。

也是今天，他听八卦时听到有人说，当初燃气泄漏那天，现场有人因为吸入过多有毒气体，现在还没醒过来。

如果当初凌素没有把他扛下去，说不定现在吸入有毒气体的人会是他。而他为了面子故意跟凌素作对，实在有点恩将仇报。他还害得凌素丢了工作……给凌素做点好吃的，让他睡得舒服点，就是周舟能想到的补偿方法了。

凌素看着周舟做饭的背影，随手拨了个电话，没一会儿就大致搞明白了情况。他收起手机，好笑地看着周舟。

虽然现在的他不再是一点就炸，但凌素不习惯。还是以前的周舟看着比较顺眼一点。凌素想了想，挑了个应该能点燃炸药的话题："小周，你电脑里的那个视频，是什么时候拍的？"

周舟的背影一僵。

凌素问："你还拍过电视剧？"

关你屁事！周舟下意识想回，但，那其实也只是一段失败的追梦旅程，有点丢脸，有点失败，他叹了口气："……只是跑龙套而已。"在娱乐圈，他不算漂亮，不算帅，没有特色。唯一一次有特写镜头的，就是他私藏的那段小视频，还是当男主角的替身，正片版本被换脸了。从那之后，周舟就退圈，开始找普通的工作，过普通人的生活了。

周舟一边回忆，一边做了很多菜，凌素出去买了点酒，打算舍命陪君子。结果他还没喝呢，周舟就把他的酒夺过去："不想秃就别喝。"说完，把酒一饮而尽，"都怪你这个浑蛋让我想起伤心事，今天的酒都是我的，你休想喝一口。"

凌素一脸无奈，好吧，他的头发确实很宝贵，不喝就不喝。

"你还想回娱乐圈吗？"凌素问着，摩挲着周舟的下巴，凑近了打量，"想的话，我找个老板捧你。或者，干脆我自己捧你，看你还有点姿色，还是可以培养培养的。"

"怦怦——"

"你个没有工作还要靠我养的浑蛋，说话好听有什么用！"虽然是没用的废话，但仍是好听的废话。周舟颇豪气地说道："你放心，我会养你，还有你的头发，我帮你养。实在不行，我头发给你当假发！"

凌素笑："好。"

一夜过去，凌素醒来发现自己躺在地上。

难怪他浑身肌肉酸痛。

凌素揉着发疼的胳膊起身，隐约听见外头周舟打电话的声音："老黑，怎么防脱发啊？"周舟很认真地问。凌素失笑，他倒是真的很想知道。接着就听周舟说，"你们都是搞电脑的，你头发这么浓密，肯定有秘诀，别藏私啊……"

……六、……

周舟按照老黑给的饮食配方和中草药配方，每天不重样地给凌素做三餐。这除了报恩，也算是一种投资。

打工人周舟渐渐认清了现实,与自己这个小螺丝钉相比,凌素更有可能赚大钱。他等待着对方回报——拯救头发的大恩啊,凌素人那么好,肯定会报答的。

"我觉得你这套食补方法挺有效的。"凌素说,"而且你厨艺不错。"

周舟点头:"嗯,有效果就好。"

凌素说:"应该谢谢你的那位朋友。"

"你说得对!"上次老黑帮了大忙,虽然人家说只是举手之劳,玩得很开心,但是周舟现在精神境界提升了,绝对不能忘恩负义。

等到周末,周舟发了工资,准备了一堆好吃的给凌素。

之后,他又去买了一堆好吃的,送给了虽然有好食谱但厨艺不佳的老黑。

他们会认识,是在老黑混迹娱乐圈的那段时间。他平日不怎么接触人,周舟是少有的例外。

看到周舟,老黑也一脸惊讶:"你怎么来了?不是,你来之前怎么不通知一声?"

周舟很老实:"凌素哥说的,你的食谱很好,应该谢谢你。"

"那是我在网上随手搜的,怎么可能有用呢?有用就不会有这么多秃顶了!"老黑忽然感觉不对劲,"你是说凌素叫你来的?这么明显的诡计你都……"

老黑话没说完,尾随而至的凌素走近:"哟,你就是老黑啊,终于见面了呢。"

周舟一头雾水地看着凌素。

老黑咬牙:"你玩阴的!"

凌素说:"你不肯告知真名,我只能出此下策了。"

老黑说:"我不会去你公司上班的!"

凌素越过两人,直接往老黑家的沙发上一坐:"我有的是耐心。"上次两人的信息攻防战,凌素惜败,但好胜心使他不想放弃,于是便一直追踪老黑的网络痕迹,缠着要用高薪聘请他。而老黑躲得无影无踪,这几天干脆销声匿迹。

周舟终于看出点端倪,只是有点不理解:"你不是被炒鱿鱼了吗?"

"你可以理解为,引咎辞职。"凌素指了指老黑,"至于他,算是给公司的补偿。"

周舟明白了，难怪搞出这么大的动静，自己这个始作俑者居然没有被辞退，因为他是找到老黑的线索。感觉被利用了，周舟很恼火，很想发火，但眼前的两个人，似乎根本看不见他的存在。一个坚持三顾茅庐，一个宁死不屈绝不出山。

好大腿和好朋友，一下子都变得很碍眼。两人还试图把他拉进战圈，凌素说："小周你说，公司福利待遇有多好，比他做那些事有前途多了！"

老黑说："周舟，你赶紧把这个不要脸的带回去！"

周舟被吵得不耐烦了："你们两个慢慢吵吧，我不奉陪了！"

本就跟他无关，能说动老黑是凌素的本事，说不动，也跟他无关。周舟丢下一句"你加油"，头也不回地走了。从那天起，凌素就没来过他家，仿佛从他的世界消失了……

如果，真的消失反倒好了。

周舟拎着他的行李箱，一周内第五次来到老黑家门外，敲开了老黑家的门。来开门的是凌素，老黑是个正宗的宅男，基本上不会有访客，近期来得频繁的，就是周舟了。老黑抢先冲出来，抱着周舟抱怨："这个男人不是人啊，他一整晚不让我睡觉，说要跟我PK（比赛），真的不是人。"

每天例行的抱怨，周舟听得耳朵都起茧子了。

凌素看着他手里过大的行李箱，皱眉："那么大的箱子，不会只装了我的耳机线吧？"

"当然不是！"

凌素继续猜："那是你的行李，你打算留下来跟我一起劝他？"

老黑猛地吸气，周舟白了凌素一眼。

自从凌素在老黑家常住，人虽然没回去，每天的电话却不断，没有问好，没有感激，就是简单的一句"电脑丢了""充电线丢了""另一个手机充电线丢了"等等借口，一再地让他送东西过来。

这货把自己利用得很彻底啊，周舟很不爽，所以在再次接到凌素的电话，说要送耳机线的时候，周舟把他的东西都打包带过来了。

"你放在我家的东西，连你用的抽纸我都带来了，下次别想一个电话就让我送货上门了！"周舟很得意，他再也不要当工具人了！凌素的表情很难看，但周舟看得非常爽快，很好，终于气到他了！

憋屈了这么多天，今天最爽。

七、

正式回到单身生活，有点不习惯……咦，这句话有点奇怪，他好像一直单身来着！那天之后，凌素果真没有再来骚扰他，只是偶尔骚扰的人换成了老黑，都是抨击凌素的。其实凌素也没做什么，就是赖着不走，不让睡觉，喜欢黑别人电脑是吧？那就互相攻击。老黑不应战不行，他也不想被扒光了隐私……

逍遥的日子又过了一周，周舟在公司看到面容憔悴的老黑，和笑容可掬的老板走在一起，猜到凌素是这场战役最后的胜利者。

老黑抽了个空找上周舟，咬牙切齿地说："我签了三年卖身契。你记得，别让那个凌素有好日子过，至少要让他饿一阵子，不然我过不去心里这个坎！"

周舟一脸茫然："啊，这个我估计没有办法……"

老黑狐疑地看了他一眼，神秘地笑了："算了，我觉得他肯定会很惨，哈哈。"

周舟还是不理解，不过有一点倒是看出来了，老黑被折腾得挺惨，精神都出问题了！

"以后就是同事了，不过，你比我更早转正呢，羡慕啊！"

至于凌素，功成身退，给老东家补偿过了，应该去找下家了。周舟这么想着，晚上下班回家，发现了门口的凌素，自己家再次成为他的下家："你还来做什么？"看起来也挺惨的，最近应该没怎么吃饱。

凌素说："我饿了。"

周舟下意识接道："我来煮饭。"又有些得意地说，"还是我做的菜好吃吧？老黑的厨艺给猪吃猪都嫌！"

凌素站起身，下巴靠在他肩膀上。周舟赶忙扶住他："低血糖了？老黑没给你饭吃吗？还是他的厨艺太烂了？想吃我做的菜了？"

"嗯，想吃了。"凌素跟着进屋，坐在曾经睡了很久的沙发上，静静地看着周舟的身影。

"你行李呢？都丢在老黑家了？可别让我再去拿了，我不会再当你的工具人了！"

凌素无所谓地说："那些东西都不重要。"

周舟身形定住，暴怒地转身："不重要？那你让我一天一趟地给你送？玩我啊？！"

唉，凌素有点头疼，但是看着周舟气呼呼的脸，又忍不住点头："嗯！"

"还承认？你还承认了？今天没饭吃了！"周舟一边吼，一边用力剁着菜，把砧板上的鸡腿当成凌素的肉。不过，倒也没有真的不让他吃饭。毕竟做一个人的饭太麻烦，两人份更方便。

周舟一边做饭一边思考着，自己的一份工资要养两个人，需要更努力呢……不对，他为什么要养凌素？应该赶紧让他出去找工作啊！

凌素每天当个宅男，在电脑前摆弄着什么，挺自在，就是不出去工作。周舟一直想提醒他找工作的事，也没真的说出口。男人要自尊，他懂，他都懂。

周舟养了凌素很久，久到他转正，到了年底，他们一个不赶人，一个不主动走。只是某人偶尔会捶捶酸痛的腰背，说沙发不好睡。然后换来睡床的机会……周舟很好心地让出床，自己去睡沙发。

年底公司年会，周舟工作第一年，第一次领到了名为年终奖的奖励。虽然新人的年终奖并不多，但他已经很满意了，可以请凌素一起出去吃顿大餐了！正这么想着，周舟看到脑海中的男人出现在公司，西装革履的，跟平时吊儿郎当的样子完全不同。

看到周舟震惊的表情，同事说："哦，公司大股东都坐在那边。"

凌素，是公司大股东之一。

难怪离职了还帮公司挖掘人才，还不用出去赚钱，这个浑蛋装穷骗了他，害得他还顾及凌素的自尊心从来不过问。周舟回忆往昔，非常火大，忽地却想起凌素说过的话。

他掏出手机给凌素发微信："大股东，你说要捧我勇闯娱乐圈，还算数吗？"

视线对上，周舟咧嘴笑。

凌素视线转开，过了一会儿回复："不算。"

凌素："公司不准兼职，你已经签约了，违约要付违约金的。"

周舟："……"

凌素:"娱乐圈太复杂,不安全,我不放心。"

虽然凌素说的是事实,但是……"如果我一定要去呢?"

凌素隔了一会儿才回:"我再研究研究。"

周舟咧嘴笑了,娱乐圈什么的,他可不想再闯了。现在每天工作挺好的。对哦,他还可以向凌素收住宿费,养了这么久,总要收一点吧。正想着呢,微信上收到了两串数字,是一个银行卡号和一串密码。

"生活费。"

直接给张卡?大股东的卡里应该钱不少吧?周舟忽然觉得,他要住多久就住多久吧。

剑灵

辟邪神剑
明月
VS
密案局局长
连渡

文 / 六笔小生

我要把你养成黑暗来临时最大的底牌，大到可以吞噬黑暗。

这篇小说的灵感是一篇虐猫事件的报道，被虐的小奶猫还没有经历过幸福，就结束了它短短三个月的生命。

　　我只能用写故事的方法，让它们的不甘和怨恨，用另一种方式表达出来。

　　关于主角，最先设定连渡是个彻彻底底的坏人，但我实在不擅长把自己喜欢的人物写成丧心病狂的大反派，多次的修改后，大反派的设定完全改变。

　　这个世界上让人刻骨铭心至死不悔的东西并不多，希望我们都有机会遇到。

　　最后祝大家每天都能吃饱饭睡好觉，开开心心每一天。

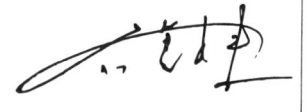

第一章

按理来说，明月应该早就从这个世界消失了。

他是上古神铁打造的辟邪剑，出世后就被剑神认作本命剑。在剑神被渡劫天雷劈死之后，他本应当随主而亡，却不知什么原因，他的剑灵并没有散去……

不知过了多少岁月，时光流转，当他醒来，发现自己像块风干腊肉一样被锁魂链挂在无人问津的祭台之上。

直到有一天，祭台的顶部因年久失修突然坍塌，他眼睁睁地看着一群人一连串地摔下来，惨叫声此起彼伏。他许久未见过活人，见状不由得有些新奇。

这群人衣着奇怪，好像没见过什么世面，到处摸到处看。最后，他们全部朝他围了过来，每个人情绪都很激动，甚至还有人"哇"的一声哭了出来。

明月上了年纪，有些不太懂现在年轻人的想法了。

"我的天，这是古剑吧，怎么会被一条链子挂在这里呢。"

"二十三世纪居然还能发现奇迹，这把剑通体晶莹，太美了，快拍照。"

……

忽然有一只手，轻轻地握住了明月的剑柄。明月乃天生神铁所锻造的辟邪剑，凡人轻易触碰必然会折寿。明月正要用灵力震开这不知天高地厚的凡人，抬眼对上握剑之人的脸，登时吓了一跳。

这只手的主人是具无魂的傀儡，而这个傀儡居然长了一张与自己一样的脸。

明月顿时头皮发麻,还没等他反应过来,背后传来一声大喝:"快放手!"

陌生的男人迎面逼来,从怀中摸出一大把黄符,干脆利落地朝明月丢了过来。

漫天飞舞的符纸没有一张点燃,一时间静谧得只能听到众人的呼吸。祭台之上仿佛开启了什么机关,山洞中所有的光源一瞬间熄灭。

困住明月的锁魂链骤然断裂,他的剑灵被一股无法抗拒的力量猛然攥住,硬生生地将他的灵魄从本命剑上撕扯下来,将他塞进了这具傀儡的躯体内。

失去了剑灵的本命辟邪剑如同废铁一般落在地上。

男人嗓音带着寒意:"现在还有剑灵会入体?"

"入体"是灵魄变成人的唯一手段,被入体的人将会瞬间魂飞魄散,躯体与灵魄彻底融合,眨眼间便可以取而代之。

明月有些无语:我堂堂剑神的本命剑,怎么会用"入体"这种阴毒的禁术。我也是被迫的啊!

男人长得极其俊美,看起来二十出头,双眉斜飞入鬓,面容轮廓清晰,一双狭长的眸子清光流转,眼尾染着冰霜般的气势。

明月正要解释,男人忽然贴身压在他身上,一只手卡在他的脖子上,猛然收紧:"胆子挺大啊。"

窒息感让他说话极其艰难,但他还是想要解释:"不是我干的,我也不知道……"

男人半眯着眼轻笑了一声,气势一缓:"怎么?还不出来?"

男人手腕翻转,随手拎起一旁的辟邪剑插进明月胸膛,他疼得脑子一麻,有些生气地解释:"我的剑伤不到我,你听我说……"

"呵!"男人嗤笑一声打断,他眉目深邃,笑起来带着几分邪气,冲淡了几分凌厉的气质,"还挺难杀。"

明月气得一脸菜色,只觉得全身有熊熊烈火燃烧:"你能不能不要动手?"

男人像是没听见,松开明月的胳膊将他翻过来,伸手点在他的额头上,如同雪山崩塌的磅礴灵力,带着阴冷的气息化作一只巨大的手,直接穿过躯体猛地攥住明月的剑灵,狠狠地要将他撕碎。

明月忍无可忍,瞬间爆发,但他只剩下一成修为,根本敌不过,只能伸手覆在男人的后脑勺上使劲儿一拉，不要命地撞在自己的脑门上，将两个人都撞得头晕眼花。接着，他面无表情地看着男人："现在耳朵还聋吗？"

说完彻底昏了过去。

第二章

明月睁开眼睛的时候，剑灵进入了虚空。

这里是剑神开辟的虚无小世界，当年剑神那老头儿每次与明月吵架，都会把明月关到这里，美其名曰让他冷静，其实是吵不过耍赖而已。

原本这个小世界是无边无际的，但由于剑神消逝，此世界也无灵力支撑，现在也仅剩方圆二十几丈的大小了。

明月盘腿而坐，与对面的一本散发着金色光芒的天书大眼瞪小眼。

"我说的都是真的。"天书飞快地眨眨酸痛的眼睛。

"老头儿死的时候，算到未来会有一场浩劫，擎天树枯萎，天道失衡，修仙之人纷纷陨落。于是剑神将我藏在小世界里，又将你封在一条龙脉的龙眼之中，嘱咐我一定要找到你。"

"但他死得实在匆忙，没有跟我说清楚是哪条龙脉。我折了最后一根不死木，造了这具人类躯体，操控它在世间找了你八百年。直到几天前听说有一支考古队发现这里有龙脉，我就带着它混进来试试运气，没想到你真的在。"

"人多眼杂，我只能强行将你收入这具躯体，再把你的剑灵拉到虚空。"他说得无比激动。

明月挑了挑长眉，一本正经地怀疑："不可能，老头儿一辈子没干过正经事，我不相信他有如此远见。"

"你我素来不合，我也不强求。你看下老头儿的绝笔信即可。"

天书化作一道金光，金光缓缓在半空中凝聚成了一封……长达几千字的信。

二十三世纪擎天树生机将尽，天地间的阴灵与正灵两股灵气无法正常转换，导致阴灵泛滥。一些东西被侵染之后觉醒成为封印物，它们天生带有阴灵赋予的残暴因子，可以寄生和操控任何物种。

其中一个封印物妄想称霸世界，企图以一己之力让全世界生灵成为他的傀儡……如要破此局，关键在于，找到一个叫连渡的男人，然后杀……

信到此就结束了，应是老头儿灵力枯竭没有写完。天书思索着说："我觉得应该是杀了他。"

明月皱眉："杀了他？既然是破局的关键，老头儿为什么让我们杀了他？这个连渡你认识吗？"

"就是在祭台伤你的那个男人。"天书说，"一般人看不到擎天树，但也能察觉到天道失衡。国家发现封印物后便采取了行动，暗中召集了一批还算有本事的人组建了名为'密案局'的机构，他是局长。"

他的话音刚落，就见明月猛然起身。

他抿着唇，漆黑的眸中寒光乍现，手中的长剑兴奋地发出凌厉的剑气，他冷淡地说："竟然是他？果然不是什么好人，老头儿说的必定就是杀了他。"

他低头看向天书，眼神中满是势在必得的坚定："你放心，这个任务我一定完成，让我回躯体中去。"

天书："……你不要代入个人恩怨，具体是否要杀了他，还需要斟酌。"

明月敷衍地点了点头，心道就算不杀了他，也一定要让他吃点苦头。

天书将剑灵送回了躯体，嘱咐道："这具躯体是不死木制成，之后除非有人强行将你的剑灵抽出，否则不可能发现你是'入体'的。"

"关于这个世界所有的记忆，我都放在躯体里了，每个月的月圆之夜我的灵力可以把你拉进虚空来，届时我们再商议。"

第三章

明月进入躯体的瞬间，无数庞杂的记忆呼啸着在他脑海中翻滚，耳边传来嘈杂的声音。

"局长，这验灵符可是你亲手画的，但凡是'入体'的绝对会燃烧起来。我查过这孩子的背景，是在封印师学校上学的学生，这几天他请假，机缘巧合才加入这一批的考察队。"

连渡把玩着手中的莹白长剑，长眸微垂，神色莫辨。他勾唇笑了一下："你是觉得我二十几岁就老眼昏花了？"他的声音中夹杂着不耐烦，"你们先出去，我自己来探查。"

等房间安静后，一双温热的大手粗暴地拉开了明月的衣服，明月猛然睁开眼睛。

他正躺在研究室的床上，面无表情地看着连渡，企图将目光化作刀光剑影，将面前的人大卸八块。但他现在确实打不过连渡。

连渡的手压在明月的胸前，抬了一下眼皮，正对上明月的目光。他神态稳如泰山，嘴角扬起温柔的笑，语气却冷冷地说："我自然能找到你'入体'的证据。"

不死木制成的躯体，在他"入体"的瞬间便已经彻底与他融合，区区一个连渡能找到就见鬼了。他静静地看着连渡，十分嚣张："你试试。"

连渡闻言诧异地扬起眉，随后咧嘴笑了笑，目光饱含深意："行。"

他手中捏着一道黄符，另一只手轻轻在明月的胸前一划，用明月的血浸染了黄符，然后以迅雷不及掩耳之势取了自己的一滴心头血，滴在黄符之上。明月觉得这个流程有些熟悉，心中不安。

"你故意诓我！"明月倒吸一口凉气，巨大的恐慌让他瞬间不知所措，他疯狂地想要坐起来，却已经为时已晚。

"这具身体进学校的时候我就发现他没有魂魄，这两年他像个无头苍蝇一样乱窜，我跟着他到了祭台，没想到竟然是在找你。"连渡站在床边，胸口的鲜血染红了衣服，他眉峰不动，似笑非笑地看着明月，"无主的剑，都是可以认主的，正好我缺把剑。"

黄符身上传来强大的束缚力，几乎是一瞬间就将明月剑灵的命格与连渡连在一起，天道的威压在明月耳边如闷雷炸响。

天道是天地间的规律和自然的力量，它对万物有所感应，却无情无私，不受情感的影响，任何违反自然准则的行为都会受到惩罚。

连渡本来还是笑着的，但强行认主的反噬让他灵力不受控制地乱窜，他踉跄一下险些栽倒，表情如同吃了狗屎一般："你到底是把什么剑？天道竟然觉得我不配。"

尽管如此，这个契约还是成立了。

明月气得失去了理智，剑神死后他确实成为无主之剑，但区区一个下三烂的人，居然敢诓他认主！

他一把抓住连渡，冷然的杀气刮过两人的眉眼。

连渡七窍流血，但常年上位者的气质让他显得沉稳，他咧嘴笑了一下，长眸微眯："弑主可是要灰飞烟灭的。"

明月不是被吓大的，他毫不犹豫地召唤一旁的辟邪剑。辟邪剑飞入他手中，几乎是以同归于尽的方式，用剑朝连渡的胸口刺去。

"你是来真的?"

连渡笑不出来了,他飞快地用灵力唤醒剑灵对主人天生的从属感。明月的动作一缓,连渡趁机伸出手指在剑锋上一弹,震得明月手腕一麻。

明月过于愤怒,强行使用辟邪剑让他全身的经脉都在剧痛,但想要眼前人死的心情达到顶峰。他再次将灵力灌注在辟邪剑上,手起剑落,企图一击毙命。

连渡:"……"

他气笑了,伸手点在明月额间,将自己的灵力灌进去。明月只觉得脑中猛地劈过一道闪电,整个人一蒙,全身僵硬不能言语,这是主人用来惩戒剑灵的一道禁制。

明月不惯着他,用仅剩的力气再次对抗,反噬之力让两人面对面互喷了一口老血。

密案局的医生赶到时,两个人都躺在血泊中不能动弹,表情悲痛得如同死了父母,这让所有在场的人都沉默不语。

连渡的心腹宋琛江惊慌失色:"发生了什么事?"

男人已经达到目的,他嘴角扬起一抹意味深长的笑,长眸微眯,轻描淡写地说:"没事,验证的时候操作失误,解除了明月'入体'的警报。"

第四章

密案局是专门针对封印物设立的秘密机构,负责降服封印物,将其放入特定的封印盒中,交给往生局,往生局仅负责寻找和保管封印物。

为了培养这类人才,密案局大手笔地开设了一所学校,明面上研究历史,实际上培养封印师。任何有点天分的人,不论年纪大小,都能进入这所学校学习,毕业后还能领到毕业证书。

目前这具身体正在这所学校读大三,住在单人宿舍里,等到毕业后会被安排去密案局工作。

而连渡是从他已故的师父手里接过的密案局,但此人对这个岗位不屑一顾,一年三百六十五天都在申请离职,上面给的回复也相当干脆。

"你不干就大家一起散,这个世界准完蛋。"连渡被道德绑架在这个位置上六年。

明月握着辟邪剑站在窗口发了会儿呆,他自有意识开始便与辟邪剑合为一体,此番被强行剥离有些不太习惯,不亚于裸奔。

他咬破指尖,点在自己的额头上,开启灵目看了一眼天际。

擎天树大半的叶子已经变黄,树干也有枯死的迹象。他皱着眉:"果然是正灵将竭,邪灵当道,老头儿,你可真给我找了个好差事。"

剑灵和主人有灵魂契约,但这个契约是单向的,连渡随时可以召唤他,但他如果想要感知连渡,几乎不可能。

让他主动去联系连渡?明月的脸瞬间冷了下来,那个卑鄙无耻的人还不配。

一定要徐徐图之,等月圆之夜问一下天书破解契约的办法。

有些事情果然经不起念叨,当天夜里明月就接到了连渡的召唤。他心口一烫,猛地睁开眼睛,瞧着外面伸手不见五指的夜色,气得脸都绿了,咬牙切齿道:"神经病啊!"

脑海中想要去连渡身边的欲望无法控制,一条白色的线是他和连渡的命运之线。

"去他身边。"明月接到指令,飞快地下床穿鞋。

"凭什么啊,深更半夜召之即来挥之即去,老头儿都不敢这么对我!"

明月仅存的理智阻止自己,又脱了鞋上床。

"现在,立刻,马上去。"

像是离岸的鱼迫切地奔向水源,明月觉得自己的呼吸开始困难,混沌的大脑中满心期盼着冲向连渡,残存的意识拼命地抵抗。

他死死地揪着胸前的衣服,面无表情地抬手封住自己的灵力,然后毫不犹豫地一头撞在了旁边的墙上,直接把自己撞晕了。

死也不能让这个男人如愿!

连渡站在一个废弃的厂房里,霉味飘散在空中,纸糊的窗户早就腐烂,剩下点碎纸挂在上面,晚风一吹,发出令人起鸡皮疙瘩的声音。

他手里的黄符刚点上就灭了,面前的白线瞬间崩断消散,显然是明月用了什么办法割断了。他三张符烧下去,半个月工资没了,结果连个人影都没见到。连渡第一次面临如此重大的损失,诧异地挑了一下眉。

宋琛江走了进来:"连渡,封印物暂时没有找到具体位置,但前面的地面坍塌,从里面飞出了无数只吸血蝙蝠……"

"吸血蝙蝠?"连渡面色阴沉,大步流星地跟着走出去,突然想起了什么，"明月是不是在你们学校念书？"

宋琛江摸不着头脑："是啊，怎么想起他了？你不是解除他的警报了吗？"

"没什么。"连渡面上辨不出好恶，他假装不经意地问，"想养一只宠物，但宠物不听话怎么办？"

宋琛江奇道："什么宠物这么倒霉被你看上了？"

连渡："……"

他们溜达了一圈，连渡忍不住回头瞪了宋琛江一眼："我说，你好歹也混了个校长，等这件事完了，回去多读读书可以吗？那是吸血蝙蝠？那是阴怪！"

"早知道把之前那把破剑再修修了，现在连把趁手的剑都没有。"

明月这把剑年纪不大，脾气倒是不小。

第五章

自明月撞墙之后，又消停了三四天，他一边学习着这个世界的生存法则，一边不动声色地探寻着封印物的力量，导致这几天都没有休息好，整个人疲惫不堪。最后一节理论课的时候，他垂着头都快睡着了。

忽然他胸口猛然烫了一下，那种迫切想要到连渡身边的心情又不可抑制地涌了上来。

明月脸色惨白，又无法当众撞墙，只好跟老师告了假，咬牙切齿地跟着面前的命运之线出去。他刚到校门口就被人拦住："快上车，局长让我过来接你。"

明月："……"

他强装平静："好。"

连渡，早晚有一天你让我受的屈辱，我必然千倍百倍地还给你，明月在心里恶狠狠地想着，然后头昏脑涨地沉沉睡了过去。

结果车刚停下，一只大手就从窗户外面伸进来抓住明月的头发。

明月猛地睁开眼睛，他拔出辟邪剑快速地朝那只手砍过去，却不想胸口再次一烫，熟悉的味道涌入鼻腔，让他下意识地停顿了一下。

"乖点，让我用一下。"

连渡的大手盖在他的脑门上往后一推，直接将他的剑灵从躯体中抽离出来，灌入辟邪剑中，剑灵与剑体再次合并，明月的躯体便软趴趴地躺在了后座。

连渡简单粗暴地把辟邪剑从窗户中取出来，剑刃不慎刮过玻璃，玻璃直接炸开，碎片溅了明月一身。

"你神经病啊！"

明月被他握在手里，气得原地爆炸，长剑不停地发出拒绝的嗡鸣声，白光乍明乍暗，仿佛酝酿了无数脏话随时喷发。

连渡无视他暴躁的声音，斜斜地倚在车上，骨节分明的手在剑上轻轻一弹，眼底是毫不掩饰的惊艳："好剑，果然没看走眼。"

他指尖轻轻划过剑锋，血染上去的一瞬间，明月就觉得灵力如泉水般往他身体里涌，澎湃的剑意无须明月授意，自发地汹涌而出。

明月在连渡的手中，修为恢复到了顶峰，他震惊了，这个男人竟然有如此修为，且毫无邪气。

老头儿的意思真的是杀了他吗？

破旧的房间被密案局强大的结界与世隔绝起来，潮湿而阴冷的气息充斥在大厅，冻得人骨头疼，几个封印师狼狈地摔在门口。

"你们出去。"

连渡摆手让他们出去，昏暗的灯光下，五个被封印物控制的人早已面目全非，他们赤红的眼中闪烁着恶毒的光芒。其中一人躬着背，龇牙咧嘴地朝连渡扑了过来。

"带你见见世面。"

明月嗤笑一声："你才是没见过世面的。"

这种东西在他所在的时代，连被他看一眼的资格都没有。

连渡握着明月冲了过去，尘封许久的战意刹那间解封。明月全神贯注地配合，在连渡手中化作无数道剑影，一静一动皆带出令人敬畏的杀气。房间中的物品碎了一地，响起此起彼伏的惨叫声。

最后一剑插在被寄生者的心脏处，他惊恐地瞪大眼睛，连渡手腕翻转，从他心口挖出一柄匕首。

明月顿时感觉到一股阴冷的气息包裹着他，庞大的信息流呼啸着涌入他脑海。

连渡开启了与封印物的共情，明月没有防备地也被拉了进去。

第六章

"我要杀了你,这个可恶的女人。"

男人面容扭曲,死死地掐着面前的野猫。野猫凄厉的叫声成了男人的催化剂,他疯狂地笑了两声,拿起一旁的匕首在野猫身上比画。

野猫恐惧且绝望的叫声如同魔咒一般,一点点唤醒了匕首的意识。它睁开眼睛第一眼看到的,是大片大片的血。

画面陡然一转,昏暗的灯光下,破旧的出租屋里,女人的恶毒咒骂伴随着剧烈的摔打声。

原本放在厨房的匕首被男人一把抄起,他狂奔出家门,然后在垃圾堆旁边耐心地呼唤。

"咪咪,咪咪。"

一声声温柔的呼唤伴随着食物的诱惑,一只脏兮兮的小奶猫试探性地从草堆里钻了出来。

男人把食物丢过去,缓慢地移动,一点点放松小猫的警惕。他温柔地低声呼唤,嘴角的笑意越来越疯狂。直到小猫放松警惕,他猛地扑上去抓住,手起刀落,将匕首捅了进去。

他不敢真的杀了背叛他的女人,于是将猫咪当成女人,发泄着心中的愤怒。

画面一帧帧地飞快闪过,匕首中的黑雾一点一滴地积累,直到有一天,它满了。

它被野猫的怨恨唤醒,便用怨念包裹了这个以虐猫为乐的男人,寄生在他身上。

"这种人为什么还要活着?"

"杀了他们,全部都该死。"

匕首不停地诱惑身边的人,对人类恶意的呢喃萦绕在明月耳边,受到影响的明月觉得心底似有无尽的怨恨要破茧而出。

突然一只手轻轻搭在他的额头,轻飘飘地把所有的声音压了回去。

明月静静地睁开眼睛,他已经回到躯体里,车缓缓地在路上行驶。连渡收回放在他额头的手,轻声道:"醒了?"

明月回味着方才不算淋漓尽致的战斗,久违地感受到一丝畅快,所以心情还算不错。

"连渡，封印物呢？"

连渡没料到明月会和自己说话，眸中闪过一丝诧异，竟然还有点受宠若惊。他颇为惊奇地瞧了明月一眼："往生局的人接走了。"

"那些被污染过的人呢？"

"感染过深，导致变异，已经安排焚化了。"连渡清俊的脸在闪过的灯光下忽明忽暗。

明月的脸色变得极其凝重，如此低级的封印物就导致了五人死亡，大反派封印物的实力更不容小觑。

他想，连渡到底是什么身份？为什么老头儿说他是关键人物？而且连渡的灵力纯正，不像是邪魔，那个反派封印物到底是谁？

无数个问题在脑海中搅和成糨糊，他逐渐有些心烦意乱。旁边冷不丁传来男人的声音："我第一次见你，就觉得你天生就该是我的剑，可能这就是缘分吧。"

仿佛一盆冰水从头浇到脚，明月瞬间清醒过来，猛地去看连渡。

男人半偏着头，漆黑的双眸中辨不清神色，嘴角扬着半真半假的笑，整个人充斥着一股子虚伪的"真心实意"。

明月认真地看着他，诚恳地建议："家里没有镜子的话，建议你撒泡尿好好照照。"

你算个什么东西，竟敢有这种感觉。

连渡："……"

他忍不住牙疼般揉了一把脸，真难，养宠物真难。

第七章

密案局有自己专属的公关部门。

明月正在看《虐猫人士家中失火，共计五人葬身火海》的新闻报道，就觉得眼前一黑，再次睁眼就在虚空之中了。

两人一见面，天书就尖叫起来："你换主人了，你背叛了老头儿？好啊，我以前只觉得你傲娇，没想到你还忘恩负义……你这个……"

明月面无表情地看着他，手中的长剑出鞘一寸，天书的声音戛然而止。他倒吸一口气，恼怒地瞪着明月："你居然敢威胁我，修为高就了不起吗？"

明月正色道："没威胁你之前，我也觉得没什么了不起的。"

天书："……"

明月如实地把事情的经过告知了天书，并虚心求教如何能解除契约。

"这个契约除了让连渡自己解除，还有一个方法，你找机会拿到他的心头血，我就可以帮你。"天书沉思，"你是天生辟邪剑，连渡居然能在天道眼皮底下诓你成为他剑灵，自然不可能是什么邪魔外道。"

明月强调："但一定不是什么好人。"

最后两人商讨半天，天书做了总结："千方百计顺从他，了解他，让他信任你，挖掘他背后的故事，最后顺藤摸瓜。"

夜深人静，回到躯体中的明月盘腿坐在沙发上，思索着如何能够接近连渡。这个想法一冒出来，他就难以呼吸，万万没想到自己有一天会沦落到如此地步。

不过转念一想，他这点牺牲算什么？想当年太祖以全身鲜血铸就通天柱，最终才飞升平定了妖魔之乱，还有祖师爷为了阻止修真界乱斗，曾以一己之力大战六大名门正派，最后力竭而亡，换来了暂时的和平……

明月越想越觉得热血上涌。

在这种举步维艰的关头，在这生死存亡之际，还有谁能再造即将毁灭的世界？

我啊！

一切为了人类，一切为了和平。明月热血沸腾，他打开灵目看了一眼更加残破的天象，似乎全天下的命运都掌握在他一念之间。

他又垂眸冷淡地看着与连渡的命运线许久，伸手将一缕灵力输了进去，主动联系连渡。

灵力沿着白线快速地飞去，明月死死地盯着，顺便想了半天话题，结果从凌晨等到天亮，连渡居然没有回应他。

明月刚刚平复的心情，现在又有点崩溃了。

他是天降神铁所铸的辟邪剑，出生就被天下第一的剑神认为本命剑，无论是他的修为还是身份，在修真界都属于天花板级别，就连剑神那个老头儿也是他的忠实信徒。

自从认识了连渡这个混账，一辈子没受过的气都补回来了，用人的时候从不顾及时间和地点，轮到找他的时候就毫无音信，很好。

明月枯坐一个晚上，彻底放弃了天书的建议，决定靠自己。他冷淡地关闭了灵目，气压极低地去上课了。

他听不懂老师讲的什么，盯着黑板神游四方。忽然胸前微微一烫，他猛地抬头朝门口望去。

男人冷峻的面容上带着一些寒气，手里还握着一把湿漉漉的伞。他手指修长，筋络在皮肉上凹凸明显，对着疾步走到门口的老师笑道："张老师，跟你借几个学生用用。"

连渡收敛了身上的气势，脸上带着灿烂的笑容，微微俯身与老师握手，看起来温文尔雅，脾气极好。

老师自然满口答应，连渡迈着大长腿跨进门，手指在门上敲了一下。连渡还没张口，明月就先发制人，面无表情地拒绝："我没空。"

他拒绝得干脆利索，引来同学们侧目。

哪知连渡没看他，伸出一根手指点了点他四周的同学，笑得温和："辛苦几位同学，协助密案局处理一下案件，外面有车等你们。"

密案局局长亲自点名，教室里瞬间沸腾了，被点到名的学生二话不说就冲了出去，生怕晚一步局长就看上别人了。

明月："……"

一抹淡红如野火蔓延直至耳后，他面上风平浪静，手中的笔咔嚓一声断了，看着连渡的眼神逐渐弥漫出杀意。

连渡面不改色，嘴角噙着笑意，假模假样地跟老师吹了半天彩虹屁，最后被准许，随便找个座位听一堂"胜读十年书"的课。

连渡迈着大长腿溜达到明月旁边坐下，单手支着下巴，另一只手在桌子上敲了一下，压低声音："昨天我在酒桌上应酬，走不开，你找我有事？"

明月抬了抬眼皮看了连渡一眼，用笔把他的手推回去，冰冷地说："请你不要过线。"

连渡："……"

他正要说什么，老师已经开始讲课，他只好暂时打住。结果昨天应酬得太晚，抑扬顿挫的讲课声成了最适合连局长的催眠曲，没听两句就趴在桌子上睡了。老师脸都黑了。

明月在心里默默鄙视连渡的行为，这些课他虽然听不懂，但还是认真尝试去听。然而睡眠这种东西真的会传染，尤其是剑灵在主人身边会有一种莫名的舒适感。

于是当天一张"连桌睡"的照片在封印师学校的论坛上成了热搜，校长宋琛江连夜发通知，任何老师都不能让连渡在教室里停留，看到他就赶出去，立刻赶出去。

第八章

连渡没哄好自己的剑灵，又马不停蹄地去工作。临近年底，他干得最多的事情就是应酬，两眼一睁就是"左一句哥，右一句姐"，穿得人模人样、风度翩翩，成为整个京都最优雅风趣的交际名人。

明月连续跟踪连渡十几天，想观察一下连渡身边的人，顺便找找拿到心头血的机会，却没想到发现自己的主人是这种货色，气得他恨不得当场自毁元神，给自己留点清白。

这天晚上，他冷眼瞧着连渡醉醺醺地过了马路，人影一晃就消失了。他想追过去，刺眼的灯光从侧面亮起，尖锐的刹车声夹杂着路人的尖叫，眼看堂堂辟邪剑就要横死当场，一双大手猛地抓住他朝后一扯，他感觉自己都被扯飞了，还没等站稳又被人推了一把，后背重重撞在墙上，剧痛让他脑子有一瞬间的空白，眼中不受控制地流出生理盐水。

连渡掐着明月的下巴，强迫他抬头，漆黑的双眸十分清明，哪有半分喝醉的模样。

他皮笑肉不笑地看着明月说："嘴上说的不愿意当我的剑灵，背地里鬼鬼祟祟跟踪我十几天，怎么？跟我玩欲擒故纵？"

明月被当场抓包，有些心虚地垂下了眼睛，面上却十分镇定地纠正："欲擒故纵不是这么用的。"

连渡笑了，他松开手从包里摸出一支烟，又想起面前的人还是个学生，就咬着没点，语气中带着点不耐烦："这具躯体之前到处找你，我不信你没有同伙。这段时间我比较忙，没时间处理。你要是不老实，等我耐心耗尽就超度了你。"

明月抬眼冷淡地看着他，不屑地哼了一声："要不你现在就动手，毕竟给你当剑灵还不如死了算了。"

连渡："……"

他正要说什么，手机响了，对面的人语气十分惊慌："连局，往生局编号101的封印物趁着宴局长开封印室门时，控制了一个工作人员，偷偷跑了。"

编号101是一对红色的蓝牙耳机，它的主人在当学生时遭受了长久的校园霸凌，最后因为准考证被毁没有参加考试，绝望中从十八楼一跃而下。巨大的痛苦和怨恨唤醒了它的意识，它在主人的血泊之中缓缓睁开了双眼。

它可以用音乐控制别人。

当年的学生杀人事件闹得沸沸扬扬，一个班里的学生在课间十分钟的轻音乐中，突然像是疯了一样互殴。密案局赶到的时候，已经伤了十二个人。

连渡面色凝重地挂了电话，抬手看了一眼腕表，扭头问明月："能飞吗？"

明月自然知道事关重大，他下意识地挺直了背，有些迟疑："可以是可以，但这大庭广众……"

他的话还没说完，连渡又是一番熟悉的操作，粗暴地把他的剑灵扯出来塞进剑里，随后把他失去了灵魂的躯体往背上一背。

连渡在明月剑锋上滴了一滴血，指着一条狭窄的巷子，严肃地说："走，这里人少。"

明月猛地蹿出去，他速度飞快，连渡死死地抓着剑柄，却发现这把剑像是被灌了三斤二锅头，东撞一下西碰一下。连渡继刚刚一膝盖砸在房檐之后，又一脚磕在树枝上。

他疼得倒吸几口凉气："你是不是故意的！"

明月一本正经地说："你要是这么觉得，我也没有办法。"

连渡："……我背上还有你的身子，不怕我松手？"

明月不屑一顾："你爱怎样就怎样吧。"

连渡："……"

横的果然还是怕不要命的。

第九章

宏安大厦是京都一栋有名的写字楼，在里面上班的基本都是社会精英，长年累月的紧张、疲惫使得这里的上班族看到这座写字楼就感到压力巨大，所以晚上基本不会有人在这里晃悠。

除非是加班的打工人。

一个女人从地下车库坐上电梯，她耳朵上戴着一对红色的耳机，双目呆滞，神志不清，嘴里嘀嘀咕咕："找到他，找到他。"

她缓缓进入电梯，有人急匆匆地走进来，然后麻木地走出去，有人工作疲惫点开音乐放松的瞬间失去了神志，越来越多的人如同幽魂一般四处游走，口中喃喃着："找到他。"

那些侥幸没有听到音乐的人都快被吓疯了，整栋大楼都充满着诡异的气氛。

而在十八层的一个中年男人，他惊恐地坐在卫生间中，脸色惨白，呆滞地看着手机里血红的短信："我来找你了，藏好了吗？"

这个手机号他无比熟悉，是那个自卑且敏感的男生。

他不是死了吗？他明明毕业的时候，就死了啊。

有人在恶作剧吗？

不，当年班里学生混乱的事情浮上脑海，因为自己生病没去学校才躲过一劫，难道他要来报复？

恐惧像一张大网，死死地裹住他的心脏，细密的汗珠缓缓地落下来，他瞬间惊醒，慌张地要离开这栋大楼，然而还没等他起身，门口传来了脚步声。

"找到他，一定要找到他。"

女人一间间厕所地寻找，巨大的开门声让男人下意识地屏住呼吸，惊恐的凉意顺着他的脊背飞快地爬遍全身。他甚至没有来得及反应，厕所的门就被暴力拉开。

一个女人站在他面前，四目相对的一瞬间，女人口中的碎碎念戛然而止。她整个眼眶已经没有了眼白，一眼望过去漆黑一片。她静静地盯着男人，似乎在辨认。

突然，女人咧开嘴笑了，轻声地呢喃："找到了。"

随后，所有被控制的人突然像听到了号令，齐刷刷地向着一个地方赶去，口中诡异地说着："找到了，找到了。"

连渡和明月赶到的时候，宋琛江带着人也正好到了门口。

往生局的负责人宴清今年刚四十五，眼袋却肿得像五十四。见了连渡的瞬间，他就赶紧迎了上来。

"连渡，你来得太慢了。这个 101 的力量不知道为什么增强了，原本封印他的盒子等级不足，才让它钻了空子。"

明月皱了皱眉，封印物在封印盒中能力增强了？这比煮熟的鸭子自己飞了还要离谱。但他立刻想到了靠吞噬同类进化的封印物，眉梢一凝："快点进去看看。"

连渡偏头瞥了一眼明月，察觉到自己剑灵情绪波动，他抬了一下头，在宴清的肩膀上拍了两下："所有密案局的人戴上耳塞，跟我进去，一切看手势行动。"

第十章

"封印物在十八楼，人太多了上不去。"

"这些人刚被感染，注意不要伤到他们，否则会加速变异。"

"散开，分头行动。"

十几个被封印物感染的人表情呆滞，整个眼眶中只剩下一片漆黑。连渡从怀中摸出一张黄符，离手的瞬间便无火自燃，像一条火龙将面前的人全部卷了进去，然后瞬间熄灭。

人群僵硬了一瞬，眼中的黑色快速散去，随后昏倒在地。

他微微回头，只见明月拎着辟邪剑，身影灵活地在众人之间游走，所到之处打倒一片。其他封印师帮忙往外抬走晕倒的普通人。

他随后不再管这里，交给明月处理，大步流星地走进电梯里，竟然无比顺利地按到了十八楼。

连渡微微皱眉，瞬间按下了开门键，然而已经晚了，所有的按键全部失灵，电梯继续上升，中途突然剧烈地晃动了一下后，开始飞快地下降……

而在大厅中，头顶的广播骤然响起了音乐，整栋大楼的普通人都被控制，从楼梯口涌了出来。密案局的人头皮发麻，又不敢对这些人大开杀戒，一时间无比被动，干脆把大门打开把他们引出这栋大楼之后再进行处置。

明月没有跟出去，他正要去找连渡，一阵大风把大门唰地一下关上，他握着辟邪剑脚步猛然顿住，长眉微蹙有些惊讶地说："竟然是冲我来的。"

音乐越来越刺耳，像是有一股无形的力量试图迷惑明月，心底最深处涌上一股莫名的悲愤和恨意，那是耳机主人留下的情绪想要感染明月。

"为什么要这么对我……我难道不无辜吗？"

"死的人不该是我，是他们。"

"我只想报仇，难道也有错吗？"

不甘的声音像是有人贴在明月耳边轻轻诉说，他运转灵力压下，手中的长剑骤然出鞘，凌厉的剑锋劈开飞过来的椅子，一张如烂泥般的脸却已经近在眼前。

"去死。"

女人已经完全变异，戴在耳朵上的耳机发出的声波显然已经刺入了女人的心脏。

她尖锐的手指飞快地抓向明月的脸,明月侧身躲过,女人的身体直接扭曲成一百八十度,指甲刮过明月的手臂,带下一块皮肉。

明月疼得险些没有站稳,竟然忘了自己现在只有一成修为。

眼看女人像个炮仗一样冲过来,明月敏捷地翻了个跟头,手中的长剑挡在中间,女人的手抓上去被削断了两根指头,但她似乎感觉不到疼痛,再次袭来。

眼看着已经躲不过了,一条火龙飞快地蹿到两人中间,女人被火龙卷住,发出一声凄厉的惨叫,一只大手揽住明月的腰,拉着他摔出了两丈远。

两人头晕目眩地撞在墙上,女人倒在明月刚刚站着的地方,地砖炸裂飞起,明月猝不及防被连渡拉开,鼻子沉重地撞在他的锁骨上,疼得他瞬间眼眶通红。

"又救了你一次。"连渡抹了把嘴角的血,他一脚将面前的垃圾桶踢出去,挡住了女人的行动,一把握住明月的手腕,阴沉地说,"出剑。"

明月的剑灵再次被注入长剑中,所有的修为回归,杀意朝四面八方散去,连渡足尖一点,朝着女人刺去。

形势瞬间改变,剑光几乎要将整栋大厦掀翻。他们配合得天衣无缝,两剑削掉了女人的手臂,连渡一脚踢飞她,剑锋紧逼而去,悬在女人的面前。

连渡长眸扫过女人的心口,那种冷淡的眼神让人不寒而栗。他扬了扬嘴角,像是哄孩子一样放柔了语气:"告诉我,你怎么能在封印盒中增强力量的,我就不杀你。"

"我死也不会告诉你的。"女人对着连渡诡异地笑了一下。

明月不想跟女人废话,他只想打开共情自己看。他控制自己的剑身猛地刺进了女人的心脏,女人身上的衣服被剑气震碎,露出了腰间绑的……

定时炸弹。

如此原始的打斗场面中骤然出现高科技,两人都愣了。等反应过来的时候,倒计时已经只剩二十秒。

女人扯了一下嘴角,将自己毁了。

"快跑!"明月飞快地从女人身体里拔出,剑身调转就往外飞。握着他的连渡反应比他慢,被拖出好几米,他破口大骂:"不要你的身体了?"

明月绝望地掉头飞到躯体身边,连渡心领神会地一把抓住他,两人迅速朝着门口飞去。万万没想到,正准备去拉门的时候,大门被人从外面一脚踹开，以势不可当的势头撞到他们身上，直接把他们又撞了回去。

"天哪！"

明月感觉自己的剑灵都要碎了。

宴清带着一群人就要往里面冲："快点找到连队，做好救援准备。"

连渡气疯了，他握着明月挥了一剑，明月瞬间释放了强烈的剑气，直接将门口的人全部掀翻了出去。

背后爆炸的声音震耳欲聋，电光石火之间，明月脱离连渡的手飞到半空中，万道剑光齐出，与强大冲击正面对上，然后轰的一声巨响，明月仅剩的一成修为全部耗在里面了。

他看到连渡的瞳孔骤然一缩，表情一瞬间变得空白，飞快地用手去抓他的剑锋。

"有病啊，手不要了吗？"明月恍惚间想，他忍着剧痛朝前扑了一下，剑柄落到连渡手里的瞬间，才彻底昏了过去。

第十一章

往生局中，昏暗的灯光照亮了暗无天日的封印室。这里像个巨大的图书馆，摆放着一排排的盒子，有的只有巴掌大小，有的却有两米长。它们被分为A、B、C三个等级。A级表示最危险的等级，除了木质的封印盒，外面还加有一层防弹玻璃罩着。

此起彼伏的恐怖声响从四面八方响起。

突然，一个男人推门走了进来。封印室内所有的异动瞬间消失，只能听到男人"嗒嗒"的脚步声。他一排排地巡视过去，最后在A级区域前停下，沉默地望了许久。

"呵。"男人发出一声轻笑，手指在玻璃上轻轻敲了一下，"101私自行动，甚至没有给我留下报复的机会，直接把自己炸得粉身碎骨。"

他面前的盒子忽然弥漫出一缕蓝色的雾气，这雾气似乎无视玻璃的阻隔，缓缓被男人的手指吸取。盒子中的东西疯狂地挣扎，随后又恢复了平静。

男人满意地眯起了眼，他像是在挑选礼物一样，手指停在哪里，哪里就有雾气被吸取。

"不过，它倒是无意中给我找了个绝佳的借口。"

往生局的封印物仿佛感知到了什么，"吱呀吱呀"的细微声响从四面八方传来，它们在颤抖……

而此时，昏迷已久的明月在医院缓缓醒来，他第一时间查看自己的修为，果然一丝不剩，他在心里叹了口气。刚睁开眼，一张大脸就让他眉梢一跳。

"明月同学醒了。"大脸开口说道。

无数道目光齐刷刷地朝明月看过来。

明月："……"

只见他躺在病床上，身上到处是绷带，两条腿都打着石膏，只露出一张俊美的脸。三步开外，全是班里的同学，不大的房间里挤满了人，队伍甚至排到了门外。

这场面诡异得如同在开追悼会。

有人按住他的被子："你全身二十七处骨折，千万别动。"

"明月同学，你出名了，跟着局长出任务，搞塌了宏安大厦，太牛了吧。"

"本届学生的天花板，能说说你的感想吗？"

明月整个人都麻了，恨不得原地打个洞钻进去。他面无表情看着众人，心想：我怎么没死，那场爆炸怎么就没炸死我呢？

好在有人及时解救了他，房间里顿时安静了下来。

连渡穿着一身黑色风衣，打着电话走进来，目光在众人身上扫了一遍，对着电话那边的人破口大骂："现在的学生怎么教的？每次任务只会跟在屁股后面捡人。合着我在酒桌上死皮赖脸要回来的钱，到头来养活了一群搬运工。不如全部卷铺盖去隔壁应聘搬家公司得了。"

他骂完放下手机，阴沉的脸瞬间变幻，语气温柔地看着面前的学生："不是说你们。"

众学生："……"

是的，您确实没有点名。

等学生全部灰溜溜地离开，连渡溜达到明月身边，俯身在他额头上摸了一把："你终于醒了，我连你埋哪儿都想好了。"

明月抬起眼皮看他一眼，随后想到了什么，直截了当地问："101明显就是冲着我来的，为什么？"

连渡把外套脱了扔在旁边的病床上，用脚钩了一把椅子坐下，他眸色格外幽深，没有显露出什么情绪，忽然神秘地笑了一下。

"封印物刚开始觉醒的时候是个智障，就像我们前段时间处理的那把

171

匕首，只会埋头杀人，没什么脑子，等它们再进化下去就会变得有智商，会思考和说话，它们会不断地进化，最终会变成……"

连渡说到这里停下了，明月追问："变成什么？"

连渡笑了一声，忽然凑近明月，四目相对，他眼眸中像是压抑着一团烈火，目光灼灼欲穿透明月的灵魂，声音压得极低："变成你。"

这句话像是一道惊雷劈在明月身上，他几乎是厉声道："你胡说什么？我是天生神铁，不是那些……"

没有等他说完，连渡忽然将手按在明月的额头上，如同雪山崩塌，带着庞大而阴冷的力量铺天盖地地涌入明月体内，原本枯竭的灵力疯狂地生长。

他的修为在涨，他的骨头在愈合，他像久旱的植物，疯狂地汲取着连渡带来的甘露。无法抵抗的诱惑让明月彻底慌了，可怕的想法在脑海中滋生，他死死地盯着连渡："……这是什么？"

树叶在窗外摇曳，少年撑起上半身朝男人靠近，男人眉眼低垂，微微俯身。

连渡半张脸都隐没在阴影之中，露出一个似笑非笑的表情，声音缓慢而平静："封印物的力量。"

"我以前一直以为，封印物是靠天地灵力完成进化的。101死后，我不停地想，它到底是为什么可以在隔绝灵力的封印盒中进化。后来我想到了吞噬，我提取了封印物的力量封存在我体内，想输给你试试。果然，谁能想到有人在背地里饲养封印物。101为什么针对你？因为他想吃掉你。"

明月被他眼底的疯狂吓到，更惊惧自己居然能吞噬封印物的力量。难道自己也是邪恶的封印物？陌生的世界和陌生的认知带来的恐慌，几乎让这柄神剑不知所措。

"你不是。"连渡看透他心中所想，将食指收回来，安抚地揉了揉他的脑袋，极轻地笑了一声，"罪恶不分种族，只分灵魂。"

他静静地看着明月，轻声说："我要把你变成黑暗来临时最大的底牌，大到可以吞噬黑暗。"

第十二章

为了方便两人沟通，连渡把自己宿舍的客房收拾出来给明月暂住。

当天晚上，两人翻看往生局封印物的档案，发现确实有很多封印物莫名其妙地死了，也有很多封印物被不动声色地换过封印等级。往生局一定有问题，明月第一个怀疑的是宴清。

"封印物之所以不会被当场杀死，是因为它们的主人大部分都背着命案。往生局隔段时间就会挑选一些共情者，看是否有助于处理案件。而能够随意进出封印室的人，除了你，就只有宴清。"

连渡抽出被明月压着的胳膊，撑着下巴，高深莫测地弯了弯唇："你的猜测很有道理。"

明月不动声色，又翻了几页资料。

连渡不说话，静静地看了明月许久。

少年从一开始的镇定，到后来捏着资料的手微微泛白，他终于忍不住了，抬头问："你看什么？"

连渡半眯着眼打量着他，嗤笑一声："你很不对劲，回来之后一个劲地挨着我干什么？"

明月的手微微一抖，强装镇定地抿了抿嘴，脸色阴沉："谁挨着你了。"

连渡神色难辨，语气微妙："悄悄地拉我的袖子，假装自然地用胳膊压我的手，一晚上都心不在焉，你到底怎么了？"

明月面上风平浪静，脸上的红晕迅速蔓延至耳边，他飞快地抄起辟邪剑握在手中，给自己足够的安全感，强作镇定地稳住心神："你看错了。"

连渡扬起嘴角，长眸扫了一眼明月的脸，径直起身："不说了，我走了。"

明月一把抓住他，脸上的神色变幻莫测。四目相对许久，明月终于败下阵来。他冷着脸指了指椅子，让连渡坐好，随后深深吐了口气："我应激了。"

沉默持续了长达半分钟，没有人说话。

连渡仿佛听到了天方夜谭，他有些无语，斟酌着说："我只听说过人会应激，你一把冷冰冰的剑，还会应激？"

明月长这么大从未这么丢脸过。他绝望地闭了闭眼，在面子和身体之间纠结了半分钟，最终还是黑着脸解释："我'入体'之后修为太低，因为 101 封印物受伤严重，以至于出现了'假性召唤'的应激反应。你虽然没有召唤我，但我一直感觉被你召唤，只有触碰到你的时候，你的气息能……"

他的话还没说完，突然一只手出现在面前，接着搭上了他的额头。微凉的触感贴在他温热的肌肤上，让他微微一愣。接着无数条细细密密的灵力从他的额头渗进去，安抚着他体内躁动的气息。

明月静静地看着连渡，一种难以言喻的情绪在心底蔓延。

连渡微微皱着眉，半天才收回手，不太确定地问："这样可以吗？我也是第一次养宠物，没有经验，别把你养死了。"

直接输送灵力确实比物理触碰有效果，维持的时间也长，但是……

"宠物？"明月周身的气压迅速降低，他黑着脸重复了一遍，然后抬手就把连渡推了出去，"我堂堂天生辟邪剑，你居然敢把我当宠物？也不怕折寿！"

连渡被推得一个趔趄，没坐稳一头从椅子上栽了下去，他勃然大怒。但等他站起来的时候，明月已经钻回了自己的房间。

明月将背贴在墙上，怀中抱着辟邪剑，认真地思考了半晌，觉得刚刚那一摔将面子挽回了不少。当下心情颇佳地扬起嘴角，无视连渡在外面破口大骂，躺床上睡觉去了。

然而深更半夜，他再次被应激反应难受醒。他厚着脸皮冲进了连渡的房间，抓着他的手往自己额头上放："再来点灵力。"

连渡被吵醒，衣衫凌乱，眼皮下一片乌青，脸色冷若寒霜。他抬了抬眼皮，皮笑肉不笑："我只给自己的宠物输灵力。"

明月短暂地思考了几秒，他居高临下地看着连渡，面无表情地问："除了我，你还有别的宠物吗？"

连渡："……"

识时务者为俊杰，这是明月一直以来遵守的生活准则。只是嘴上吃点亏而已，等到时候解除了绑定，在连渡这里受的委屈他一定连本带利地讨回来！

原本公务繁忙的连渡局长又多了个安抚宠物的工作，他不得不有时放下手头的事情跑去学校安抚明月，晚上更是会被吵醒好几次。

第十三章

明月的应激反应半个月左右就彻底消失了，两人再次开始对往生局进行调查，却因为幕后那只大手天衣无缝的安排，导致一丝一毫有力的线索都没有查到。

明月眼睁睁地看着擎天树一天比一天枯萎，心里着急上火，思索了许久，决定将老头儿交给自己办的事情告诉连渡。

明月审慎地看着连渡很久,忽然说:"连渡,我有个事情想跟你说。"

连渡正在桌前翻阅档案,他两天没合眼,头发像个鸟窝,却因为那张冷峻的脸庞,衬托出一种凌乱的美感。他听到明月说话,停下了手中的事情,微微偏过头:"我预感,你要说的话可能会颠覆我的想法。"

明月挑出老头话中的重点,一股脑地说了出来。

四目相对,连渡的面色阴沉,长眸中酝酿着不知名的情绪。他沉默了许久,冷不丁地幽幽说道:"所以你是一把上古辟邪剑,因为前主人的交代,特意隐藏在我身边,要想办法救活擎天树?"

明月点头。

连渡继续说:"你的前主人告诉你,我是这场阴谋中最重要的角色,这个反派封印物跟我有很大的关系。所以你考验了我很久,觉得我是个好人,才决定告诉我?"

明月微微皱眉,总觉得他说的这些话有问题,却没发现哪里有问题。他梳理了一下,觉得逻辑是正确的,于是又点了点头:"事关重大,我……"

他还没说完,连渡就尖酸刻薄地说:"这个世界上所有的封印物都归密案局管,我是密案局的老大,它们哪个不跟我有关系?你前主人留下的宝贝遗言就是句废话。"

一道剑气紧贴着连渡的耳边经过,割掉他一缕发丝。明月骤然起身,他面无表情地看着连渡,警告道:"你最好不要说老头儿的坏话,不然我……"

连渡一脚踹飞身边的凳子,凳子撞在墙上发出剧烈的声响,整栋楼的声控灯都亮了。他却是安安静静地站在那里,抬了一下眼皮,皮笑肉不笑地看着明月:"不然怎么?杀了我?"

明月有些蒙了,他诧异地看着连渡:"你发什么神经?"

"我发神经?"连渡嗤笑一声,"我自己的剑灵一口一个前主人,把前主人的遗言当成终生事业奋斗,我这跟给别人养宠物有什么区别?"

明月:"……你要不要听听自己在说什么?"

"我很清楚自己在说什么,而且,你以为自己是什么东西?擎天树需要你救吗?"

连渡冷着脸一把拎住他往门外走,等明月回过神来已经被扔出了门外,房门"啪"的一声在他面前关上。

明月辗转反侧,彻夜未眠,也没想出原因。结果天蒙蒙亮才睡着的明月,被连渡从床上拽了起来。

明月睡眼惺忪:"干什么?你不生气了?"

连渡长眸微眯,上下扫了他一眼:"干活去。"

连渡说的干活居然是去吃封印物。为了避免被往生局发现,两人只能自己寻找被遗漏的封印物。三天两头就往外面跑,明月有点上瘾。从一开始的只能由连渡将力量输给他,到后来自己学会吸取,甚至能尝出它们力量的味道。

连渡更是疯狂,就算这个封印物是块石头,他都想让明月尝尝味道。短短一个月,明月的修为就恢复了差不多五成。

这天他们封印了一颗佛珠,它的主人是一个人贩子,后来被黑吃黑杀了。这颗佛珠的力量充满了血腥味,一口下去腥得让人想吐。明月浅尝了一下便放弃了,连渡嘴上说不吃也罢,转身就把明月逼到墙角。

他将力量从明月额前输了进去,瞧着明月想吐的表情,笑得和蔼可亲:"什么都吃才能营养均衡,挑食只会让你变弱。"

等力量输完,明月趁他不注意的时候,长剑直接出鞘擦着他肩膀的衣服穿过去,把人钉在墙上。连渡还没反应过来,明月薅了一把草,捏着连渡的下巴就塞了进去,咬牙切齿地说:"什么都吃才能营养均衡,你多吃点。"

他塞了一把不过瘾,俯身想再薅一把,蓦然发现了这片草地下面,居然有一个极其不起眼的阵法。

连渡"呸"了两口,黑着脸把剑拔出来,正打算挽起袖子揍人,瞧见明月一脸严肃地蹲下,疯狂薅草,他眉头微蹙:"你在干什么?"

明月没有说话,他咬破自己的指尖,将一滴血滴了下去,被血浸染的地方瞬间"刺啦"响了一声,冒起了白烟,他脸色顿时沉了下来。

"聚阴阵?肯定是邪派封印物摆的。"

聚阴阵是一种邪阵,分为主阵和无数个小阵。小阵将所在之地的阴气聚拢,然后汇聚到主阵之中,一般是邪祟用来修炼的。明月之所以认识这个阵,是因为老头儿杀过一个即将成魔的邪祟。

当时他为了通过小阵找到主阵,让明月不眠不休地斩杀了五百多头妖兽,剑刃都差点卷了,硬是将血浸染了阴气,才顺着血线找到了主阵。

"老头儿杀邪祟的时候我陷入了休眠,后来他在那一场大战中受了重伤,这才导致渡劫未成。"

明月说到这里时，眼中闪过一丝黯然。扭头看到连渡变幻莫测的表情，他眼皮一跳，警惕道："我知道你也对这个聚阴阵深恶痛绝，但现在没有妖兽血以寻找主阵，我们需得从长计议，先回家吧。"

连渡长眸扫了一眼明月，意味深长地拍了拍他的肩膀说："你活这么大，也挺不容易的。"

明月："嗯？"

什么意思？

第十四章

等两人回到连渡宿舍已经是傍晚，明月刚推开门，就被嘈杂的声音吓了一跳。

只见客厅里音乐震耳欲聋，十几个人围在一起又蹦又跳，空气中弥漫着一股浓烈的酒气，里面的人纷纷朝他看过来。

明月下意识退了一步。

连渡迈着大长腿越过他走进了房间，眯着眼睛四周环顾了一圈，伸出一根指头指了指音响。

极具眼色的"小弟们"赶紧把音响关了，宋琛江从洗手间走出来："连局长，生日快乐啊。"

连渡愣了一下，他颇为诧异地扬了扬眉，拿出手机看了一眼时间，随后挂着笑容走过去坐在沙发上："时间过得真快。"

宋琛江瞧着人群中的连渡，对明月笑了笑："今天月圆之夜，又是局长的生日，过去跟他喝两杯。"

明月心生一计，他默不作声地走到连渡对面坐下，开始不动声色地起哄让大家灌连渡酒，不可避免地自己也喝了不少。于是等连渡把人都送走，明月坐在沙发上，抬头看见连渡，茫然道："你醉了吗？为什么一直晃？"

"是你醉了，一个小屁孩儿喝什么酒。"连渡上前去扶明月，却被明月闪过。明月费力地睁大眼睛："你没醉吗？那不行，要继续喝。"

他的声音中带着点稚气，又因为醉醺醺的有些软。连渡居高临下，挑着眉毛："你确定？"

明月疯狂点头。

连渡必须醉了，自己才有机会。

于是当夜明月被灌得找不着北，声音都带上了颤音："连渡，我好难受。"

连渡拎着明月的衣襟，耐着性子问："想吐吗？"

明月点点头，柔软的短发贴在颈边，露出巴掌大的精致脸庞，还没等连渡说话，他又神神秘秘地凑近："你醉了吗？"

他表情严肃，眼睛却亮晶晶的，像只宠物狗。连渡瞧着有点意思，难得有心情由着他胡闹，像哄小孩一样配合地说："醉了。"

明月睁着的眼睛完全没有聚焦，但他心中的信念无比坚定。见连渡说出了自己想要的答案，他开始低声念咒。

连渡凑近："你在说什么？"

一阵白光骤然亮起，强大的力量如龙卷风席卷了连渡的神智。连渡眼前一黑，栽倒在了地上。

明月使这道昏睡符水平超常，正巧这个时候天书积攒够了灵力，将他的剑灵拉入了虚空。

"啊，臭死了，你居然在这个时候喝酒！"

明月用灵力微微恢复了神智。他将计划告知天书，于是天书也临时钻进了明月的身体中。

"最多五分钟，我撑不了多久。"

剑神在天书中记录了不少解除契约的阵法。明月用剑气缓缓地刺进连渡的胸口，取了一些心头血，在地上画了许久阵法却都没有成功。

连渡胸口的血凝固了，明月就再捅一下，捅完又给他止血。天书惊恐地说："你不会把他给捅死了吧。"

明月醉醺醺地摇了摇头："现在我还是他的剑灵，如果他有事，我会感应到的。这个阵法，你到底会不会？"

天书回答："你喝得太多了，我只能借你的眼睛看，看什么都是晕的。左边少了一个笔画。"

明月将阵法补充完整，整个房间的气温骤然降低。只见明月脚下的阵法红光大亮，一股强大的气息以明月为中心向四面八方涌动。

天书大喜："成了！你快点取自己的心头血洒在阵中。"

明月冷静地说道："不对，这不是解开契约的阵法，我怎么在吸取连渡的灵力？"

"不可能不对，这可是剑神留下的。"天书焦急地催促，"快点，不然你和连渡都要没命，明月……"

天书的话还没有说完，就因为灵力耗尽解除了联系。

明月猛地俯身喷出一口鲜血，踉跄着半跪在地上，连渡身上的灵力向他涌来，他的灵脉一时间无法吸收如此多的力量，简直要把他撑爆了。

灵魂深处像是有什么东西，在被连渡的灵力疯狂冲刷之下轰然开启，钻心般的疼痛让他连呼吸都不顺，逼得他冷汗直冒。

他犹豫了许久，还是觉得天书可能弄错了，再这么下去，他和连渡都得完蛋。

在不远处的往生局的封印室中，紧急信号灯骤然响起，低级封印物都像是被唤醒了，它们齐齐开始拼命地挣扎，疯狂地撞击着封印盒子。

往生局的人像是疯了一样赶到封印室，宴清脸色苍白："到底发生什么事情了？快去联系密案局的人过来。"

"局长，密案局的人打电话过来，让我们多带些封印盒快点过去，方圆十里的低级封印物全冒出来了，它们把密案局包围了。"

宴清："……"

宴清觉得自己没睡醒，出现了幻觉。

第十五章

密案局几乎乱成一锅粥，刺耳的警报声从四面八方响起，大批工作人员朝楼下冲去，大门外一片混乱，狗吠、猫叫，蛇也爬来爬去。

好在密案局为了保密，建在没什么人的郊区，不然结果不堪设想。

宋琛江匆匆冲进了宿舍区，一脚踹开了连渡的房门："局长，你怎么还不出来……"

他的话戛然而止，愣怔了一瞬，一脸震惊。

只见明月全身是血，盘腿坐在一个阵法中，灵脉断裂，灵力外泄。

房间里到处都是被低阶封印物控制的动物尸体。有一株柳树的枝叶疯狂地生长，居然自己钻了进来，不要命地朝着明月飞过去，但被一剑斩断。

连渡浑身湿透，气得血压飙升。他拎着长剑在一群动植物中忙得像个陀螺，破口大骂："你到底搞了个什么阵法？现在你灵力外泄，这些低级封印物都来朝圣了。"

明月疼得神志不清，他也气得不清，一股脑地把罪名扣在连渡头上："还不是因为你，非要强行跟我连接，要不然我也不会出此下策。"

连渡："……"

简直了！

十分钟之前，明月无法打破阵法阻止自己吸取连渡的灵力。眼看着两人都要命丧黄泉，他拖着连渡就去了卫生间，兜头给他泼了盆冷水下来。连渡骤然清醒。

好在他反应迅速地斩断了两人之间的联系。明月已经吸收了太多的灵力，灵脉受不住崩裂，强大的灵力泄露引起周围封印物的骚动，它们全部被吸引到了这里。

房间里已经被砸得不成样子，连渡突然注意到门口的宋琛江，他一脸痛心地抹了把脸："有速效救心丸吗？"

宋琛江："……"

明月身为上古辟邪剑，如果自己不愿意，根本没有人能看破他的真身，但是现在他像个四处漏风的筛子，浑身上下都写着：我不是人。

明月一时间有些绝望。

宋琛江比他还绝望，一想到有个封印物每天在封印师学校上学，他就有些无法呼吸。

宴清带着一堆人冲到门口，嘴里还在骂骂咧咧："连局长在房间干什么？现在都乱成……"

之后，宴清瞬间反应过来，他飞快地从怀中摸出一张符纸，朝明月扔了过去。他手底下的人也迅速拔出了枪，齐齐朝着明月开枪。

明月正想说话，一道黄符在他眼前炸开，火龙迅速席卷了他，滚烫的火焰像是要将他原地焚化。这还没完，接二连三的火龙朝他飞过来，他下意识地用剑意挡了一下，结果面前的人直接飞出去撞墙上，吐了一口血。

明月："……我这属于正当防卫。"

密案局顾忌连渡没有动手，但往生局的人不一样，他们心里只想封印明月。至于误伤连渡怎么办？连局长深明大义，为国捐躯死得其所，我辈自当永远缅怀在心。

连渡一个不小心，差点被子弹扫到。他现在满肚子脏话，但目前的场合不允许他随意发脾气。指间的符纸化作风刃，骤然逼退了封印物，将窗户封死，他顺手捞起明月退了十米远，皱眉问："我还在这里，就敢动手？"

宴清刚正不阿："你的封印物都成精了，你还不杀了他，等什么？"

这人一口一个"封印物"，明月浑身疼得让他头脑有些不清醒，要爆发的脾气登时就控制不住，一柄长剑无声地在他面前凝聚，他冷着脸看宴清："咱俩站一起也不知道谁是坏人，你……"

忽然一只温热的手捂住了他的嘴。

连渡握住剑，半张脸都被纷乱的发丝遮住，剩下的半张脸没什么表情，长眉锋锐带着低沉的杀气，指间夹着一张黄符，压得所有人不敢上前。

他皮笑肉不笑地看着宴清："你在谁的场子说话？老宋，把人给我关起来。"

宋琛江和宴清对视一眼，绝望地闭了闭眼："对不起了。"

往生局这群文人哪里打得过密案局的武夫们。宴清只来得及喊一句："你私自藏匿封印物，我要告发你，我要向上面告发你……"就被捂着嘴拉走了，其他人冲进来剿灭房间里的生物，然后抱着尸体离开，把这里交给了连渡。

明月膨胀的灵力消耗得差不多，他全身都疼，像个血人一样站在原地，一脸欲言又止。半晌，猛然想到什么，他终于有些心虚，硬着头皮问："往生局的人都来了，我们现在是不是打草惊蛇了？"

连渡感受了一下自己快枯竭的灵力，面无表情地看着他，扯起嘴角，讽刺地笑了一声："哪里啊，只要有你在，我们的计划必然是密不透风的。"

明月："……"

连渡突然挑了挑眉梢，平静地说："就这么想解开契约？"

明月正要说话，连渡突然将一张黄符贴在了明月的胸口，伸手蘸了点自己的血，在黄符上画了一道，又蘸了点明月身上的血，在黄符上画了一道。

符纸上面红光一闪，隐没在胸口。明月察觉到，自己与连渡之间的命运之线断了，一种说不出来的情绪骤然浮上心头，他静静地看向连渡。

连渡意味深长地笑了笑："你的灵海在我灵力的冲刷之下，已经再次突破，能容纳更多的力量。"

"但我觉得你品行良善，不需要我再监管，以后自己玩儿去吧。"

第十六章

连渡将明月是封印物的事情压了下去。

明明是达到了自己的目的,明月不仅没有丝毫的喜悦,反而莫名愤怒。

明月有些不明白自己的心情，连渡却想得很明白。他解除了契约，仿佛连之前的交情也彻底解除了，对待明月的态度就像对待一个陌生人。

礼貌中带着客气，客气中带着疏远。

明月冷静地想了一下，确实是自己捅了大娄子。于是在冷战的第五天，明月挑了个两人都在客厅的时候，试探性地抛出了话题："连渡，你明天有事吗？"

连渡正在翻看手机，听见明月的声音，头也不抬地敷衍"嗯"了一声。

明月捏紧了怀中的抱枕，再次艰难地说："……那你要早点休息。"

连渡："……哦。"

明月捏着抱枕的手指骨节都泛了白，有些生气，他冷声道："……你为什么一个字一个字地往外蹦？"

他从来没有如此费尽心机地想要跟一个人处好关系，奈何连渡却"不识抬举"。他便不自觉地带了几分委屈。

连渡终于肯在百忙之中分给明月一点关注，他微微偏了头，修长的手指在手机上滑动了一下收了回来，一双长眸半眯，似笑非笑看着明月："一晚上了，你到底想说什么？如果只是问这些没有意义的话，我觉得你现在应该洗洗睡了。你觉得呢？"

明月所有的情绪顿时收敛，静静地望着他。

连渡嘴角弯着，眼中映着明月的面容，却像是在无声地说着：老子已经很给你面子了，能不能不要叽叽歪歪了。

明月心中的怒火已经控制不住，他缓缓起身，一脚踹飞了面前的垃圾桶，面无表情地看着连渡："我要搬回学校宿舍。"

连渡伸了个懒腰，朝自己房间走去："随便。"

明月当天晚上就搬了出去。从此再也没有跟连渡说话，两人路上碰见，相互连个眼神都不给对方。

明月从刚开始想的谁稀罕，到后面是真的有些心寒。连渡生日当天他确实不该自作主张，但事情开始是连渡不顾自己的意愿强行捆绑，事情结束是连渡不问自己的意思强行解除。

到头来，错的人还是自己？

明月气得脸色铁青，好几天都保持着"生人勿近"的冷冽气场。他暗中查了许久，关于天书给他的法阵究竟是什么，却什么也没查出来。

他站在三楼的走廊上，睁开灵目，看了会儿天边的擎天树，感觉这树没救了。只见树叶枯黄了三分之二，树干也衰败了二分之一，他心急如焚，可封印物却没有半分进展。

明月闭上灵目，突然看到连渡和宋琛江走到楼下。他抬手将手中喝了半瓶的矿泉水扔了出去，还不解气地注入了一丝灵力。

这瓶矿泉水直接朝连渡的鼻子砸去，在半空中被连渡一把接住。

两人隔空相望，连渡瞧了他一眼，转头对宋琛江不知道说了什么。明月的手机瞬间振动了一下，是导师在学校群里发的消息。

"大三Ａ班明月，高空抛物影响校园团结友爱，予以全校通报，并处罚五万字检讨。"

明月眼前一黑。

连渡握着手里的矿泉水瓶，看着气走的少年忍不住笑了一声。旁边的宋琛江目光闪了闪："你们到底怎么回事？"

连渡把矿泉水瓶随手丢进垃圾桶里，似有深意地说："原本以为自己捡了个好东西，结果是别人安排着送到手里的，又想着说不定能培养出感情，没想到是个白眼狼。"

宋琛江不知道想到了什么，心有余悸地拍了拍胸口："只希望不要再闹出什么乱子，能让我们的计划顺利完成。"

明月最近将重心都放在了聚阴阵上，他顺着之前发现的聚阴阵寻找线索，果然又发现了不少东西。他在每个聚阴阵上都留了一道自己的符咒，一旦有封印物经过，必然能引起他的警觉。

这天他正在睡觉，一股阴冷的气息让他骤然惊醒，有人动了聚阴阵！

他飞快地咬破指尖催动符咒，一股强大的力量向他逼近，却被他的符咒挡了回去，浓烈的血腥味涌入鼻尖。

那东西受伤了，明月的灵力不动声色地渗透了它。

他起身穿好衣服，跑出去感受着自己灵力远去的方向。脚步蓦然顿住，他静静地站在原地，几不可闻地叹了口气："一切为了人类，一切为了和平！"

他掉头朝密案局跑去，幸好连渡之前给的出入卡还在有效期内，他刷卡走进宿舍，然后偷偷溜进了连渡的房间。刚走到床边，连渡就猛然睁开眼睛。

明月反应迅速，抓住一样东西塞进连渡嘴里，另一只手压在他的肩膀上，严肃地说："连渡，我们先把个人恩怨放在一边。今天必须夜探往生局的封印室，我的符咒伤了一个封印物，它肯定在里面。"

连渡抽搐片刻，他伸手把嘴里的东西拿出来，伸手去摸索旁边的灯，皱着眉坐了起来，抹了一把脸："我凭什么相信你？万一你中途给我来张昏睡符，又是取心头血又是……"

明月的脸唰地一下红了，几道剑光不受控制地飞出去，钉在墙上。他恼怒地看着连渡，咬牙切齿："我都跟你道过歉了，你不要得理不饶人。"

连渡漫不经心地朝后一靠，闭上眼睛开始假寐。

明月："……"

好生气，真的快气炸了。

他缓慢地收回傲骨，尽量语气冷静地说："那件事情确实是我不对，我再次诚恳地跟你道歉，但事关擎天树，我们抓紧时间可以吗？"

连大局长终于满意了，他拿起手机拨了个电话，语气平静："老宋，你给宴清打个电话。"

"打电话干什么？你们三天没见了，不需要联络一下感情？"连渡边穿衣服边漫不经心地说，"聊一聊我的终身大事，我师父给你托梦了，说我将要孤独终老，你愁得睡不着。半个小时之后开始，持续一个小时，我要他的手机一直占线。"

连渡抓起袜子往脚上套，忽然觉得袜子湿漉漉的，房间里没有放水，袜子怎么会湿？

一个可怕的想法骤然涌上心头，他觉得嘴里火烧火燎，猛地抬头看着明月："你刚才用什么堵住我的嘴？"

明月心虚地退了一步，诚恳地建议："别想，想多了不好。"

连渡："……"

....第十七章....

往生局的警戒非常严格，好在连渡这张脸还算有用，警卫在一直打不通宴清的电话之后，无奈地将人放了进去。毕竟在宴清不在的时候，连渡拥有往生局的直接接管权。

他关闭了监控，带着明月推开了封印室的门。昏暗的灯光照在冰冷的柜子上，封印室的气氛在瞬间凝固之后，立刻沸腾了起来，几乎所有封印物都疯狂地想要与明月建立共情关系。

明月一进门就被撂倒,他脑海中闪过无数画面,乱七八糟的低语钻进耳朵里,带起一阵不可抑制的刺痛。还没等他反应过来,连渡扶住他,飞快地在他额头拍了一下,将他外泄的灵力收了回去。

他酸溜溜地冷哼一声:"好家伙,我每次共情都要消耗点灵力才勉强能看到点什么,它们居然争先恐后地捧你。"

"这种好事给你要不?"

明月的修为经过上次连渡的灵力冲刷,已经全部恢复。同时,他又像被打通了一条奇怪的"经脉",莫名其妙地刷满了封印物的好感度。低级封印物感知到他就争先恐后地过来"朝圣",高级一点的封印物到他面前也十分乖顺,但无一例外都成了明月的"剑下亡魂"。

"我总觉得你这个人说的话就跟你本人一样,不吉利。"连渡淡淡地瞥了他一眼,从怀中摸出一张黄符。符纸无火自燃,火苗飞快地从他指尖飘出,绕着房间的顶部点燃了一圈蜡烛。

这并不是普通的蜡烛。在它微弱的光亮下,每一件封印物都发出了不同颜色的光芒,蓝色代表高阶封印物区域。

"A区后面!"

明月几乎在一瞬间就锁定了目标,辟邪剑出鞘。明月足尖一点,飞快逼近。无数道剑光带着雷霆之气,蓄势待发。眼看就要越过柜子看到目标之时,他眼前瞬间一黑,再亮起来时已在虚空之中。

明月:"……"

天书看见他的瞬间就红了眼眶,扑上去抱住他:"明月,你没死真是太好了。"

一股不祥的感觉让明月眉梢一挑:"今天又是月圆之夜?"

为什么每次"月圆之夜"都来得这么巧,像是被人安排好了一样。他正想问天书阵法的事情,天书的神情却突然变得严肃:"有件事情我必须跟你说一下,你记不记得上次画的阵法?我跟你断开联系的时候扫了一眼,发现阵法上莫名其妙多了一笔,改变了整个阵法的走势。"

"多了一笔?"

"是的,我记得非常清楚,你分明没有画过那一笔。"

一股寒意骤然顺着他的脊背爬了上来,他压下刚才一瞬间的惊恐,强行冷静:"当时就只有我和连渡在,但他被我的昏睡符迷晕了,而且他没有任何理由需要改变阵法,那个阵法差点要了他的命……"

明月的话一顿。

他忽然想到了自己变得特殊的体质，那些封印物像狂蜂浪蝶一样被他吸引，连渡为什么要把他变成这样？他蓦然就想起老头儿的遗言。

一种可怕的直觉浮上心头。

如果那个最厉害的封印物，是明月自己呢？连渡只要掌握了明月，就变相地掌握了最厉害的封印物，他想用明月控制这个世界……

明月的瞳孔骤然一缩，无尽的愤怒几乎是瞬间涌上了心口，他猛地俯身吐了口血，怒极反笑："好，好得很。"

忽然虚空一阵晃动，天书大惊："他在试图关闭虚空，这个虚空是老头儿一手创造的，这个连渡究竟是个什么人啊！明月你快出去，不然就会跟我一样被关在这里！"

明月入体的瞬间就迅速释放了自己最强烈的剑意，封印室微微颤动，整个房间都发出嗡嗡的鸣声。万道剑光齐发，遮天蔽日地向四面八方射去，却在半空中瞬间消散。

连渡穿着一身黑色风衣，双腿交叠，懒散地靠在墙上，神色从容地看着明月："为什么把剑收回了？"

明月扶着墙壁缓缓站起，他静静地盯着连渡，面上十分平静，手指却握得指节泛白。他一动不动地注视着连渡，许久才轻声说道："从一开始就是准备利用我吗？"

连渡幽幽地叹了口气："小朋友就是难缠，一开始和半途中有什么区别吗？"

明月闭了闭眼，又睁开，他忽然自嘲地笑了一下："确实没有区别，但此情此景让我想起之前看到的一句话。"

连渡很给面子地捧场："什么？"

"有些人演小丑需要不停地揣摩，仔细思索，反复练习，而我，只要睁开眼睛就是他们不可触及的演绎巅峰。"

连渡静静地看着他，眸中一闪而过的心疼让他指尖微颤，他唇边的笑都快维持不住了："哭什么？"

明月嗤笑一声，垂下了眼眸："怪不得宋琛江会特意提醒我月圆之夜，你动符阵就是为了扩大我的灵海，好让我能容纳更多封印物的力量。"

"如果我猜得没错，你特意把我引到这里，因为这里是聚阴阵的主阵，你想在这里把我炼化成最强的封印物，你果真就是老头儿说的大反派。"

"连渡,我知道自己打不过你,但是尽管你手眼通天,有一件事情你是无法阻止的。"明月猛地抬起眼,突然变得温和。

连渡面色骤然一变,他飞快地想要冲过去,明月的剑却已经直逼他自己的心脏。千钧一发之际,宋琛江从背后捞了一把,剑锋擦着两人的衣角飞过。

明月的后颈突然一痛,昏迷过去之前他听到宋琛江说:"搞什么啊,你过家家上瘾了?之前是剑神,现在是剑神的剑,简直阴魂不散,他们一家子都克我们啊!"

连渡更生气:"我选他的时候也不知道是死老头儿的剑,我还以为捡到宝了,没想到他比老头儿更难缠。"

第十八章

明月再次醒来依旧躺在封印室的地板上,他全身都被无形的力量压制着,除了眼睛什么也动不了。

连渡瞧见他醒过来,打了个响指,嘴里叼着根烟走过来,居高临下地笑了一声:"这不是我们家演绎巅峰的小丑吗?醒了啊。"

明月冷漠地看着他:"……杀人可以,不要诛心。"

连渡俯身将手指贴在他的额间,庞大的力量再次输进明月的体内,他的灵海再次被一点点撑开,灵脉再一次不停断裂,像是被千万只蚂蚁撕咬。他痛得几乎不能呼吸,却还是咬着牙问:"老头儿之前杀的邪祟,就是你吗?可是你不是死了吗?"

连渡想起这档子事就牙疼,偏偏天道有眼,有些事情还不能直接说出来,他暗示道:"其实,如果不是你前主人的掺和,我早就死了,如果现在你不反抗,我很快也会死的。"

怕明月听不懂,他又补了一句:"就比如擎天树。"

没想到他话音刚落,一道天雷从天而降,直接劈在了连渡身上,他猛地跪倒在地,吐出了一口血,痛得他闷哼一声,险些没撑住直接去了。

连渡瞧着明月没反应,感觉自己又白挨了,气道:"你跟死老头儿一样愚蠢!"

结果明月疼得五感都有点失灵,只勉强听懂了"擎天树"三个字。他强撑着一口气,费力地打开了灵目,只见擎天树已经彻底奄奄一息,天地的灵力无比浑浊。随着连渡灌入他体内的力量越多，死气也越发浓重。

明月缓缓地呼吸，他将全部的精力都放在了擎天树上，他简直不敢想象如果擎天树死了，天地将陷入何等的混乱。

这个时候使用灵力无疑是痛苦的。他不动声色地试图用灵力去触碰封印室中的封印物，但是这些封印物都像是被什么压制，毫无生气。

连渡没有注意到他的小动作，麻木地充当着一个力量传输机器。忽然，他身体僵硬了一瞬间，猛然不可置信地回头看躺在地上的明月。

明月先是松了口气，然后目光冰冷地看着连渡，轻声道："你输了。"

整个封印室中的封印物都活了过来，它们臣服在明月的强大力量之下，受他驱使，疯狂地冲破禁锢它们的封印盒，直直地逼向连渡。

连渡脸色大变，他从怀中抓出一把黄符，无数道火龙蹿了出去，却挡不住数不尽的封印物。他有些无奈地说："老宋说得没错，你们一家人都克我！"

就在此时，万道剑光再次遮天蔽日而起。这次没有在半空中消散，连渡运起全身的灵力才勉强挡住，但余波让他狠狠地撞在墙上，大口大口的鲜血涌出来。连渡几不可闻地叹了口气，然后一道身影朝他走了过来。

"连渡。"明月把下巴搁在他的肩膀上，声音带着轻轻的颤音，"对不起，你千不该万不该，不该害死了老头儿。"

冰冷的长剑穿透了连渡的胸口，明月将他揽在怀中，一行热泪缓缓地滚落。

像是有一股无形的力量从连渡的胸口扩散出去，原本要枯死的擎天树奇迹般地开始回春。先是树叶，后是枝干，天地间的灵力如雨后春笋般地涨了起来。

然而擎天树只恢复了一半就停止了，因为连渡没有力量了。

"唉。"

怀中的人只叹了一声，便彻底失去了呼吸，身体缓缓消散，在空中消失了。

明月面无表情地沉默许久。

宋琛江突然闯了进来，他恍若癫狂："好好好！你们一家人真是天地间的正统传承，天道的大孝子！我今天一定要说出来，有本事天道你就劈死我，大家一起死了算了。"

明月正打算找宋琛江算账，见他这个模样，忍不住皱眉："你疯了吗？"

宋琛江气得眼睛通红，他猛然将一颗记忆球砸在明月的脑门上。

宋琛江违反天道意志，天雷瞬间从天而降，眼看着要将他劈死当场，明月在陷入过去时光的瞬间，冲过去替宋琛江挡了一下。

痛，撕心裂肺的痛，明月心想：刚刚连渡挨了一下天雷，也是这么痛吗？

第十九章

天地之间有两粒擎天树的种子，名曰连渡和宋琛江。

他们轮流进入轮回，修养天地间的七情六欲。等一人功德圆满之际，便会去接替另一个人成为擎天树，支撑着天地正灵和阴灵之间的转换，维持着天地的平衡。

但是几百年前，宋琛江的一世人修险些步入歧途，导致未能按时去接替连渡。连渡因此出现了枯败之状，不得已离开了擎天树去寻找宋琛江。

结果，他的离开使得擎天树枯败得更加厉害，天地间灵力失衡，阴灵不能及时转化为正灵，邪物层出不穷。等到连渡将宋琛江唤醒的时候，两人已经无法正常交替了。

只能先将阴灵困在某处，等到两股灵力稍微平衡的时候，宋琛江才能成为新的擎天树，重新维护秩序。他们想得很周全，也找到了聚阴阵和收纳阴灵的容器，结果却遇到了正邪难分的剑神，也就是明月的前主人。

天道对擎天树管教甚严，规定不能向任何人透露他们的身份，否则就是五雷轰顶。若是平时，他们或许还能撑住，但当时两人状态都不佳，只能闭口不言，背地里暗示了无数遍。

但剑神只把两人当作邪魔外道，妖言惑众，追着两人从南杀到北，简直不死不休。

连渡因为自己功力不济打不过，宋琛江因为没有成为擎天树还是个人修，也打不过，三人纠缠了数十年之久。连渡最后被捅了个对穿，人形都保不住，只能回擎天树上重新修炼，起码还得休养生息几百年。

但树一直枯萎，导致他的力量也越来越弱。

宋琛江一个人修寿命有限，只能再次投胎转世。这次的结果就是天地间的灵力越来越失衡，被阴灵感染的封印物层出不穷。

连渡好不容易修回了人形，辗转几年找到人修宋琛江，两人为了更方便地封闭阴灵，变换几次身份成了密案局的一把手和二把手。但是这些封印物储存阴灵有限，还会不断地进化，一个不慎将会再次威胁人间。连渡到处寻找可以收纳无数阴灵的容器，结果好死不死地捡到了一把剑。

谁能想到，当年的剑神因天地失衡没有渡过雷劫，临死前看到了未来天命的片段，就把连渡当成未来劫难的罪魁祸首，还留下遗言嘱咐明月一定要杀了连渡。但他没写完就死了，给了连渡喘息的机会。

连渡开心心地陪着自己的剑灵玩过家家，培养感情，以便他们转换之时剑灵能搭把手，但谁能想到明月居然是剑神的剑！

明月说出身份那天，连渡简直险些气得七窍生烟。但事已至此，他们已经没有更多的选择，只好冒险一试。

嗯，果然是命中相克，他们又失败了。

连渡本来聚集了擎天树的力量，打算用在轮回之上，明月却又给他捅了个对穿，他只能再次回到擎天树上休养，再等上几百年。

孽缘。

····· 番外 ·····

近期修炼之人有一场天大的喜事，原本枯竭三百年的擎天树竟然一夜回春，长得郁郁葱葱，非常喜人，天地之间的灵力也逐步恢复了平衡，简直是可喜可贺。但凡能窥见擎天树的人都忍不住放了两挂鞭炮。

近期密案局的人却有一场天大的惨事，他们的局长明月和副局长天命直接把辞职信砸在了领导面前，连薪水也不要，一夜之间消失无踪，密案局陷入了群龙无首的困境。

这个世界有人喜有人悲。

一个偏僻的村庄中，明月容光焕发，满脸欢喜地朝着一户人家疾步而去，身后一个清瘦的少年小跑着才能追上："我说明月，你能不能等等我？"

明月置若罔闻，直到推开了农家院门的一瞬间，他看到一位老妇人怀中的婴儿，脚步却骤然停住了。

老妇人看着两个俊俏的少年神色匆忙，汗流浃背，忍不住关切地问："哎哟，这是哪里来的孩子，迷路了吗？"

明月这才回过神来，他咽了口唾沫，大步走上前去，一本正经地对老妇人说："我乃修道之人，与你家这个小儿有缘，能不能让我把他带走？"

老妇人面色一变，警惕地抱着婴儿朝后退去，张口叫人，瞬间小院里就围满了拿着锄头的庄稼人。

明月微微皱眉，正要说话。天命一把捂住他的嘴，赔笑着说："我哥哥他太喜欢小孩子了，尤其是这个小孩儿长得俊俏。我们想资助他长大。我们有钱，供他学习，认我们当干哥哥就行。"

众人惊呆了。等天命一股脑地拿出自己的身份证，还有两本房产证放在这户人家面前，他们才震惊地回过神来。村民们也惊叹连连："你们这是遇上贵人了啊。"

天命在虚空彻底消失之前修成人形，跟着明月在密案局打工。在上司不努力的情况下，他练就了一身社交本领，如今应对游刃有余，哄得一帮人眉开眼笑。

老妇人见明月一直盯着婴儿，少年唇红齿白，清亮的眼睛含着诧异和不可置信的神情。她忍不住心一软，走过去轻声问："你要抱抱他吗？"

她将婴儿放在明月怀中。明月看了一眼才敢确定，这是连渡。婴儿也不怕生，在明月怀里咯咯地笑着。一种不明所以的情绪涌上心头，明月眯了眯眼，弯着唇轻声哄着："叫干爹。"

众人："嗯？"

两轮月光

"北冰洋" 余峥 × "小太阳" 谢弦

文／丁轻

月亮遥不可及，但月亮常挂天边。

去年春天的时候去南京旅游,回程时天都黑透了。在先锋书店附近的地铁站偶遇一个帅哥。个子很高,穿着风衣,背着个琴包,边走路边微微低头和朋友说话。

　　上电梯出站的时候他居然正好在我前面,走出电梯的瞬间,他抬手整理琴包的肩带,地铁站外的一点不知道是灯光还是月光的光芒正好就照到他的肩膀和那只大手,突然很想写一个音乐系的主角。

　　于是就有了这篇《两轮月光》啦!

YUE GUANG

1.

谢弦到燕音音乐学院报到的第二个月,明芝一大早给他发来微信,内容只有三个字和一个网址。

"你火了!"谢弦一头雾水地点开链接,刚想看看是什么东西,手机屏幕一黑,彻底断电了。

他昨晚从KTV打工回到家已经是凌晨三点,倒头就睡,连给手机充电的力气都没了。今早匆忙洗了个澡,叼着片吐司就往学校赶,手机电量就只剩1%,这会儿电量耗尽,罢工了。

他到学校找同学借了个充电宝,边充电边开机。

开机才发现明芝发给他的,是燕音官网论坛里一年一度的新生校草票选帖子。里面放了不少他们这一届男生的照片。头一张就是谢弦自己。

照片里的谢弦穿着白T恤配牛仔裤,正低头玩手机,在镜头前露出的半个侧脸和一双逆天的大长腿,看着格外吸睛。

谢弦滑动着手机屏幕,手指无意识地在屏幕上点开了其中一张舞台照。

照片正中只有一道追光灯,灯下坐着一个身穿燕尾服的男生,正凝眸专注地演奏大提琴。

许是同为管弦乐手的关系,谢弦最开始看的不是这人的脸,而是男生捏着琴弓的那只手。

他的手指极为修长,骨节匀称分明,手背上却有一道从虎口直到手腕外侧的长长疤痕,疤痕约莫缝合得不太理想,看着实在有些狰狞恐怖,对这样漂亮的手来说着实可惜。

谢弦视线移向男生的脸时，却发现这人居然是他们班那位被大家称为"冰山少爷"的余峥。谢弦从来没注意到余峥手上有这样一道疤。

但此刻，偏偏是这道疤，让谢弦想起一件他自己都以为忘记了的小事。

那是去年暑假，他兼职送外卖时中暑了，被好心的路人送到医院。

输液时，他对面戴着口罩、跟他年纪相仿的男生一直在咳嗽，吵得谢弦本就疼痛的脑袋简直要炸了。

好不容易熬到拔针，输液室突然闯入一个衣着考究的女人。进来后直奔角落那个男生，二话不说就给了他一记耳光。

争执中，女人用包不停地打那个男生，男生正在输液的针头不仅被扯脱，还被女人包上的挂件划出一道皮肉翻卷的口子，血流如注的情形看得谢弦脑子一热，直接冲上去从女人面前拽开了男生。

好在保安及时出现，没有让矛盾激化。谢弦记得护士带男生去处理伤口时，男生还回头跟他说了声"谢谢"。当时那双无悲无喜，散发着无机质般冷光的眼睛让谢弦印象极深，也在此时与照片上的大提琴手完美贴合，构成同一张脸。

谢弦正想感慨一句世界真小，却听身旁响起礼貌又疏离的男声："借过！"

谢弦一愣，这才微微侧身让对方通过。岂料那人走到他身旁却停下脚步，看向谢弦的手机。

谢弦下意识抬头，对上的正是一双与照片中一模一样的深邃眼眸。

"余……余峥？"谢弦吓得一把将手机藏到身后，满脑子都只剩下想钻地洞的念头。

谢弦脸涨得通红，脑子里的CPU都快烧干了也没想出应急处理方案。好在余峥只是目光幽深地盯着他看了几秒，便默然走向他靠窗的后排位置。

身旁压力消失的刹那，谢弦如释重负般呼出口气，捂着胸口才惊觉，自己的心脏都快从喉咙跳出来了。

2.

谢弦没想到的是，因为这次燕音校草的票选，他居然还能上一次同城热搜。

不知道哪个无聊的同城交友机器人账号，把燕音论坛的投票帖发到了微博，还莫名其妙地被转发了上万条。最离谱的是，不知道他们班哪个叛徒，居然在评论里发了一张他上次在教室偶遇余峥时把手机藏在背后偷拍的照片。还说谢弦性格开朗，是管弦系的"小太阳"，余峥则因为那张如高岭之花的冰山脸，被封为"北冰洋"，然后配了个表情图，说他俩是"管弦双选男团"，惹得一众女粉丝在评论里纷纷尖叫。

就连同班胆大的女生都跑来问他跟余峥是不是真的很熟，谢弦气得磨牙，却还是努力保持微笑地反问："大家每天在一起上课，你什么时候见我跟他熟过？"

"所以我才好奇你们私下的关系啊！投票帖里你俩一时瑜亮，票数咬得那叫一个紧，最后他虽然以一票之差险胜，但仔细想想，冰山校草满脸生人勿近，可你是小太阳啊，你输了以后，也没见不高兴……"女生上下打量着谢弦，笑得一脸暧昧。

"打住！"谢弦连忙打断她，"我承认余峥很帅，他赢我的那一票还是我投给他的呢！我输了以后为什么要生气？再说了，我确实不稀罕当校草啊！一没奖金二没福利……"

谢弦说到一半，突然住嘴。女生不明所以，回头一看，却发现了自己身后的余峥，吓得扭头就跑。

谢弦在发现余峥就在他们身后时，脑子也有一瞬间的宕机，脸色以肉眼可见的速度变红。

余峥看着前一秒还一脸义愤填膺的谢弦突然涨红了脸，呆望着自己，眼底有了抑制不住的笑意："那天你跟我说不是在看我照片，是无意中点开了校草票选的帖子，我回去也看了一下，然后也投了你一票！"

"啊？……哦！"谢弦先是意外于余峥的主动开口，旋即点头"哦"了两声。待余峥从自己身旁走过，脑子缓了三秒后才反应过来，"哎？"

什么意思？什么叫也投了我？

谢弦看着余峥的背影，忍不住追着他走进教室："你是想说，你赢我的那一票代表你是靠实力取胜的？"

"不是你说的吗？"余峥一本正经地模仿谢弦刚才漫不经心的语气道，"我是真觉得他比我好看啊，再说了，我又不稀罕当校草，一没奖金二没福利……"

余峥说这话时声音并不大，奈何接下来的这节《西方音乐史》在管弦系一直是极受学生欢迎的课程之一，所以阶梯教室里几乎坐满了人。偏偏余峥和他都是新一届的风云人物，他们同时出现，并肩朝里走，余峥还当着他的面来了这么一通模仿，更是让所有人的视线都集中在他俩身上。

谢弦又急又气，慌乱中直接上手捂住了他的嘴："对对对，你赢，你比我帅，你实至名归！"

余峥被他捂住了嘴，盯着他的黑眸竟隐隐带了三分笑意。与此同时，教室里此起彼伏的低笑声和私语声，让他终于意识到自己干了什么蠢事。

谢弦触电般松开手，直接找了个座位把自己藏进人群，眼角余光却不听使唤地瞥向余峥，发现他坐在走廊另一边的空位上了。

正埋头看书装作认真时，谢弦的胳膊却被身边的人轻轻捅了下，一个扎着丸子头的女生一脸激动地冲他挤眼："学弟，原来你跟余峥很熟啊？"

谢弦忙摇头："不熟啊！"

"少来！今天是我暗恋冰山校草的第六十三天，"学姐说着越过谢弦看了余峥一眼，忍不住捧脸作花痴状，"开学这么久，据我观察，他在学校主动跟人说话的次数不超过五次！可是他刚才不但主动跟你说话，还让你动了他的脸……"

"那怎么能叫动脸？我就是想让他闭嘴……"

"哎呀，那不重要！你一定有他的微信吧？学弟，你把他的微信推给我，我给你介绍女朋友啊……"学姐越说越来劲，拿出手机便要给他推荐人。

谢弦干笑两声，趁对方不备，迅速越过走廊朝余峥挤去。

余峥猝不及防，身子被人挤得朝一侧歪去，刚转头便见谢弦双手合十，一脸苦相："江湖救急，拜托让个座！求求你了！"

余峥看了眼谢弦身后那位一脸意犹未尽的丸子头学姐，虽面色不悦，却还是往里挪了个位子："又是找你告白的？"

谢弦屁股落到实处了才冲他磨牙："我只是躺枪的工具人，人家想要的是你这位校草大人的微信！我可不就只有逃跑了吗？"

余峥"哦"了一声，慢悠悠地掏出手机："你扫我还是我扫你？"

谢弦愣了三秒，才意识到余峥是要和自己互加微信。

"那你扫我吧！"余峥见他没反应，索性亮出自己的微信二维码推到他面前。

谢弦看了看屏幕上那个月球头像，又看了看余峥那张脸，莫名看出几分"不许不识抬举"的威胁意味，觉得拒绝加校草微信不是什么明智之举，于是乖乖摸出手机"嘀"了一声，看着屏幕上"你已添加了YZ，现在可以开始聊天"的窗口还有些不真实感。

"你的头像也是月亮？"余峥有些意外地看着谢弦的头像。

"我傍晚出生的，我妈说那天的上弦月很漂亮，所以给我取名谢弦。"

谢弦"嗯"了一声，随手从口袋里摸出一把花里胡哨的糖果，"要吗？"

余峥看着他手里的糖果，明显被问愣了。

谢弦问完才想起眼前这位可是传闻中的冰山校草，忙暗暗缩回手："不好意思，我平时兼职私教课，接触小朋友比较多，你不喜欢的话……"

他话未说完，便觉掌心微痒，余峥居然还真挑走自己手心的两颗糖果。

见他一脸错愕，余峥平静的脸上居然闪过一抹鲜见的孩子气的得意微笑："谢了！"

谢弦分明听见身后丸子头学姐因为余峥这个笑容，爆发出尖叫鸡般的恐怖笑声。

3.

从那之后，谢弦发现了一个很有趣的现象。

每次上阶梯教室的课，总有不少女生争相坐到余峥前后左右的各个方向，但余峥是那种生人勿近的气场，导致他身边的位子始终是空着的。

而这个现象的直接受益人便是谢弦。

他每晚在 KTV 兼职当服务员，为了能多睡几分钟，上午的大课经常是紧赶慢赶。自从发现余峥身边有空位后，谢弦每次都是踩着点进教室，像穿越盘丝洞一样从一堆女生中穿过去，坐到余峥身旁。

次数一多，有人开始怀疑余峥其实就是在替谢弦占座。

谢弦索性不解释，每次下课还戳一下旁边的校草，变出一块小饼干或者一颗糖果塞到校草的书包侧袋："多谢校草帮我占座！"

余峥也只是淡淡地看他一眼，仗着自己比谢弦高了两三厘米的优势，不知是不是恶作剧心理作祟，每次都要按住谢弦的脑袋，手腕上红色平安绳的绳结，几乎是擦着谢弦的睫毛，把准备离开的谢弦按回座位，然后从谢弦身边挤过，酷酷地离开。

后来，不仅是阶梯教室的课，遇上要去图书馆或音乐教室时，谢弦都要发微信通知余峥一声，而余峥每次都会带着空位等他。

就这么当了一个学期的占座搭档后，谢弦和余峥俨然成了管弦系的王者组合。

有一回，谢弦装作无聊地指了指余峥手上的平安绳："这个红绳好像是雍宁寺的平安绳吧？我高考那年，院长给我们那一批高考的孩子每人求了一条。说起来，这玩意儿还真挺灵的，我那年高考几乎是吊着车尾进的燕音,不过高考结束没多久就不知被我丢哪儿去了……"

余峥哼了一声,一副完全不想跟他废话的样子。

然而,这节西方音乐史上完后,梁教授居然把他和余峥一起叫到了办公室,想请他和余峥一起参加他的婚礼演出。

谢弦双手接过老师送来的喜糖盒连声道贺:"恭喜老师!我们一定去,到时候给您和师娘敬酒!"

"别别别,你们千万别当她面叫师娘,她听到又该嫌我年纪大了,拉高她辈分了!"教授儒雅的面庞难得地浮现一抹羞涩,"我太太比我小六岁,是教舞蹈的。她之前无意中看过你们交的视唱作业,对你俩的颜值和专业水准都很欣赏,很期待看到你俩合作一次。"梁教授说到这儿,有些局促地看着他俩。

"我很希望这场婚礼对她来说是一场完美的人生体验。所以想邀请你们做我婚礼的表演嘉宾。但我知道谢弦你平时兼职比较多,不知道会不会耽误你的工作……"

谢弦眸中笑意明显:"教授,您别拿我开玩笑了,我是打工又不是卖身,请个一天半天的假还不容易?您放心,我一定不会错过给您和师娘敬酒的机会!"

"那咱们可就说定了!"梁教授兴奋得直搓手,"合作曲目什么的你们自己商量着来。乐器我这里也有,或者你们想自带也行。你们平时穿什么码的衣服鞋子都报给我,正好和伴郎的礼服一起定做。总之,你们只要到时候辛苦一趟完成表演,其他的我全力配合!"

"您放心,我们一定会努力表现,让师娘感受到您的心意!"谢弦语气真诚,笑容灿烂得一旁的余峥都忍不住多看了他一眼。

离开教授办公室后,谢弦依旧一脸兴奋,边走边撞着余峥的肩:"你对合作曲目有什么想法吗?"

余峥的视线停在地上的那两道靠近的人影上,沉声道:"《伴我同行》吧。"

演奏曲目一定,谢弦便一脸认真地制订了每天放学到教学楼天台练习半个小时的计划。余峥点头表示配合。

看到余峥如约到达练习地点,谢弦着实感到意外。

"教授和师娘这么看得起我们,我们可不能给管弦系丢脸。所以,为了保证演奏质量,琴是必须练的!"谢弦说着,从书包里拿出两个三明治。

他极其自然地分了一个给余峥,另一个则送到自己嘴边。

"你晚上工作到半夜……就吃这种东西?"余峥皱眉。

"我们KTV其实晚上会有员工加餐,所以先吃点东西垫垫肚子,就能省下预留的半个小时吃饭时间。"

余峥看着他细瘦的胳膊,皱眉道:"饭都不好好吃,胳膊跟细竹竿似的,你哪来的精力打那么多份工?"

"我哪有不好好吃饭?我这个三明治,是标准的热量炸弹好吗?"谢弦哭笑不得,一口咬开自己的三明治,给他看里面的葱烤大排和焦边煎蛋,却丝毫没发现自己嘴边沾了一圈沙拉酱。

余峥只看了一眼便迅速移开视线,掏出纸巾扔到了谢弦腿上:"你是幼稚园小朋友吗?擦嘴!"

"谢谢!"谢弦忙拿纸巾擦了擦嘴,趁机转移话题,"商量个事儿呗,校草?"

因为嘴里还有食物,他说这话时吐字有些含糊。

余峥不得不凑近些分辨。

下一秒,他整个人都僵了僵,直起身皱眉道:"你吃东西怎么跟只仓鼠似的?我又不会抢你的,吃完再说!"

谢弦只好狼吞虎咽地把东西咽下去:"参加教授婚礼可能还得买份礼物。我最近得存着假期,婚礼当天要用,所以买礼物的事还得麻烦你。不管花多少钱,我们俩都平分,我到时候转账给你行吗?"

余峥转头看向他:"合送礼物?我们俩吗?"

谢弦点头:"对啊!各买各的也太生疏了吧?"

"好!"余峥想了想,答应得很爽快,眉眼间甚至挂上了淡淡的笑意,一改刚才明显焦躁不安的状态,居然低头研究起了手中的三明治,并咬了一口。

夕阳给谢弦周身镀了一层温柔绚烂的光,风吹得他的衬衫鼓起却也勾勒出他瘦削的腰身。小提琴明亮高远的音色在风中飘扬,翻滚如云层涌动,让余峥有一瞬间的错觉,仿佛是圣埃克苏佩里笔下的那位小王子从书里走了出来。

这种感觉,在梁教授结婚当天,看见穿着白色燕尾服从更衣间出来的谢弦时变得越发强烈,以至于站在镜子前整理领结的余峥有一瞬间的失神。

谢弦走到他身边,边整理袖扣边笑道:"发什么呆?该不会是在紧张吧?"

余峥挑眉:"我第一次参加别人的婚礼,会紧张是人之常情。"

"第一次参加别人的婚礼？"谢弦有些意外。

"很奇怪？"余峥扯了扯嘴角，"我外婆因为我妈当年未婚先孕的事，不想听家里亲戚背后议论，所以跟那些人基本不来往了，我从小到大，没参加过这种活动。"

谢弦忙低头，生怕被余峥发现自己眼底几乎掩饰不了的同情和不忍。

他假意也整理起自己的领结，转念间却把自己刚戴上的那双袖扣摘了下来，冲余峥道："手伸出来！"

余峥不解，谢弦却不由分说扯过他的胳膊。

见他自作主张将那两枚异形袖扣分别扣到自己的袖口，余峥立时皱眉："这是什么玩意儿？"

袖扣虽然是一对，但造型各异。一枚是一颗圆滚滚却被咬了一口的昏黄月亮，另一枚却是一只鼓着腮帮子的卡通肥兔子，表情又贱又萌。

谢弦一边帮他固定一边解释道："一会儿上台你紧张了，看看这只蠢兔子，保证你表情就自然了！袖扣只有你自己看得到，放心好了！人家梁教授可是请了专业跟拍团队的。你也不希望以后人家两口子重温婚礼当天的回忆时，看到你僵着张被欠钱的脸吧？"

说完，还不忘用安抚小孩般的轻柔手势拍了拍余峥的头："乖！"

余峥身形微僵。

恰在这时，有人通知他们准备上台。

谢弦冲他扬了扬下巴："走吧！"

余峥亦步亦趋地跟着他走出了更衣室。

二人身着黑白礼服，穿过鲜花拱门走到台前。

余峥的大提琴早已被工作人员固定在台上的白色座椅前，谢弦与他并肩站定后，向台下亲友鞠躬时，一种陌生的情绪在余峥胸腔中胀满几乎要溢出。

新娘捂着嘴低呼了一声"我的天"，挽着梁教授的胳膊，激动得像个孩子。

谢弦帮余峥调整了一下乐器上的收音麦的位置，才抬起小提琴，架在肩颈处，小声问了句："准备好了吗？"

余峥握着琴弓的手微微紧了紧，不经意间看到那只丑兔子袖扣，轻轻点了点头。

谢弦于是抬手扫动弓弦，前奏清澈地缓缓响起，一个长音过后，大提琴的低沉音色如同水草顺着水流的方向汇入小提琴的乐流。

两人不约而同相视一笑，引来宾客的掌声雷动。

一曲终了，梁教授和新娘一左一右拉着他们留在台上，向亲友介绍这对得意门生时，激动地邀请众人举杯。余峥紧张得话都没说，就将杯中的香槟一饮而尽了。

最后两人更是稀里糊涂地被一起拉到伴郎团里，陪着新郎给人敬起酒来。

谢弦在这种场合，似乎格外游刃有余，不仅帮余峥挡了好几回酒，最后还是众伴郎中最清醒的一个。

婚宴结束时，新郎本人已经醉得一塌糊涂。

师娘一脸抱歉地看着被最初一杯香槟轻易放倒后，几乎全程挂在谢弦身上的余峥："你一个人真的可以吗？"

"放心吧，他个子看着高，其实不重，您回去招呼其他客人就行。"谢弦酒量还行，虽然也替梁教授挡了两轮酒，但他最后倒成了全场最清醒的那一个。

等二人坐在出租车上，他拍着余峥的脸问了半天问不出余峥家的地址时，才知道自己好像捡了个大麻烦。

"算了，去燕音的筷子街吧。"谢弦认命地让司机把车开到了自己的住处。

刚一开学，谢弦就在学校附近找了个单身公寓，方便每晚在KTV兼职上下班。这晚他第一次后悔自己贪便宜把房子租在五楼。

掏出钥匙开门到家后，他第一时间把人扔到床上，自己则顺着床沿滑坐在了床边地毯上，体力透支程度不亚于一场三千米长跑。

等他喘匀了这口气，洗了个热水澡回到房间，看着床上的余峥，再次犯了难。

余峥呼吸均匀，完全没有要醒的意思。可当谢弦伸手去解他胸前的衬衫扣子时，却冷不防被一把抓住了手腕。

"你干什么？"余峥声音微哑，不知是醉酒还是刚醒。

"祖宗，你终于醒了！"谢弦如释重负，将毛巾塞到他手里，"赶紧的，自己去洗个澡。我帮你找了套旧衣服当睡衣，你不介意吧？"

余峥接过衣服闷闷地"哦"了一声，虽然是一贯的惜字如金，语气却软得像个听话的孩子。

谢弦没想到这人喝醉酒居然是这副乖巧的模样，正摇头忍笑，床上手机却突然振动起来，他随手捞起手机便接了起来："喂？"

"阿峥？"电话那头是个略显苍老的女声。

谢弦这才发现自己好像拿错了手机，忙解释道："不好意思，我是余峥的同学，我们今天一起参加教授的婚礼，余峥他被灌了点酒，一时说不清家里的地址，我就把他带回我宿舍了……"

"原来是阿峥的同学啊！"那头的女声稍稍温和了些，"我是阿峥的外婆，不好意思啊，这孩子一定给你添麻烦了吧？"

"外婆，您太客气了！朋友之间，这种小事不用在意的。"

"既然是跟同学在一起，那我就放心了。改天让阿峥带你回来吃顿便饭吧。"

谢弦连声答应，挂上电话忍不住敲了敲浴室门："余峥，你外婆打电话来，我以为是我手机直接给接了。你酒醒了吗？要是不习惯在外面留宿的话，要不要送你回去？"

浴室里的水声停下了，余峥干脆利落地回了他两个字："不要。"

4.

梁教授的婚礼之后，谢弦的生活又恢复到每天在学校、工作地和公寓的三点一线。没有了天台排练，他起初还颇不自在。

好在每天除了大课，还能在微信上和余峥闲聊几句，而且很快便正式进入期末备考阶段。为了期末不挂科，谢弦每天空下来的时间都用来复习。

最后为了不耽误考试，他还特意提前跟同事换了几次大夜班，几天下来，整个人都有点面色发青了。

"你到底打了几份工？"余峥从考场出来后，看着顶着个熊猫眼的谢弦直皱眉。

谢弦打了个哈欠，整个人都跟没骨头似的挂在余峥肩膀上："晚上是KTV的班，每天中午在学校美食街还能送一个半小时的外卖……"

"我之前就想问了，你家里……条件很不好？"

"我没家！"谢弦眼皮都不抬，"我是在孤儿院长大的！"

余峥脚步一顿，谢弦猝不及防，身子已经往前走，靠着的余峥却还站在原地，整个人都歪向一侧。余峥吓了一跳，忙伸手扶住他："小心！"

谢弦这才睁开眼睛，一看余峥的表情就知道他是在为自己的身世感伤，忙摆手道："少年，别脑补什么苦情大戏。我虽然在孤儿院长大，但从小到大都过得挺好的。打工只是因为我喜欢自力更生而已。"

余峥只是紧了紧扶在他胳膊上的手，走了几步突然转头问他："春节的时候，你要不要来我家过？"

谢弦有些诧异地看向他，见余峥神色认真，忙摆手道："不用，我们孤儿院过年可热闹了，我还得帮忙包饺子呢！你正月里要是没事，倒是可以去找我玩！"

余峥似乎认真考虑了一下，居然点头答应了。

谢弦强打精神，扫了路边的一辆单车。余峥不放心地看着他："都考完试了，你不回去休息，还要干什么？"

"有个面试，朋友介绍的！"谢弦骑上车冲他挥了挥手，丝毫没有发现余峥站在原地，盯着他的背影看了许久。

给谢弦介绍工作的，是以前在孤儿院工作的林阿姨。谢弦和她碰面后，林阿姨骑着小电驴热情地表示要亲自带他去面试。等到小电驴停在市殡仪馆门口，谢弦才觉得不对劲。

谢弦当时就想逃跑，却被林阿姨红着眼睛一把抓住了袖子。

"小弦，你这次一定得帮帮阿姨啊。我记得你以前就是小号手，我家老头前几天把腿摔骨折了。馆里领导说了，要是找不到能代班的人，他那工作可就保不住了……"林阿姨说得一把眼泪一把鼻涕，谢弦当场心软投降。

于是，寒假第一天，他就成了市殡仪馆葬仪队成立以来颜值最高的小号手。

春节当晚，他跟往年一样，在孤儿院跟阿姨们一起张罗完年夜饭，便主动给余峥发了一条新年快乐的微信，并抱歉表示自己假期要加班，没办法陪余峥玩。

余峥直到凌晨才给他回了一句："新年快乐，没关系。"

言简意赅到让谢弦有些不满。虽然熟了之后，他发现余峥确实不太爱说话，但在自己面前，余峥的冷漠会稍稍收敛。可线上的余峥，让谢弦觉得这人又开始变得像人工智能般的冰山了。

谢弦为此纠结了两三天，要不要主动给余峥打个电话时，余峥居然在一个他完全没想到的场合出现了。

那天，谢弦换好制服，跟着同事赶到松鹤堂准备奏乐出殡时，突然发现稀稀落落的送葬队伍里，一身黑衣黑裤，胸前别着小白花的余峥。

余峥脸色很差，比寒假前瘦了一圈，神情虽维持着一贯的淡漠，但眼底满是倦色。

谢弦是在这时才惊觉，余峥这个人别说是哭，连眼睛都没见他红过。

他清楚地记得刚开学军训时，余峥在一次晨跑拉练时摔破了膝盖，这人却像个没事人一样坚持跑完了全程，才带着满腿流得触目惊心的血，一瘸一拐地去了校医室。

当时大家就都在议论，说他可能压根没有泪腺这种东西。

还有上次在医院目睹他被人羞辱，如果换作谢弦，或是他认识的任何一个同龄人，就算不伤心落泪，起码也会因为屈辱和少年人的自尊心红个眼圈。

可余峥没有。

受伤了不会哭，被骂了不生气，亲人离世，也能这样平静的吗？

谢弦这样想着，心情也跟着沉重了几分。

他看了眼遗像中的银发老太太，微微上挑的眼角和余峥有几分神似，但眼底有着与余峥十足不同的明亮冷肃，让谢弦想起那晚，她在电话里客气有余的"让阿峥带你回家吃饭"。

因为这一走神，谢弦正在吹奏的那首《十送红军》，调子走得崎岖陡峭，所有人都忍不住回头看向他。

余峥自然也不例外。

他看到谢弦那身印着殡仪馆字样的制服，和他鼓着腮帮子将小号吹得离情依依的样子，脸上的平静终于有了些裂痕。

等余峥捧着老太太的骨灰入土并亲自撒上封土，葬礼队的任务也算完成了。

谢弦跟着同事们往陵园外走，众人却边往外走边小声交头接耳起来。

同事甲："你们知道这次来给这个老太太办身后事的西装男是谁吗？他今天拿烟抽的时候，怀里的名片夹掉了出来，我帮他捡名片的时候，看见人家名片上印的是顾林生的秘书！"

"万林地产的顾林生？这老太太难道是顾家的亲戚？那怎么只有孙子和几个邻居送葬？"

"我昨天晚上听守灵的两个女的说，老太太的女儿好像是顾林生早年养在外头的情人，后来得抑郁症竟然当着儿子的面自杀了。"

谢弦听到最后那句话时神色大变，转身便往回跑。

尽管快到时，他刻意放轻了步子，但余峥还是敏锐地回头发现了他。

他深深看了一眼身穿制服的谢弦，皱眉道："你的业务能力和经营范围，还真是到了让人瞠目结舌的程度。"

谢弦假装没看见他的嫌弃，在他身边也跟着跪了下来。

他整了整身上的衣服，毕恭毕敬地对着遗像中的老人磕了三个头："外婆您好，我是余峥的同学，我叫谢弦！刚才送您来的路上吹的那些曲子都很俗气,现在我私底下给您吹一首庆祝您乔迁新居!不过您记得,虽然搬了家不能回来,也要记得像以前一样,继续好好保护余峥呀!"

他摸出小号转头问余峥:"外婆有什么特别喜欢的歌吗?"

余峥迟疑了数秒才道:"《山路十八弯》!"

谢弦抓着小号的手顿了一下,但马上笑了起来,对着遗照上的老太太比了个大拇指:"不愧是校草的外婆,难怪能有余峥这么棒的外孙!"

他扬起小号,一曲悠扬随风飘出去老远,居然真就这么吹了一首《山路十八弯》。

·····5.····

接到余峥的电话时,谢弦正在厨房做晚饭。没想到余峥打来电话,说自己就在他家门外。

谢弦忙关了那台震得随时都能从墙壁上掉下来的抽油烟机,趿着拖鞋去给余峥开门。

"屋里太吵,没听见敲门……哎,你怎么淋成这样了?"谢弦拉开门,看到门外站着的落汤鸡不由得又惊又气。

他一把将人扯进屋里,找了条新毛巾按到余峥头上:"这么大的雨,你居然连伞都没带?"

"我坐地铁来的,出站才发现下了好大的雨……"因为被揉乱了一头黑发,余峥的气质也微妙地柔和了许多,将手中拎着的纸袋递给谢弦,"这是还你的衣服……"

谢弦顺手接过放在桌上,看着他淋湿的衣服皱眉道:"你平时上学不都是有专车接送吗?这种天气怎么还坐地铁?"

"我们第一次在医院见面时你不就知道了吗?"余峥深吸了一口气,正色看向他。

谢弦没想到,余峥会主动提起那晚的事。他结结巴巴道:"原来,你也记得啊?那你,是一开学就认出我来了?"

余峥不置可否,垂着眸子,声音却有些艰涩:"我是顾林生的私生子,我妈想借怀孕上位却被顾林生抛弃。后来她得了抑郁症,自己一死了之,扔下我这么个烂摊子给我外婆和顾林生。"

谢弦看着他写满自嘲的脸,只觉得心也似乎跟着被某种陌生的情绪紧紧揪了起来,满脑子都在想如何安慰他才最有效。

"我外婆一直觉得顾林生害死了她女儿,她还要替他养儿子。所以隔三岔五就会带着我去找顾林生要抚养费,她根本不知道,她用我来恶心顾林生的同时,我也被恶心坏了。用顾林生的钱,让我觉得自己是附在我妈尸骨上的蛀虫毒瘤……"

"别说了,余峥!"

谢弦受不了余峥用这种近乎麻木的姿态撕扯自己的暗伤。

"别这样说自己,余峥!一切的错误和纷争都是上一辈之间的问题,跟你有什么关系?是,血缘关系你选择不了,但要活成什么样子,你自己还是可以选的。"

谢弦还想说点什么,刚要开口,房门居然被人敲得嘭嘭乱响:"弦弦!开门!东西太多,我手都要断了,快快快!"

谢弦一愣,第一时间抓过余峥就往卫生间推。

余峥猝不及防被拽了进去,刚想反抗,谢弦便着急慌忙做了个"噤声"的手势:"嘘!千万别出声!"

说完不由分说将余峥拽进卫生间,"嘭"的一声关上了门。

"你怎么来了?"谢弦故作镇定地开了门,看着门外提着一大袋水果的明芝。

明芝一把推开他,将手中水果放在小桌上,见桌上余峥带来的纸袋,下意识拿起里面的衣服看了一眼:"咦?你舍得买新衣服啦?还买这么小众的牌子……"

谢弦一愣,这才发现里面装着的并不是余峥当时从自己这儿穿走的那身旧衣服,而是一套吊牌都没摘的新衣。

他怔忡了几秒,才一把夺下明芝手中的衣服,瞪了她一眼:"要你管!"

"嘿,怎么跟我说话呢?你皮痒了是不是?"明芝一挽袖子便摆出教训人的架势,卫生间的门却在这时被人拉开。

余峥头上的毛巾已经拿下来搭在了洗脸台上,身上衣服虽然还是湿的,但平时那股子生人勿近的气场一开,整个人看着已经全没了之前落汤鸡般的狼狈和脆弱。

明芝在看清余峥的脸后顿时两眼放光,抓着谢弦的胳膊直晃:"啊啊啊!是真实的管弦双选男团!"

余峥淡淡地看了谢弦一眼,但谢弦分明感觉到,这道视线中的冷意:"你的衣服被我外婆不知收到哪里去了,这件是赔给你的……"

"我那天只是找了一件穿旧的T恤给你,丢了就丢了,你怎么还特意买新的还我？"说着，谢弦手忙脚乱地将衣服装回袋中，"衣服你拿回去，如果退不了就换一套你自己喜欢的衣服……"

"我是来还衣服的，不喜欢的话，扔掉或送人都随你！"余峥说完，礼节性地冲明芝点了点头，便朝门口走去，"我还有事，就不打扰了。"

谢弦只觉得余峥刚才看自己的那一眼，似有风雪过境般的寒冷，连带两人之间都像是陡然多了一堵看不见的冰墙。

他连忙追上去想留住人，可惜手刚碰到余峥的衣角，余峥便冷冷地扔下一句"不用送了"，然后，"嘭"的一声替他关上了门。谢弦捂着险些被撞到的鼻尖，心顿时沉到了谷底。

那之后，直到开学，谢弦给余峥发的信息，他再没回过。

好不容易等到开学，谢弦特意一大早就赶到学校占了余峥以前的同桌位子，还买了双人份的早餐等余峥，心神不宁地隔几分钟就朝教室门口望。

然而余峥进教室后，虽然看见他了，却对谢弦的笑容和招手熟视无睹，找了个离他最远的座位坐了过去。

连着上完一上午的课，谢弦都没找着机会跟余峥说话，直到放学时才在走廊尽头堵住余峥，谢弦几乎是带着乞求的意味叫住他："余峥！"

余峥面无表情地看着他："有事？"

"我给你发的微信，你看了吗？"谢弦竭力忽略身旁路过的其他人，小声问道，"你还在生我的气吗？因为那天我把你推进洗手间？"

余峥盯着他，脸色变幻，语气却异常平静："我从小就是见不得光的身份，这种事没什么好生气的。"

谢弦喉咙发干，余峥语气中分明带着压抑的不满和愠怒。他一时竟不知从哪里开始解释，只好先低头，诚恳地说了声"对不起"。

他顺着那天发生的事情开始向余峥解释："不是你想的那样，我那天完全是下意识不想让你见到明芝。我和明芝是孤儿院一起长大的朋友，我就是怕她见了你口无遮拦……"

他边说边抬头，却发现刚才还站在身前的余峥不知何时已经走远了。

谢弦忽然意识到自己以为和余峥是好朋友，但在余峥心里，可能并不是这样想的。回顾过往，余峥对他之所以有些特别，大概也只是因为当初在医院自己那一瞬间的热血上涌。但那天在明芝面前的自己，显然伤了余峥的自尊。

大概是上个学期，他和余峥的互动太多，这回一开学，余峥的回避姿态又太明显，很快就有同学看出了端倪。

谢弦的新同桌发现打工达人谢弦，这天放学居然看着抽屉里放了小半个月的一个纸袋发呆时，忍不住问他："你到底什么时候得罪校草了？也难怪大家叫他北冰洋了！真不知道他哪里来的优越感，他不就是那张脸还能看吗？有什么可嚣张的……"

"不关他的事，是我做事不过脑子……"

"得了吧，这种脾气古怪的公子哥儿跟咱们根本不是一路人……"他说完提起包便要走人。

谢弦立即反驳："余峥他从来没仗着长得好看欺骗过谁的感情，也没因为家世不错就在学校享受什么特权或者欺负过谁。有人生来活泼，有人生来内敛，这种事归根到底不过是性格不同，我觉得不至于要被说成脾气古怪。"

大概是没想到谢弦会忽然这么严肃地反驳自己来维护一个不搭理他的人，同桌尴尬地笑了一声："随你怎么想，本来和我也没什么关系。"

他自觉讨了个没趣，走出教室的瞬间，却发现余峥竟然就在教室门边，顿时尴尬得头也没抬地逃离了现场。

谢弦再三犹豫，还是拿起了那个纸袋。纸袋里是一套运动服，谢弦看过尺码，不是余峥的码，反倒像是给自己买的。但他没有勇气找余峥求证，只好将袋子塞进余峥的抽屉里。

结果他刚放完东西，桌面上便出现一个人影。待看清来人后，谢弦吓得像只受惊的小兽一样直接从座位上弹开，连退两步，错愕道："你不是走了吗？"

余峥一双漆黑的眸子直勾勾地看着谢弦："你对每个人都是这样？"

"什么？"谢弦愕然。

"系里公认的好脾气啊！四处挥洒你过剩的温暖和热情……"余峥缓步走近他，以前所未有的压迫姿态看着他，"我把你的微信都拉黑了，你还企图在别人面前维护我？不觉得可笑吗？"

"这跟脾气好坏无关，我是据实……"谢弦刚想反驳，却冷不防被余峥一把掐住了脖颈。

余峥的手很凉，捏住谢弦的脖子时，才发觉这人的颈项纤细得给人一种轻松便可折断的感觉，以至于他不自觉就卸了力道，只是虚虚将其扣在掌下。

"余峥！"谢弦拼命想挣开余峥的钳制。

"你一早就知道我是个私生子，也早就认出了我，可之前你在我面前从来没提过。唯一的亲人死了,我却一滴眼泪都没有,连陌生人都觉得我性情古怪,对我退避三舍。只有你,像个傻孩子一样往我身边凑,给我糖吃,约我在图书馆看奇怪的小说,给我做三明治,送我丑死了的袖扣,替我挡酒,带我去你家。谢弦你……"他说到这里突然收声,原本掐在谢弦脖子上未用全力的手突然收紧,"你知道吗?我最近真的经常在想,如果撬开你的脑子,会在里面看到什么?"

见谢弦痛苦得眼圈发红,他的手终于从脖子上移开:"为什么要招惹我?你会缺朋友吗?谢弦?"

谢弦拼命摇头想挣开余峥的手,余峥却扬起嘴角:"你身边朋友那么多,从小一起长大的女生,慕名而来的追求者,连刚同桌没几天的同学都能为你鸣不平。你就像满天的星星都围在月亮身边一样,你从来不缺朋友!"

他俯身凑到谢弦耳边,一字一顿地沉声威胁:"就从这一秒开始,离我远点,谢弦!"

6.

虽然余峥摆出了要老死不相往来的架势,但听说余峥生病请了一周假后,谢弦还是没忍住,从班导那儿要来了余峥家的地址。周末一大早,他便熬了瑶柱菜干粥,打了辆车直奔余峥家。

他一只手撑伞,一只手抱着餐盒,沿着门牌号一家一家地找到巷子尽头,停在那座独栋的四合院前,才发现院门前停着一辆黑色轿车,有人比他先来一步。

那位经常能在财经频道见到的地产大佬顾林生就站在司机撑着的黑色雨伞下,正在院门前与余峥无声对峙。

余峥脸色略显苍白地站在院门的雨檐下,满脸不耐烦,但视线瞥到抱着餐盒撑伞而来的谢弦时,表情明显恍惚了一瞬。

谢弦收了伞,主动上前:"你这几天没去学校,我听梁教授说你生病了,反正周末没事,就给你煮了点粥……"

余峥握着门把的手因为铆足了劲而青筋毕露:"我很好,你们不来烦我,我会更好!"

谢弦身后,顾林生忍无可忍一把拉开谢弦,抬手便挡住余峥关门的动作:"你到底要闹到什么时候?"

谢弦猝不及防被这么一拉,手里捧着的餐盒顿时从掌中滑落。

出发时因为担心粥太烫，他特意没把盖子扣严实。

没想到这会儿被顾林生一扯，热腾腾的菜粥倾倒而下，洒得他满手都是。

慢火熬出的稠密米浆顺着他的手腕往袖内流淌，谢弦被烫得不可抑制地低叫一声，颤抖的手却并不急着甩掉手中残留的稠密米浆，而是牢牢护住了餐盒中剩下的食物。

余峥怒不可遏地对顾林生低吼出声："谁让你拉他的？"

他不由分说拽着谢弦的袖子便要将人扯进院子，拧开院中浇花的水龙头示意他冲洗伤口："你的记忆力有什么问题吗？到底要我说多少次，以后别来烦我……"

谢弦第一时间居然还想着把餐盒放在一旁，不死心地转头问他："还好没全浪费，生病的人喝这种粥真的很开胃，你确定不尝尝吗？"

余峥训人的话尚未开口，谢弦已出奇配合地将烫红的手放在水龙头下，余峥乍见那大片红痕，气得深吸一口气，转身进屋去找烫伤膏。

谢弦见他进了屋才皱着眉，对着烫红的地方呼呼连吹几口气。

余峥找到药膏后，回到院中，亲自监督谢弦将伤口冲了足有十分钟才把人拉进屋里。

确定透明的金黄色药膏厚厚地完整覆盖了谢弦微红的手背和手腕，余峥才松了口气，将盖子拧紧，递给谢弦："每次涂完药后，等它起码吸收半个小时，一天三次，别忘了！"

"通常朋友冷战的时候，如果一方能心平气和地和另一方说话，多半就是和好了。"谢弦将受伤的左手袖口扎高，避免沾上药膏后，才小心翼翼地看着余峥，"所以，我们现在能算和好了吗？"

"和什么好？"余峥没好气地瞪着他，"谁要跟你和好？"

谢弦故作失落地"哦"了一声："看来，我今天的求和计划还是不够有诚意！"

他拿起一旁的餐盒，轻叹了一声："算了，反正我今天的主要目的也是来探病的。既然人也看了，我就不打扰你休息了……"

余峥盯着那只被他拿起的餐盒，语气不善地说："少给我装可怜！粥留下，我吃完了你再连同餐盒一起拿走！"

说完，他生怕谢弦反悔似的抢下餐盒朝屋里走去，也因此错过了谢弦眼底的笑意。

余峥端着餐盒在桌边坐下，看到盒子里黑乎乎的菜干和姜丝时，有些嫌弃地皱了皱眉，但看了看对面不错眼盯着自己的谢弦，还是一脸慷慨赴

211

死般地舀了一口送进嘴里。

"冷了吧?"谢弦有点不放心,"冷了就别吃了,你本来就病着……"

"没冷!"余峥硬邦邦地回了句,便低头继续吃粥。

"那就好,我还是第一次熬这种粥,昨晚特意让明芝给我拍视频现熬了一锅示范,就为这个,她那个'醋精'男朋友又抽风,半夜偷偷用她手机把我拉黑了。说起来,都快三十的老男人是不是都比较没有安全感?就明芝那种四处惹是生非的性子,他还一天到晚觉得有人要抢他老婆……"谢弦一说起明芝那个牙医男友就又觉得槽点满满,絮絮叨叨说个没完,丝毫没发现余峥吃粥的动作在听到醋精男朋友时石化般僵了足有半分钟。

等他意识到安静过头时,余峥神色已经恢复如常,不仅很给面子吃完了粥,还给他切了个果盘搁到桌上。

谢弦心中窃喜,只当他是忘了赶自己离开,忙抱起果盘仓鼠般啃起了切好的苹果。

"那个……刚才我在门口看见你和顾林生闹得挺不愉快,他也是看你生病来探病的?"

"不是!"余峥嗤笑一声,"他不知道从哪儿听说我申请了下个学期的美国伯克利交换生名额,跑来教训我,扬言我如果坚持走音乐这条路,以后休想从他那儿拿到一分钱。"

"他不支持你深造?"谢弦睁大了眼睛,"他不会是想让你接手万林地产吧?我看新闻上说,他只有一个女儿?"

余峥白了他一眼:"我姓余,他姓顾,万林地产跟我有什么关系?况且他有老婆有女儿,当初我外婆不过是要他帮我在燕音附近买套房方便我出入,顾太太都能气得冲到医院打我。我要是真对顾家的产业动了心思,那位顾太太岂不是要生吞了我?"

谢弦点头认同,脑子却慢半拍地反应过来:"等下!你……你申请了伯克利的交换生?"

余峥似乎习惯了他这超长反射弧,抬眸扫了他一眼:"一周前才交的申请,其实不一定会通过。公费交换生的竞争一向很激烈……"

谢弦腾地站了起来:"咱们系有三个名额,你是首席大提琴,每次考试又稳拿第一,只要你想,不通过谁也不可能不通过你啊!"

他越说神色越难过:"所以,这个学期虽然是我们当同学的第一年,却也是最后一年了?"

余峥喉结微滚,看着他眸光闪动,却什么都没说。

"其实，我们燕音也不错啊。这里是你从小长大的地方，有你的家人朋友……"谢弦蓦地停口，想要道歉，余峥却抬手示意他坐下。

谢弦眼睛一亮，一把扯住他腕上的红绳："对了，还有这个！你这条红绳肯定是对你很特别的人送的吧，不然你不会一直戴着。这个送你红绳的人呢？你要是出国……"

"你的记性一直都这么差吗，谢弦？"余峥语气无奈地看着他，"这是你那次落在医院里的，你走后有人追出去喊你，你走得太急没听见，我就留下来了……"

谢弦闻言，难以置信地睁大了眼睛，但也随之想起那天打针时，护士示意他拉高袖子，他嫌手绳碍事，确实把手绳摘了下来。

"是我的？"

"你上次说它挺灵的，其实，我也有同感！"余峥深吸一口气，将手绳摘下来抓过谢弦的手，"我捡到它后，就一直希望能再遇见你，没想到在新生报到处还真见到了你。所以，谢弦，你要不要跟我一起，争一争剩下的交换生名额？"

"我？"谢弦惊得张大了嘴，拼命摇头摆手，"我不行的，我那个文化分，你知道的，我期末考试的时候全靠教授捞分才蒙混过关……"

"那不一样！"余峥打断他的退缩，"那是你孤军奋战，现在有我给你补习，还有这个玄学辅助！"他扬了扬已经戴到谢弦腕上的红绳，语气中尽是鼓励，"我们试试吧？好不好？"

谢弦呆望着他，发现眼前这人的眼睛，与初遇时分明有了不同。

黑眸中那种无机质般的清澈依然，但无悲无喜的冷漠，已被另一种月色般温润皎洁的柔光取代。

鬼使神差地，谢弦居然用力点了点头。

7.

半年后。

谢弦在余峥家门外喊了好几声都不见人应门，只好摸出手机给余峥打了个电话。

"谢弦？"电话迅速被接通，余峥声音响起的同时隐约还能听到超市的促销广播。

"你把我叫来帮你收拾行李，你自己出去了？"

"我出来买点东西,已经在排队结账了!你到院门边第三个花盆里摸一摸,一块石头下面有一把备用钥匙。"

谢弦按照他的指示:"行,那我先进屋等你……"

"你直接去我房间吧!"余峥有些不好意思地支吾了一声,"我,我把衣柜全翻乱了。靠我自己的话,我怕一晚上都无法复原。"

谢弦挂了电话,发现客厅亮着灯,但二楼余峥的房间未关严的窗户里,正飘出隐隐的音乐声,在小院内若有若无地萦绕,放的正是他们之前在梁教授婚礼上合奏的那首曲子。

谢弦不由自主地跟着旋律哼唱起来,脚步轻快地上了楼。

虽然在电话里余峥的确说过房间全翻乱了,但推开房门,谢弦还是被洗劫般的状况吓了一跳。

他摇头走到床边,第一时间将那些棉被和床品折好归置回衣柜中,却无意中发现之前余峥从自己那儿穿走的那件旧衣服。

衣服不仅被折得整整齐齐,还用密封袋好好地装在袋子里,放在衣柜最上面一格的显眼处。

"不是说找不到才特意买了套新的,还冒着大雨送去给我,却弄得不欢而散,跟我赌气了吗?"谢弦正哭笑不得,楼下却传来开门的声音,余峥上楼的脚步声显得有些急促。

一想到余峥那别扭的薄脸皮,谢弦忙将衣服放回原处,转身装作什么也没看见的样子,低头继续将床上那些夏装收进衣柜,结果注意力又被余峥床边的置物架吸引。

架子上除了几本半新不旧的书,最显眼的是一个透明的大玻璃罐。

罐子里五彩缤纷,装满了各种小糖果和小饼干。糖果的品牌口味五花八门,但谢弦一眼认出,这些都是自己以前塞给余峥的。间或还有一两张便笺的纸角从糖果中露出来,但罐子里最显眼的,是那枚他送给余峥的丑萌袖扣。

谢弦还发现糖果罐子上居然有一行用黑色油性笔写的小字。

"月亮遥不可及,但月亮常挂天边。"谢弦喃喃念出那行字,认出这是余峥的笔迹,鼻子也因此酸得厉害,却又忍不住捂着脸笑出了声。

"谢弦,你刚刚是不是笑我……"余峥的声音气喘吁吁地出现在门口,待看清站在糖果罐前的谢弦的表情不由得愣住。

谢弦转头,看到余峥脸上少有的无措:"你上次从我那儿穿走不还的衣服根本没丢,明明不会收拾东西的人,却把衣服折得那么整齐收进密封袋藏在衣柜里！还有我给你的糖，袖扣……"

"给了我就是我的！我……我想怎么处理是我的自由！"余峥轻咳了一声，满脸心虚。

谢弦却笑得眉眼弯弯："我现在真的很开心。不管你承不承认，你也是我的月亮。只要我知道，月亮哪怕躲在云后面，也是在看我……"

他不断推开余峥的手想把话说完，余峥却试图去捂他的嘴，谢弦铆足了劲想挣开他。

错愕抬眸间，两人四目相对，一时的安静过后，两人不约而同地笑出声来。

没关严的窗缝里透进一丝夜风，吹得窗纱轻舞，依稀可见月亮自云后探出半张脸，照出窗内人影，也照出窗下造景池中另一轮泛着涟漪的皎洁月亮。

图书在版编目（CIP）数据

昼与夜. 荆棘 / 桃夭月儿编. -- 武汉：长江出版社, 2025. 3. -- ISBN 978-7-5804-0056-7

Ⅰ. Ⅰ247.7

中国国家版本馆 CIP 数据核字第 2025JH5202 号

昼与夜. 荆棘 / 桃夭月儿编
ZHOUYUYE. JINGJI

出　　版	长江出版社
	（武汉市解放大道 1863 号）
出版统筹	曾英姿
特约编辑	刘思月　曾 枰
市场发行	长江出版社发行部
网　　址	http://www.cjpress.cn
责任编辑	陈　辉
印　　刷	湖南天闻新华印务有限公司
版　　次	2025 年 3 月第 1 版
印　　次	2025 年 4 月第 1 次印刷
开　　本	880mm×1230mm　1/32
印　　张	7
字　　数	240 千字
书　　号	ISBN 978-7-5804-0056-7
定　　价	39.80 元

版权所有，侵权必究。如有质量问题，请与本社联系退换。
电话：027-82926557（总编室）027-82926806（市场营销部）